Universale Economica Feltrinelli

STEFANO BENNI
LA COMPAGNIA DEI CELESTINI

f

Feltrinelli

© Giangiacomo Feltrinelli Editore Milano
Prima edizione ne "I Narratori" ottobre 1992
Prima edizione nell'"Universale Economica" maggio 1994

ISBN 88-07-81279-7

Anche la più sfacciata fortuna deve pur finire col sottomettersi al coraggio mai stanco della filosofia, come la più tenace città all'assedio senza tregua di un nemico.

(E.A. POE)

In su buconi pretziu
s'angiulu si ddu i setzidi.
(Nel cibo diviso
si siede l'angelo)

PROLOGO

"È stato calcolato che il peso delle formiche esistenti sulla terra è pari a venti milioni di volte quello di tutti i vertebrati." Così lo scultore ottocentesco Amos Pelicorti detto il Mirmidone rispondeva a coloro che gli chiedevano perché componesse le sue opere in mollica di pane. Da quando aveva letto la notizia su un giornale era rimasto a tal punto folgorato da lasciare le predilette sculture in marmo per il candore alternativo della farina. I suoi capolavori venivano sfornati caldi e dati in pasto alle formiche.

"Poiché sono loro le vere padrone del mondo," diceva il Mirmidone "e alla loro quotidiana fatica, non a Dio né agli uomini, l'arte deve essere utile."

In seguito a queste tesi il Mirmidone fu messo al bando dalla Chiesa, le sue opere messe all'indice ed egli stesso bollato di stregoneria. Perciò nulla ci resta del suo lavoro, se non attraverso qualche cronaca del tempo (dove si cita ad esempio una scandalosa "Madonna con antenne"), e di tutta la sua produzione ci rimangono poche briciole: per l'esattezza una mirabile testina di donna in pane ferrarese conservata al Prado e alcuni frammenti di piada con scene erotiche.

Il ricordo del Mirmidone è perciò legato soprattutto ai suoi nove figli, i leggendari fratelli Pelicorti, che alterna traccia lasciarono nell'architettura casbica e nella pittura neotrattoriale del nostro secolo, e che ereditarono dal padre in modo diverso il talento, in egual misura la follia.

Di questi nove il più importante ai fini della nostra storia è

Efrem Pelicorti detto il Termitino, scultore in legno e autore del celebre e discusso Cristo col Colbacco.

Quest'opera, realizzata in legno di ontano, rappresenta un Cristo in croce tre volte eretico rispetto alle regole del tempo. In primo luogo sul capo del Cristo è posta una corona di rovi eccezionalmente folta, almeno dodici giri di agopuntura che sembrano formare un copricapo del tipo detto appunto "colbacco".

In secondo luogo le mani del Cristo, trafitte dai chiodi, non sono entrambe aperte ma una, la destra, è chiusa a pugno.

In terzo luogo il viso del Cristo ha lineamenti piuttosto particolari, quali si riscontrano in alcune popolazioni dell'Est europeo, e più che la tradizionale barba, colpiscono i folti baffoni a spazzola.

Per tale motivo, e per alcune ricorrenti dicerie sulle idee politiche del Termitino, il cardinale Apollodoro, reggitore dell'ordine dei Padri Zopiloti e commissionario dell'opera, convocò l'autore e gli chiese se, per caso, in quella statua egli non avesse voluto trasporre simboli ed eponimi di ideologie sospette e invise alla Chiesa, con sottile e provocatorio intento dell'arte sua.

"No," rispose il Termitino "poiché ciò di cui lei parla nemmeno esiste, e io non posso certo prevedere che esisterà."

Il cardinale, niente affatto persuaso della risposta, convocò urgentemente la commissione di Profilassi Morale, formata oltre che da lui dal decano dei Sanmenoniti e dalla Badessa delle Suore Mascherine. Dopo lungo dibattito e ventisei bottiglie di Sacrello, si decise di sottoporre il Termitino a un supplemento di interrogatorio.

Ma l'artista si rese irreperibile. Proprio in quei giorni, quasi presago di un destino imminente, compose febbrilmente le sue opere più rivoluzionarie, il "Cucù Barricato" e lo "Stuzzicadenti Astratto", nonché il suo capolavoro, il "Monumento alle vittime della velocità", raffigurante un porcospino spiaccicato di sottile e impressionante verismo. E proprio mentre sdraiato su una strada suburbana studiava per gli ultimi ritocchi il suo sfortunato modello, fu travolto e ucciso da un gregge di pecore.

La commissione Apollodoro decise allora di dare al Cristo col Colbacco la valutazione ??°° (opera non offendente, ma aggirante la moralità cattolica). Il Cristo fu confinato nel refettorio del convento dei Padri Zopiloti. Dove restò a lungo dimenticato, con il suo doloroso mistero.

PARTE PRIMA

*In cui si racconta la leggenda del conte Feroce Maria
e di sua figlia che divenne santa,
e in cui conosciamo i nostri piccoli eroi*

Era un popolo strano e sfortunato: il benessere li aveva privati di tutto (dal *Libro del Grande Bastardo*, pag. 12).

1.

Nell'anno 1990 e rotti, nel fiorente stato di Gladonia, nella ricca città di Banessa, nell'elegante quartiere dei Palazzi Vecchi, nel misero refettorio dei Padri Zopiloti, erano le sedici e trenta, ora di cena.

La grande statua del Cristo col Colbacco sormontava la fila di orfanelli affamati davanti al cisternone di zuppa fumante.

Il volto livido del Signore sembrava annusare con una certa ripulsa il particolare odore che la fraudolenza gastronomica di Don Biffero e alcuni Vegetali Ignoti riuscivano a comporre oggi più nauseabonda che ieri. Era un aroma che gli orfanelli, dopo mesi di tentativi e approssimazioni, avevano così felicemente definito: cimitero di cavoli, peti di zoo, fiato di cagnone.

La zuppa era scura e ribollente come un lago infernale, e in superficie schioccavano putizze e galleggiavano filamenti rossi che parevano caduti direttamente dalle ferite del Cristo, quale condimento non solo spirituale. Inoltre, tra bolle di grasso e sargassi bieticoli, affioravano qua e là numerosi Potrebbero.

Erano detti "Potrebbero" alcuni rizomi biancastri dei quali da sempre nessuno riusciva a individuare la natura. Da qui la ridda di ipotesi: *Potrebbero* essere croste di formaggio, *Potrebbero* essere ovatta, boleti, sorci. Solo Don Biffero sapeva che si trattava di cavolo diavolo, verdura coltivata esclusivamente negli orti di alcuni conventi, e di odore così fetido che si diceva, appunto, che ogni notte il diavolo venisse, via ctonia, a spennellarla di aliti maligni. Di questo odore Don Biffero era a tal punto intriso che la sua presenza era avvertibile a un chilometro di distanza.

Una campana lontana suonò quattro tocchi e due tocchetti. Una minuscola stufetta elettrica arroventava i polpacci del fortunato orfanello limitrofo, mentre gli altri trentanove e mezzo stavano infreddoliti uno accanto all'altro, come uccelli su un filo. Curvo sulla pentola, Don Biffero scrutava le profondità della sua opera e si accingeva alla cerimonia dell'assaggio. All'uopo, impugnava un mestolo di ferro contorto a zig-zag, forse per gli spasmi di ribellione a quel tuffo quotidiano. Dalle finestre rattoppate entrò uno spiffero di tramontana autunnale che spinse i ragazzi a pigiarsi uno contro l'altro. "Separati mezzo metro!", ordinò Don Biffero "niente ressa, ce n'è per tutti."

"Purtroppo," disse sottovoce l'orfano Lucifero Diotallevi. Si attesero reazioni. Ma Don Biffero, tutti lo sapevano, era ormai duro d'orecchi, di papille e di cuore. Non colse la contestazione, assunse posa sacrale e così pregò:

Signóancoggitaddiciamaggrazie
pequestecibekeciconciède
alpostodigenitornóstredicuifumm
pervolertuoprivátecosissia
pequestetuecibebbenedétte
Cristancoggitarringrazziámm...

Questa turbopreghiera fu pronunciata in soli sei secondi.
Seguì un amen collettivo.
Seguì che Don Biffero sorbì la brodazza a occhi chiusi, con noterelle di lavandino sturato.
Seguì che riaprì gli occhi e disse:
"Oggi è più buona di ieri".
Seguì che il primo orfanello si fece avanti protendendo la scodella a testa ben eretta e con espressione da samurai.
Don Biffero estrasse il mestolo colmo levandolo al cielo, e l'effluvio di cavolo diavolo salì fino alle volte scrostate del refettorio, alle enigmatiche scritte in latino, fino al naso del Nazareno il cui volto sembrò chiedersi il perché di quel supplemento di Golgota. Il Cristo parve barcollare; anzi davvero barcollò indietro e poi avanti come un birillo, restò un istante in bilico, poi si lanciò, a capofitto, con croce al seguito, dentro la pentola di minestra. Don Biffero ricevette centoventi chili di Gesù in piena nuca, e fortuna volle che altri ottanta, e cioè metà gambe e croce, rimanessero attaccati al piedistallo.

Dopodiché il Cristo col Colbacco esplose ecumenicamente per la sala in centinaia di schegge. Don Biffero giaceva al suolo, immobile, in un lago di zuppa, mentre un misterioso esercito di formiche invadeva il pavimento.

I bambini ristettero, immobili. Poi prima timido, poi più convinto, infine fragoroso, salì al cielo un interminabile applauso.

2.

L'orfanotrofio dei Padri Zopiloti aveva sede nell'antico palazzo Riffler Bumerlo. Il palazzo cinseisettecentesco era stato donato alla Curia da Feroce Maria Heinrich, dodicesimo conte di Riffler Bumerlo Torresana, dopo vicenda esemplare.

Il suddetto conte condusse vita crudele e dissoluta dall'età di anni quattro fino ad anni cinquantadue. Figlio del conte Falco Maria Hermann, uomo di sicura fede democratica ed entusiaste idee naziste, il conte Feroce nel dopoguerra cercò di far dimenticare i trascorsi paterni buttandosi nella Ricostruzione e fondando la famosa fabbrica di doppiette da caccia Ribum (Ri come Riffler e Bum come Bumerlo, ma anche bum, primo colpo, e ribum, aricolpo). Le sue canne monozigote sterminarono tordi, lodole, leprotti, dainetti, camozze, cinghiali, egagri, edredoni e financo qualche esemplare di incline all'abigeato e donnetta infedele, in tutte le regioni di Gladonia. Di questo bagno di sangue si arricchì il nobiluomo, evolvendosi fulmineamente da signorotto di campagna a protagonista del boom industriale.

La sua fabbrica Ribum ebbe sempre pessima fama e mai molecola di sindacato riuscì a mettervi piede. Era un cubosimo di mattoni neri, sormontato da due ciminiere come corna di diavolo, con file di oblò da cui baluginava il riflesso delle colate. Gli operai e le operaie vi venivano trattati come cani, anzi peggio che cani, visto che il menù dei bracchi del conte era zuppa di grissini con cotoletta brisé.

Si narrava di condizioni di lavoro infernali, tra macchinari storpianti, lapilli roventi e polvere di cartucce. Non passava giorno che non si udisse il rumore di un'esplosione, o non uscisse dalle ciminiere una nuvola di fumo putrido e denso che talvolta si solidificava al suolo in strutture a fungo, fiocchi e baloidi, con odore di uovo marcio e anidride capronica. L'intera zona era squassata, anche di notte, dal rumore di una fucina di polifemi, seghe elettriche in orgasmo, presse che cadevano da montagne, lime che stupravan metalli, e dagli oblò saettavano folgori elettriche azzurre e viola che cercavano bersagli all'intorno, rimbalzavano dentro e uscivano vieppiù contorte e isteriche, con micidiali ricochetti e gibigianne inceneritrici.

Si narrava che ogni giorno almeno un lavoratore vi perdesse dita, ossicini, entraglie e altre preziose parti sporgenti. E queste venissero poi riattaccate alla male e peggio dal medico del conte, tale Cisiello, un alcolizzato che non si sa se per incompetenza o per sadismo usava saldare pezzi di maestranza a moncherini di altra maestranza, per cui nei bar della zona non era infrequente incontrare mani con sei dita, volti con orecchie spaiate e financo piedi di misure diverse, due destri o due sinistri.

In quanto alle operaie, la mano del conte calava su di loro non solo metaforicamente. Non ce n'era una, dai quattordici ai settant'anni, che non fosse stata portata, più o meno nolente, nei padiglioni di caccia Bumerlo, e lì sottoposta alle pratiche sessuali più orrorose e complesse, nella successiva descrizione delle quali mutavano ogni volta lunghezze, rituali, posizioni e uso di optionals. Si sapeva per certo che il conte amava vestire sé da volpe e la vittima da beccaccia, ma spesso era vero il contrario, e comunque era certo che nel momento della suprema estasi il conte sparasse fucilate in aria, come testimoniarono le centinaia di pallini rinvenuti, durante un restauro, nel culo degli amorini dipinti sul soffitto.

Ma non erano, va da sé, i predetti incidenti, le mutilazioni e gli stupri a scandalizzare l'impeccabile città di Banessa. E neanche la produzione di armi e munizioni, e la loro vendita a tirannocrazie, onagrocrazie e financo a regimi ulotrici e musulmani nemici della patria. Questa spregiudicatezza di modi era considerata inevitabile e anzi necessaria appendice del brio di iniziative di un industriale moderno. Del resto, non produceva il conte anche moschetti per i carabinieri? Non andava egli regolarmente a messa, pur sbadigliante come un facocero e attento più alle geometrie genuflessorie delle devote che al rito? Non aveva egli, almeno formalmente, una buona e pia moglie, la contessa Elena de' Faltirona, che ogni anno donava cifre notevolissime ai Padri Zopiloti e sommergeva di bottiglie di vino Riserva Bumerlo Plendò i giornalisti delle gazzette cittadine?

Non aveva egli soprattutto una figlia, Celeste, bionda mite e dolce da non parer sangue suo, e di cui era nota l'allegria, tanto che la si poteva spesso vedere giocare in strada coi monelli, cosa che suscitava i rimproveri paterni, ma non troppo, perché nei suoi confronti il conte Feroce Maria mostrava una tenerezza inusuale, da farlo parer quasi umano?

A conti fatti il conte era, con tutti i suoi vizietti, un cittadino modello. Fino a quel giorno fatale. Fino alla maledizione che avrebbe avuto straordinarie conseguenze per tutta la città, non ultima la fondazione dell'orfanotrofio di Santa Celestina.

3.

La commissione degli Zopiloti Capitolini incaricata dell'indagine sul Sacro Crollo, aveva appena lasciato l'orfanotrofio su una Santa Mercedes color yogurt. La perizia era stata unanime: il Cristo col Colbacco era crollato perché non era di legno, ma di pane, un pane eccezionalmente duro e ben scolpito, che per lunghissimi anni aveva ingannato tutti. Così il Termitino aveva voluto vendicare la memoria paterna, facendo entrare in territorio pretesco ciò che dai preti era stato scacciato e sprezzato, riportando l'ombra stregonesca e beffarda del Mirmidone sulla città.

Le formiche, che da chissà quanto tempo rodevano dall'interno la statua, erano state gasate coi più moderni ritrovati della sadochimica, ma lo scacco per l'ordine degli Zopiloti era stato grande. Don Biffero, ferito nell'orgoglio e altrove, aveva giurato atroce vendetta per quell'applauso, e l'orfanotrofio concludeva la sua giornata più buio e triste che mai. Per la durata di mesi tre erano stati aboliti il mascarpone settimanale e soprattutto l'ora serale di televisione, che Don Biffero amministrava a suo piacimento, premiando, ricattando ed escludendo.

Nella sala cosiddetta ricreativa il tivucolor dormiva a due metri d'altezza su un mobiletto dalle lunghissime zampe, quale un alieno monocolo, o uno zanzarone mostruoso sovrastante quaranta sedie su cui, con l'obbligo di non manifestare emozione alcuna, gli orfanelli potevano talvolta godere dell'Ora di bellezza mediatica, della Vis congregativa di notizie e spettacolo, dell'Euforia pubblicitaria, di ciò che solo, oltre alla Chiesa, poteva tenere unito il Mondo.

Vuota era anche la poltroncina da cui Don Biffero, padrone dello Zap, il potere assoluto, scagliava le invisibili saette di telecomando che accendevano quel mondo meraviglioso: quella sera il magico sagittario era ben chiuso in un cassetto, e lo schermo spento rifletteva piamente una madonna luminosa, incastonata nel muro di fronte. Il programma previsto, un documentario dedicato a Hitler vittima dell'espansionismo polacco, era stato cancellato. Perciò alle ore otto era stato dato il Tuttinbranda.

Ora, nel buio della camerata, quaranta piccoli cuori battevano nient'affatto all'unisono; essendo le loro frequenze del tutto dissimili, andando dalle 50 pulsazioni del bradicardico Gradin, futuro ciclocrossista, alle 120 e passa dei gemelli Donadio che sognavano contemporaneamente starlettes gemelle. I caratteristici rumori di ogni camerata risuonavano nel buio: il tremolio dei vetri rotti delle finestre, il soffio del vento, i grugniti di chi cercava di proteggersi dal freddo imbozzolandosi nella coperta di lana, ispida e dura come una pelle di pachiderma.

Un cigolio della branda segnalò che l'attività erotica dei gemelli era passata dalla fase astratto-onirica a quella meccanico-eutonica, fasi rette la prima dall'ipotalamo, la seconda dai muscoli interossei della mano. Si udì per un attimo il caratteristico grattare di un safarista di pulci. Poi il cavolo diavolo iniziò il suo lavoro. Fermentando nelle giovani entraglie, diede il via a un microclima di peristalsi cicloniche e anticicloniche che avviarono, come ogni notte, un concerto ben conosciuto da Memorino, l'orfano insonne. Di natura filosofo, gli sembrava che le sue riflessioni giungessero nei paraggi della verità proprio nell'istante prima di addormentarsi, tanto che spesso si svegliava persuaso di aver dimenticato e perduto qualche soluzione finalmente trovata per i mille problemi dell'umanità, in special modo per quella sventurata porzione dell'umanità costituita dagli orfani. Come ogni notte si stava chiedendo se Spinoza, Kierkegaard o Parmenide avessero mai dovuto concentrarsi su problemi filosofici in presenza dei rumori che egli era costretto ad ascoltare, e che riconosceva ormai anche al buio. Il colpo secco di petardo di Degli Esposti, il miagolio da gatto affamato di Dalle Donne, la lunga nota di oboe *en élargissant* di Lucifero. Ognuno aveva la sua voce interiore. Trovati petava come un moschito, Diotallevi sfiatava come una balena, Diotiguardi imitava i cambi di marcia del trattore. Il più grosso di tutti, Depretis, era capace di veri fraseggi jazz, con note ora acute ora gravi, impennate preoccupanti e ancor più preoccupanti silenzi.

Memorino ascoltò con una certa qual tenerezza quei rumori che testimoniavano di una comune sofferenza, di una sorte condivisa. Poi dall'ultimo letto giunse improvviso un grido:

"Le mie terre, i miei cavalli!"

che faceva parte quasi ogni notte dei sogni megalomani del piccolo Viendalmare, detto Alì. E poi un pianto sommesso, due o tre ronfate di adenoidi già condannate a morte e un fischio inconfondibile, modulato, da uccello notturno. Era il richiamo di Lucifero e voleva dire: Compagnia dei Celestini a raccolta. La Compagnia raccoglieva gli spiriti più ribelli e gli orfani più orfici dell'istituto; inizialmente sette, poi decimati come risultava dall'ultimo verbale.

COMPAGNIA DEI CELESTINI
(motto: *Se della morte è l'ora, Saluta la Signora*)

Iscritti in data odierna

Memorino – tessera 1, *presente.*
Occhio-di-gatto – tessera 2, *cancellato in quanto fuggito, acciuffato e rinchiuso in riformatorio. Si ignora dove si trovi attualmente.*
Lucifero – tessera 3, *presente.*
Sguilla – tessera 4, *cancellato per decaduta orfanità.*
Saraffo – tessera 5, *idem come sopra.*
Alì – tessera 6, *presente.*
Stephan V. – tessera 7, *deceduto per suicidio a Capodanno. Si ignora dove si trovi attualmente.*

La Compagnia era perciò attualmente ridotta a tre elementi, assai diversi tra loro, come avrebbe dimostrato un'ispezione all'armadietto di ferro in cui tenevano tutti i loro averi.

Memorino, detto il filosofo, era biondo con gli occhi verdi e i denti aguzzi: un angelo con un sorriso da lupo. Amava dibattere e chiedersi il perché delle cose, oltreché giocare a pallone. Nel suo comodino c'erano undici libri, i cui titoli lascio alla vostra immaginazione. Ognuno di questi libri, sottratto di nascosto alla biblioteca degli Zopiloti, era stato letto decine di volte, e i loro personaggi tenevano lunghe conversazioni notturne con Memorino.

Luciano, detto Lucifero, era bruno con capelli lisci, sopracciglia a freccia, naso aquilino, corpo lungo e ossuto. Nel comodino teneva i suoi fumetti preferiti: Grufula la spogliarellista ambientalista, Capitan Korallo e Chang la furia tipica cantonese. Poi il poster di una nota attrice fusovietica e alcune mignonettes di amaro al caffè di cui era appassionato bevitore. Lucifero amava ballare, ascoltare la musica, specialmente quella dei Mamma Mettimi Giù, e giocare al pallone.

Bruno Viendalmare, detto Alì, era un negretto con capigliatura a passatelli. Sul suo comodino c'erano una scatola di colori, una *Storia della Pittura Universale* e due poster, uno di Velasquez e l'altro del pugile Muhamad Alì con la scritta "A mio figlio Bruno, che presto rivedrò". Alì infatti, a differenza dei suoi amici, ancora sperava che un giorno la sua orfanaggine sarebbe finita. Amava anche lui giocare al calcio. Aveva nove anni. I suoi amici, ben dieci.

"Allora è per domani notte," disse sottovoce Memorino, accostandosi al letto di Alì attento a non svegliare nessuno e soprattutto Stereo, lo spione della camerata.

"Io sono pronto," disse Lucifero.

"Io invece ho paura," disse Alì "non voglio attraversare quella parte del palazzo."

"Ma dopo saremo liberi!" disse Lucifero accalorandosi "liberi da questa schiavitù, dall'ora di martirologia, dai piedi gelati, da quell'aguzzino fetente di cavolo..."

"Dobbiamo farlo," disse Memorino "ormai siamo grandi. E c'è un segreto che presto ti confiderò."

"Ho paura," disse Alì "là fuori è pieno di fidipà e fidipù."

Fidipà e fidipù, in gergo celestino, stava per 'figli di papà' e 'figli di puttana'. Con questi termini gli orfani designavano i bambini genitorati e benestanti che li sbeffeggiavano nelle loro rarissime uscite in branco.

"Fuori non ci sono solo fidipà e fidipù," disse Lucifero "ci sono anche pupe, pizze, sole, discoteche!"

"E genitori," disse Memorino "migliaia di genitori per te."

"Ho paura lo stesso," disse Alì "e poi (*primo sospiro*) c'è anche (*secondo sospiro*) la maledizione del palazzo."

Memorino e Lucifero ammutolirono. Proprio in quel momento, quasi a sottolineare la suspence, Depretis esalò un lungo peto cavernoso, da colonna sonora horror.

"Di quale maledizione stai parlando?"

Alì invitò i due a sedersi sul letto, e sottovoce iniziò:

Forse già una volta vi raccontai di come le gesta del conte Feroce Maria non avessero intaccato l'impaurito rispetto che la città nutriva per lui. *Ma un giorno, un brutto giorno*, il conte insieme col suo sgherro preferito, il cuoco tuttofare Anatole Passabrodet, stava collaudando le nuove cartucce Ribum sfracellando alcuni anatronzoli e pulcini quando gli punse vaghezza di sparare su un cane volpino. Inspiegabilmente lo mancò, e la rosa di pallini si stampò su un muro. Il conte esaminò attentamente la rosa, svuotò una cartuccia, si fece scuro in volto e subito corse alla fabbrica.

"Chi è il responsabile del settore cartucce?" chiese.

Gli fu detto.

"Chi è la persona che riempie di pallini queste cartucce?"

Gli fu detto. Allora le cartucce venivano riempite a mano e quelle usate dal conte, le numero otto, venivano confezionate da una giovane donna di nome Lupinzia, la quale aveva fama di fattucchiera ed ecologa, discendente dalla tribù degli stregoni Algos.

Il conte puntò i suoi occhi di cinghiale in quelli di Lupinzia, ma quella non si spaventò, anzi gli rimandò indietro uno sguardo di sfida.

"È lei che ha messo i pallini in questa cartuccia?" chiese il conte.

"Sissignore," rispose Lupinzia.

"Orbene, ho controllato: in questa cartuccia ci sono settantasei pallini invece di cento. Perché?"

"Per farle risparmiar piombo, conte," rispose sorridendo Lupinzia.

"O forse," disse il conte "per sabotare le mie cartucce a favore di qualche fagiano suo amico? Lo sa lei che ventiquattro pallini in meno riducono la rosa, e quindi la possibilità di centrare la preda del trenta per cento?"

"Ah sì?" disse Lupinzia "allora lei spari più dritto."

"Lei è licenziata," disse il conte, furibondo.

A quella frase Lupinzia abbassò gli occhi e disse:

"Aspetto un figlio... non può farlo... per noi sarà la fame."

"Fame?" disse ridendo il conte. "Cos'è? Hai mai sentito questa parola, Passabrodet?"

"Sì, conte," rispose il cuoco "credo si riferisca a una degenerazione del sano appetito, un'affezione morbosa che colpisce i miserabili, ma da cui la gente perbene è del tutto immune."

"Non ho mai provato questa fame, tantomeno credo che esista, quindi la licenzio," disse il conte.

Lupinzia non rispose. Ma andandosene puntò il dito contro Feroce Maria e disse:

"Buon appetito a lei da parte del Grande Bastardo... e in quanto a te, Passabrodet, te ne pentirai!"

"Il Grande Bastardo...," ripeté Memorino, con un brivido nella voce.

"Nessuno la difese?" disse Lucifero.

Nessuno. A quei tempi non c'erano ancora state le Grandi Conquiste Operaie e la caduta dell'Impero Operaio d'Occidente. Il conte tornò a casa di ottimo umore, spedì Passabrodet in cucina e si fece fuori quattro spiedi di allodole, una lepre castagnata, una siepe di finocchi, una bolata di funghi, quattro uova alla trifola e sette budini che gli scivolaron in gola come slitte. Dopodiché si addormentò.

Nottetempo, Passabrodet sentì dei rumori in cucina. Andò armato di fucile per vedere quale gattaccio o sguattero osasse profanare la sua cambusa, ma con stupore scoprì il conte che seduto sul tavolo sbranava un cosciotto d'agnello, mentre il sugo gli imbrattava la candida camicia da notte.

"Mi è venuta voglia di uno spuntino," disse il conte. E nei suoi occhi c'era un'espressione...

"... mai vista," disse Memorino.

"... prima," disse Lucifero.

Esatto. Da quel giorno le ordinazioni per la cucina del conte triplicarono, decuplicarono. I suoi servi battevano le campagne per riempir carnieri di lepri e fagiani, e certe mattine si udiva rumor di grandine, e invece eran pallini da caccia. I fungaioli lavoravano anche di notte, i cani da tartufo aravano i boschi, squadre di fragolatori setacciavano l'erba. Si diceva che il conte fosse stato preso dalla mania dei banchetti e invitasse ogni sera venti, trenta ospiti, ma non si vedevano carrozze entrare nel palazzo, né si udivano voci o risate: solo un ininterrotto frastuono di pentole e pignatte e una frenetica staffetta di camerieri. Passabrodet era il feroce esecutore di queste razzie gastronomiche. Svuotava i negozi con carovane di carrelli. Attraversava boschi e campagne e non restava più una mela su un ramo o un mirtillo in un cespuglio. I cittadini protestavano, ma Passabrodet penetrava nelle loro case e requisiva sottaceti, sequestrava abbacchi, rapiva mortadelle e fu visto persino prendere uova al volo dal sedere delle galline e rubare biberon ai neonati.

"Il conte ci farà morir di fame," dicevano i cittadini.

"Il conte ha a cena amici, ci voglion sacrifici," rispondeva rimando Passabrodet.

Invano la plebe cercò di essere ricevuta per spiegare le sue ragioni. Dopo qualche mese in tutta la città non c'era più un filetto, un coniglio, una mentina, una brioche. Tutto era stato razziato, e venivano camion con pesci dalla Scandinavia, manzi dall'Argentina e, dice la leggenda, persino un camion dall'Amazzonia con un paio di anaconde affumicate.

Il conte non si mostrava più in pubblico, e sul suo conto correvano le voci più strane. Finché non ci fu più nulla da mangiare a Banessa, e chi aveva ancora qualcosa lo teneva nascosto per i propri figli. Un'unica polpetta era il pasto serale di una famiglia e neanche si facevano più buchi supplementari nelle cinture, perché le cinture venivano bollite per fare il brodo.

Intanto dal palazzo uscivano odori e vapori di cibarie, ma anche urla selvagge di belva affamata.

Una notte, un rappresentante di dadi da brodo non fece ritorno alla sua abitazione. Qualcuno disse di averlo visto entrare a palazzo Bumerlo, dopodiché...

Una zaffata improvvisa di cavolo diavolo zittì Alì.

"Silenzio, manica di pipparoli, bitilli e manuturbatori," sibilò Don Biffero sulla soglia della camerata "dormite subito!"

Memorino, Alì e Lucifero si inumarono nei gelidi lenzuoli.

4

"Grane, sempre grane da quei ragazzacci," pensò Don Biffero nella sua cameretta, seduto su uno scranno papale, un braccio al collo e un piedone fasciato. Sui muri bianchi spiccavano un poster con Papa benedicente da un semovente blindato e la gigantografia di un feto. Intorno, la severa e spoglia mobilia nera testimoniava morigeratezza: un armadio funereo, una cassapanca vampiresca e un comodino becchino. Ma d'improvviso, lo Zopilote spalancò le ante dell'armadio e apparve un meraviglioso tivucolor moltipollici che, subito sagittato, si accese di tutti i colori dell'iride. Quindi dalla cassapanca emerse un fornetto a microonde che si mise all'istante a turbare le molecole di un tortino al tartufo, mentre dal comodino usciva una bottiglia di vinsanto e sbocciava il ronzio soddisfatto di una stufetta elettrica.

Don Biffero beveva santamente e guardava la televisione, da cui non veniva alcun suono. Aveva iniziato a guardarla a volume basso per non farsi scoprire dagli orfani e dai colleghi, ma in breve tempo si era accorto che la tivù muta era più bella. Si indovinavano così nei volti tutte le malizie e i peccati, la vanità e la spocchia, si poteva pensare che dalla bocca dello speaker venissero celesti moniti e che le immagini di guerre, terremoti e inondazioni riguardassero soltanto paesi atei, ideologicamente protervi e quindi giustamente puniti da Dio. Si potevano guardare le ballerine e gli strip senza musica, e questo secondo Don Biffero ridimensionava grandemente il peccato, perché il culo è opera del Signore, il sax del Diavolo.

Don Biffero sospirò e scacciò una formica scampata al massacro chimico. Dal forno veniva un profumo delizioso. Sullo schermo era in corso un dibattito con filmato annesso. Nel filmato si vedeva un'alta carica dello stato urlare a pieno campo, il volto livido, un'ira scomposta nei gesti. A che sarebbero servite le parole? In quel viso, in quei gesti Don Biffero riconosceva l'autorità e i suoi peccati, la prepotenza e l'ipocrisia.

Quella era carne per il suo confessionale: finché ci sarebbero stati uomini così, ci sarebbe stato bisogno di lui.

Seguì il dibattito. E anche qui volti lividi e irosi, la telecamera passava da una bava all'altra, il moderatore urlava più forte di tutti, chiedendosi come mai, avendo egli invitato dei noti urlatori, essi si fossero messi a urlare. Ma nessun suono veniva dallo schermo, e vedendo quella rissa di pesci Don Biffero poteva immaginare che parlassero di tutto, calcio o mafia, moda o stragi.

Poiché una specie di mortifera euforia verbale, un'eutanasia da dibattito, sembrava accompagnare Gladonia nel suo Ultimo Destino, e in questa ciarliera decomposizione e scelta dei titoli di coda tutti, Onesti e Disonesti, si interrogavano, abbracciati in caduta libera, se il Paese fosse governato da Ladri o da Imbecilli, piuttosto che da Inetti o da Maneggioni, dubbio sciogliendo il quale sarebbe forse sopraggiunto un po' di sollievo. Don Biffero pensava che in realtà quel paese era governato semplicemente da Delinquenti, per lo più mascherati. Lo pensava con cristiana rassegnazione, e un certo fetente ottimismo da capezzale. C'erano anche tante cose belle, in quel mondo triste. E infatti subito l'Indignata Rissa fu interrotta da uno Spot, dove c'era il sole, e un'auto lunga e lustra, e una donna elegante e bionda, e forse, solo per un attimo, un purgante. E sagittando un canale oltre apparvero tre vallette, sorridenti in paramenti rosa, e si misero a danzare con colpi di culo simmetrici e passettini anatreschi, e una reggeva un telefono, un'altra un prosciutto sponsor e l'altra sorrideva: a chi? A Don Biffero, naturalmente, e la valletta reggicornetta, aumentando vieppiù il dentorama, porse il telefono al presentatore e quello parlò: con chi? Con lui, con Don Biffero.

"Come va stasera, padre? Ancora un tortino tartufato?"

"Sì, con finocchio e parmigiano. Quando voglio, so cucinare..."

"Vuole vincere uno dei nostri premi? Quale preferisce?"

"Beh, mi piacerebbe... una vasca con idromassaggio..."

"Parla da solo Don Biffero? E perché si è chiuso a chiave?"

La voce, suadente e decisa, non era una voce sognata. Era

nientemeno che la voce di Sua Eminenza, vice priore degli Zopi-loti, che stava *ad portas*. Don Biffero chiuse ante, spense mi-croonde, oscurò catodi e lasciò accesa solo una candela. Il suo odore di cavolo, per fortuna, ammazzava anche quello del tartu-fo. Sua Eminenza entrò sottobraccio a un refolo di dopobarba. Altissimo e scuro, sedette nel punto più buio, lontano dalla can-dela. Di lui era visibile solo la brace di un cigarillo sospesa nel-l'aria.

"Abbiamo finito l'ispezione," disse "e ho pensato di riferirle subito i risultati, invece che farle aspettare i nudi documenti..."

"Eminenza," disse Don Biffero con voce colpevole "lei è troppo buono."

"Aspetti a dirlo," disse Sua Eminenza.

Don Biffero si fece piccolo piccolo e parlò con un filo di vo-ce, da botolo:

"Vede, Eminenza, uno lavora, lavora anni per la Gloria del Signore, risparmia, risparmia, magari togliendo qualcosa all'ap-petito insaziabile di questi squaletti per riservarlo a fini più spiri-tuali, quali l'acquisto di quadri antichi, quote aziendali e beni im-mobili di cui si gioveranno altre Pie Opere e poi trac, un inciden-te, una statua che cade, arriva una Commissione d'Inchiesta e tutto è vanificato, perduto..."

"Che peccato," disse Sua Eminenza.

"Un peccato mortale. Ma io credo che Dio comprenderà..."

"Egli ha già compreso, mandandomi qui. In quanto rappre-sentante dell'Altissimo Priore degli Zopiloti riferirò che il crollo della statua non è dovuto a mancanza di manutenzione, ma a un antico, malvagio disegno al quale non daremo pubblicità..."

"Splendido," esclamò Don Biffero.

"Un momento! La mia ispezione ha altresì cerziorato alcune deviazioni nell'impiego dei fondi, alcune ristrutturazioni non ef-fettuate, condizioni igieniche non ideali, voci certo infondate ma ricorrenti di percosse, presenza nelle cucine di materiali più da reliquia che da cottura... come il suo odore dimostra..."

"Odore di lavoratore," disse Don Biffero "comunque..."

"Comunque questo è un orfanotrofio, non un albergo di lus-so," disse sua Eminenza uscendo dal buio non già formicone ma farfalla, con un toutlemème viola, mantello di shatuz e uno zuc-cotto rilucente di una croce d'oro.

Don Biffero rimirò incantato.

"Quindi tutto proseguirà come prima," disse Sua Eleganza

buttandosi con nonchalance il mantello dietro le spalle. "Ma lei deve tenere i nervi saldi, o tutti si accorgeranno che qui è successo qualcosa."

"Non ci riesco, Eminenza," disse Don Biffero "per via della profezia."

"Ho udito l'inizio di questa storia da qualche parte," disse sua Eleganza. "Ma non ho mai saputo come va a finire."

Deve sapere, Eminenza, che poiché al tempo del conte Feroce Maria le sparizioni di uomini, donne e rappresentanti di dadi da brodo proseguivano, la paura raggiunse un livello intollerabile. Un gruppo di cittadini che insisteva per essere ricevuto a palazzo Bumerlo, fu sempre respinto. Finché dopo l'ennesima sparizione di un garzone di panicuocolo, una notte la plebaglia inferocita sfondò il nobile portone, travolse il fido Passabrodet e s'introdusse nel salone da pranzo.

E cosa videro? Videro il conte Feroce Maria ridotto a uno scheletro, uno spettro che strisciava a quattro zampe sulla tavola, divorando un rognone crudo con voracità ferina. Vedendo gli intrusi ringhiò e trascinò via il pezzo di carne, proprio come usano fare le belve per difendere la preda. E tutto intorno c'erano ossa enormi, carcasse di fagiani e metri e metri di filo per arrosto, il pasto di almeno venti persone. Ma era chiaro che quel banchetto era finito esclusivamente nello stomaco maledetto del conte. Il sortilegio della strega Lupinzia lo condannava da mesi a quella fame mostruosa, che nessuna quantità di cibo poteva placare, anzi, che di giorno in giorno vieppiù aumentava.

Terrorizzati i cittadini corsero per le strade gridando: "Il conte è impazzito, le ossa sul tavolo sono certamente umane! Ci divorerà tutti!" La plebaglia è notoriamente portata al dramma.

"Ma a questo punto," e la voce di Don Biffero si abbassò di un bemolle "la storia diviene così oscura e avviluppata in diverse versioni, che solo la Fede può aiutarci a decifrarla."

Dopo giorni di accuse, incidenti e sommosse, con feriti da ambo le parti, una notte la figlia del conte, la dolce mite casta Celeste, fece entrare furtivamente alcuni monelli suoi amici nel salone da pranzo del palazzo. Voleva dividere con loro una torta sottratta alla dispensa. Ma, richiamati dal gran suono di giovani mandibole, irruppero gli sgherri, guidati dal conte in persona, con la fedele Ribum in braccio. I piccoli urlarono di terrore. Richiamati dalle grida accorsero molti cittadini con forconi e fucili, e di nuovo sfondarono il portone ed entrarono.

"Vuole mangiare i nostri bambini!" urlava la plebe caiaffa.

"Indietro, o spariamo!" dissero gli sgherri.

"Celeste, la figlia del conte, è dalla nostra parte!" urlava.

"Indietro o spariamo!" ridissero.

E cento fucili erano già puntati, e nobili indici e rozzi ditoni erano già sui grilletti, e tutti avevano un occhio chiuso per mirare, quando la bionda mite casta Celeste si frappose tra i contendenti e disse:

"Vi prego, fate la pace... il sangue non gioverà a nessuno..." Ciò detto si circonfuse di luce, chi dice rosacea chi dice perlacea, iniziò a girare vorticosamente su se stessa e paf! un'ala le spuntò dalla scapola destra, paf, un'altra dalla sinistra e bang! un getto di propellente paradisiaco le uscì da sotto la gonna e Celeste ascese al cielo pronunciando un'oscura profezia conclusa dalle parole:

"E ricordate che sarò sempre con voi..."

Dopodiché forò il soffitto e disparve *ad astra*.

Sconvolto dall'accaduto, il conte si pentì delle sue malvage azioni, sparì da Banessa e mai più fu rivisto. Ma prima donò un'intera ala del palazzo a noi Zopiloti, perché ne facessimo un orfanotrofio nel nome e nel ricordo di sua figlia Celestina, santificata con procedimento d'urgenza. Tutti gli sgherri e i cittadini presenti quella notte cambiarono vita, chi entrò in convento, chi emigrò, chi si diede al vagabondaggio, nessuno volle ricordare più nulla e nulla più fu ricordato.

"Tutto è bene ciò che finisce e basta," disse Sua Eminenza.

"Ma resta la profezia!" esclamò Don Biffero. "Mentre saliva al cielo Celeste proferì oscure parole, oscure a tutti tranne che all'allora decano degli Zopiloti, Don Bolario, che conosceva il latino negromantico, o latinus bastardus."

"Quello che gli esorcisti usavano per parlar col diavolo, e gli inquisitori con le streghe?"

"Quell'idioma misterioso di cui si è perduta ogni traccia, poiché oggi il demonio si esprime correttamente in inglese e altre ventisette lingue moderne. Ma Don Bolario udì distintamente la profezia e la trascrisse su una pergamena, e subito dopo la stessa profezia iniziò ad apparire, come dipinta da una mano invisibile, in vari punti del palazzo, sui muri, sui quadri e financo, mi perdoni, sulle tavolette dei water. Ancor oggi appare, di tanto in tanto, sul soffitto del nostro refettorio, e per questo io lo annerisco coi vapori del cavolo. Perché, per quanto abbia provato con solventi e martellando l'intonaco, la scritta misteriosa ricompare. Se viene con me, puntando la candela verso l'alto, gliela mostrerò."

Entrarono nel refettorio.

"La avviso, Eminenza, che leggendo la scritta potrebbero accadere cose spiacevoli. È noto infatti che, quando il diavolo si palesa, si diverte a punzecchiare col forcone, a infastidire con l'alito e a mettere nelle mani dei presenti ogni sorta di oggetti viscidi e orrorosi comprese, sua Eminenza mi perdoni, parti vili del corpo. Perciò non si scandalizzi se anche lei, leggendo, avvertirà qualcuno di questi fenomeni."

"Ma che razza di balle!" disse infastidito Sua Eleganza. Puntò la candela verso l'alto e iniziò a leggere. Subito avvertì una puntura d'ape sul collo, un calcio negli stinchi e qualcosa di misterioso che gli premeva contro le natiche.

"Ah, questa poi!" disse Sua Eleganza, voltandosi di scatto.

"Gliel'avevo detto," disse Don Biffero che si era intanto beccato un ceffone invisibile.

Insieme lessero:

Erosus hic corrue lo simbolo de Cristo
fugono li insonti da lo loco tristo
et eos conducet anghelo improvviso
per foco et mare ad certame mai visto
in tempo qui spolia speme et folia.

Postremo celestes et diaboloi contendente
venit draco unicornuo de aere candente
candu nocte anticha est disvelata
et nulla anima in civitate restata
versus meus vita tua simul peritura.

"Capisce, Eminenza? Intende il pericolo?"

"Per la verità sono latinista insigne ma questo latino mi ricorda la sua zuppa. Cosa significa quel primo verso?"

"*Roso qui cade il simbolo di Cristo...* tra queste mura le formiche del negromante Mirmidone hanno rosicchiato e abbattuto il Cristo col Colbacco... il Cristo è caduto! La profezia ha cominciato ad avverarsi, e nulla potrà fermarla!"

5

Sembrava un noiosissimo pomeriggio come tutti gli altri, nel cortile dell'orfanotrofio. Don Biffero, come ulteriore rappresaglia, aveva fatto rapare a zero una decina di orfanelli, che stavano mogi in un angolo, silenziosi come monaci tibetani. Altri Celestini giocavano a pallacanestro con un pallone sgonfio e pesante come un gatto morto. Altri ancora leggevano capitan Korallo o ascoltavano alla radiolina un vecchio successo dei Mamma Mettimi Giù:

> *Nel mio paese*
> *il benessere ci ha tolto tutto*
> *mamma mettimi giù*
> *delle tue carezze non ne posso più.*
> (dall'ellepì *Sesso Droga e Ricevuta Fiscale*)

Memorino e Lucifero, dopo aver a lungo girovagato, tentarono di giocare a ping-pong, ma il vecchio tavolo era così imbarcato da sembrare un percorso di motocross, con rialzi e dune, per cui spesso la pallina impazziva e il ping-pong si metteva a giocare da solo, scambiandosi traiettorie da una metà all'altra. Così avvenne anche questa volta: il tavolo entrò in self-pong escludendo del tutto i giocatori.

Allora i nostri eroi si recarono ove sembrava impazzare l'evento più eccitante. Un angolo spelacchiato di prato dove era in corso una gara di figurine. Le figurine venivano lanciate nell'aria, per coprirsi l'un l'altra, e sopraffarsi, e i giocatori s'infervoravano copiando remote sequenze. Ma ahimè, le figurine scarseggiavano, per penuria di fondi e per i sequestri di Don Biffero, e nel gioco veniva ormai utilizzato di tutto, figurine vecchie e di collezioni diverse e persino santini, per cui le due squadre in campo erano così composte:

Squadra A (lanciatore Depretis): Maldini (figlio), Maldini (padre), Vialli, Ghiggia, San Cristoforo, l'alce canadese.

Squadra B (lanciatore Gradin): Turkylmaz, Cucchiaroni, N'Daye (nazionale del Senegal), Don Bosco, la poiana, e una figurina scolorita che rappresentava per alcuni il ciclista Van Looy sullo Stelvio, per altri Cristo sul Calvario.

Dopo alcuni minuti di questo divertimento, Memorino e Lucifero cercarono conforto nel flipper. Ma qualche fidipù aveva portato via il vetro, i funghetti e i flipperini. Restava solo un boletino rosso lampeggiante e solitario. Il calcio balilla era ingorgato e ad ogni manopola erano appesi in tre.

Si avviarono sconfortati verso la Sala Artistica. Così veniva chiamato un vetusto teatrino nel cui cartellone annuale spiccavano un "Santa Chiara" della compagnia delle dame di carità Pro Pueritia, una tombola natalizia con duo di zampogne, e il concorso di velocità catechistica con proiezione finale di diapositive sulla prevenzione dentaria.

In quel luogo Alì passava la maggior parte del suo tempo, intento a un lavoro di restauro. Su una parete del teatro era infatti dipinta la famosa "Ultima Cena" del maestro Vanes Pelicorti detto il Tovaglia, pittore di punta del movimento ristorantista, o neotrattorialismo, autore tra l'altro del celebre "Vecchietto che mangia i fagioli" visibile in duemila ristoranti della regione, oltre che dello scandaloso "Nudo di donna con anguria" esposto solo nelle sale da biliardo laiche. Il Tovaglia, noto per la rapidità tecnica e per i prezzi stracciati, fu incaricato dall'allora priore Don Furio di affrescare la sala con l'Ultima Cena in cambio di sei cene. Dipinse il capolavoro in tre giorni. Purtroppo non sapeva dipingere senza modelli, e a tal scopo gli fu prestato il sagrestano Moreno, il cui viso era spirituale come uno scaldabagno, e il cui gigantesco naso rosso, specialmente dopo una libagione, copriva circa il settanta per cento dei lineamenti, per cui il pittore doveva ogni volta aspettare che si sgonfiasse. Moreno fece da modello a tutti gli apostoli. Nella versione con barba bianca fu San Pietro, in versione giovanile, grazie anche all'aiuto di una foto sulla patente, impersonò San Giovanni, in versione quasi originale, Giuda. Lo spettacolo di dodici Moreni che circondavano Cristo risultò assai audace, ma il Tovaglia spiegò a Don Furio che nulla come quell'affresco illustrava la frase: "fratelli in Cristo".

Ovviamente però Moreno non poteva impersonare anche il Nazareno. Non avendo altri modelli, Vanes Pelicorti trovò una foto dell'attore Robert Mitchum con barba lunga nel film *Promontorio della paura*. Così lo dipinse al centro della tavolata. L'insieme era sorprendente, e il Pelicorti stava già per proporre una versione dell'Annunciazione con Brigitte Bardot e un Moreno alato, quando un crudele incidente lo rapì all'arte. Mentre lavorava all'insegna del ristorante "Fagiano", dipinse un volatile così perfetto e veritiero che da lontano un cacciatore gli sparò, centrando anche il povero pittore. Perciò quella non fu solo l'Ultima Cena di Cristo, ma anche del Tovaglia.

Da circa un anno, Alì stava restaurando il capolavoro apportando alcune piccole modifiche, dipingendo cioè il viso degli apostoli in nero. Era a metà dell'opera e stava lavorando su Tommaso, che voleva anche dotare di un sassofono. Essendo l'affresco immerso nella semioscurità, Don Biffero non s'era ancora accorto di nulla. Ma Alì sapeva che non avrebbe mai terminato il suo lavoro, e che quelle erano forse le ultime pennellate.

Infatti sentì avvicinarsi i passi dei suoi amici e Memorino e Lucifero entrarono con aria da congiurati.

"È per stasera. Sei pronto?"

"Sì, ma ho paura. E poi non mi avete detto dove andremo, e perché."

"Abbiamo una sorpresa per te, Alì. Non andremo raminghi e senza meta, ma verso la più gloriosa e difficile delle avventure..."

Memorinò levò di tasca un foglio sgualcito dalle molte amorose riletture notturne, e lo mostrò. Il foglio diceva:

Gentile orfano:
   come ogni anno i nostri selezionatori hanno perlustrato campi, vicoli, greti, parcheggi, giaroni, parrocchie, case del popolo, discariche abusive, cortiletti e terrazzi per trovare elementi idonei a partecipare al Campionato Mondiale di Pallastrada, che si terrà in luogo segreto i giorni 16 e 17 del corrente mese. Siamo lieti di informarvi che per la vostra bravura, nonché conoscenza e rispetto delle regole della pallastrada, il vostro orfanotrofio è stato prescelto per rappresentare Gladonia nel campionato, col nome di battaglia e i colori sociali che vorrete darvi, nelle persone dei seguenti cinque giocatori:
Messolì Memorino (capitano)
Diotallevi Luciano detto Lucifero
Viendalmare Bruno detto Alì
Bentrovato Amedeo detto Saraffo
Bentrovato Pietro detto Sguilla.

Presentazioni e iscrizioni si apriranno a mezzogiorno del giorno 14 e chiuderanno a mezzogiorno del giorno 15. Il viaggio è a vostre spese. Viva la pallastrada, viva la libertà! Firmato, per il comitato organizzatore

Il Grande Bastardo

Alì restò impietrito. Un rivolo di colore scese dal pennello lungo la barba di Giuda.

"Il Grande Bastardo ci ha chiamato... vuole proprio noi!"

Sì! Il Grande Bastardo! Lo straniero che cammina nella soglia tra il giorno e la notte, il re di un terribile regno di fanciulli, il protettore di tutti gli orfani del mondo, il Buddha dei randagi, la cometa dei vicoli, colui che fa trovare le grate calde ai mendicanti e riempie di doni i bidoni della spazzatura, colui che lascia sempre la cicca un po' lunga e la bottiglia un po' piena, colui che almeno una volta nella vita ogni trovatello o ramingo o barbone o gatto stradaiolo sogna di incontrare!

E il campionato di pallastrada, lo sport più nobile e indomito del mondo, nato nei lontanissimi altipiani delle tribù degli stregoni Algos, il gioco che continuò nelle città assediate e nei campi di concentramento, in cima ai grattacieli e nel fondo delle catacombe, e sempre continuerà. E loro, proprio loro erano stati scelti!

"Ricordate," disse Lucifero "quei due strani barboni con l'orecchino rosso che questa estate ci guardavano giocare?"

"Ricordo," disse Alì "e uno sembrava prendere appunti."

"Erano loro," disse Memorino "erano gli inviati del Grande Bastardo."

"Però se ho letto bene," disse Alì "abbiamo un problema."

"Lo so," disse Memorino "i gemelli Bentrovato non sono più qui. Chi poteva pensare che ci fosse qualcuno tanto fesso da adottarli?"

"Perciò addio Campionato," sospirò Alì.

"Niente affatto!" disse Memorino "ecco il regolamento allegato.

REGOLAMENTO UNICO E SEGRETO DEL CAMPIONATO MONDIALE DI PALLASTRADA

Il campionato viene giocato ogni quattro anni da otto squadre di tutto il mondo che si affrontano a eliminazione diretta secondo il regolamento internazionale, e cioè:

1) Le squadre sono di cinque giocatori senza limiti di età, sesso, razza e specie animale.

2) Il campo di gioco può essere di qualsiasi fondo e materiale a eccezione

dell'erba morbida, deve avere almeno una parte in ghiaia, almeno un ostacolo quale un albero o un macigno, una pendenza fino al venti per cento, almeno una pozzanghera fangosa e non deve essere recintato, ma possibilmente situato in zona dove il pallone, uscendo, abbia a rotolare per diversi chilometri.

3) Le porte sono delimitate da due sassi, o barattoli, o indumenti, e devono misurare sei passi del portiere. È però ammesso che il portiere restringa la porta, se non si fa scoprire, e che parimenti l'attaccante avversario la allarghi di nascosto fino a un massimo di venti metri. La traversa è immaginaria e corrisponde all'altezza a cui il portiere riesce a sputare.

4) La palla deve essere stata rattoppata almeno tre volte, deve essere o molto più gonfia o molto meno gonfia del normale, e possedere un adeguato numero di protuberanze che rendano il rimbalzo infido.

5) Ai giocatori è vietato indossare parastinchi o altre protezioni per le gambe.

6) Ogni squadra dovrà indossare un oggetto o un indumento dello stesso colore (sciarpa, elmo, berretto, calzerotto, stella da sceriffo) mentre è proibito avere maglia e pantaloncini uguali.

7) Sono ammessi gli sgambetti, il cianchetto, la gambarola, il ganascio, il pestone, il costolino, il raspasega, il poppe, il toccaballe, il calcinculo, il blondin, l'attaccabretella, il placcaggio, il ponte, la cravatta, il sandwich, l'entrata a slitta, l'entrata a zappa, il baghigno, la cornata, il triplo Mandelbaum, il colpo dell'aragosta, lo strazzabregh, il cuccio, il papa, lo squartarau, la trampolina e il morsgotto. Sono proibiti i colpi non dianzi citati e le armi di ogni genere.

8) Nel caso la palla finisca giù per una scarpata in mare o in altra provincia, la partita deve riprendere entro due ore, o sarà ritenuto valido il risultato conseguito prima dell'interruzione.

9) Nel caso in cui un cane o un neonato o un cieco o altro perturbatore entri in campo intralciando o azzannando la palla, egli sarà considerato a tutti gli effetti parte del gioco, a meno che non si dimostri che è stato addestrato da una delle squadre.

10) Il passaggio di biciclette, auto, moto e camion non interrompe il gioco, fatta eccezione per le ambulanze e i carri funebri.

11) Per poter svolgere il campionato nei due sacri giorni come è sempre stato, gli incontri mondiali avranno una durata fissa di ottantasette minuti divisi in due tempi.

12) La regola segreta 12, se applicata, abolisce tutte le precedenti.

13) È permessa la sostituzione di un giocatore solo quando i lividi e le croste occupino più del sessanta per cento delle gambe.

14) Si possono sostituire tutti i giocatori indicati nella lista di convocazione tranne il capitano. I nuovi giocatori dovranno però essere elementi notoriamente degni dello spirito della pallastrada.

Si raccomanda la massima puntualità e l'assoluta segretezza. Vi aspettiamo, ragazzi!

I tre si diedero la mano in silenzio e subito dopo aprirono una porta che dava su una ripida scala. Di lì cominciava il loro viaggio. L'ora della libertà era giunta. E come sempre, prima di un'avventura pericolosa, lanciarono il grido di guerra della Compagnia dei Celestini:

"Saluta la Signora!"

6.

Nella stazione immersa nella neve, cinque figurine con berretti puntuti da gnomo e giacconi di pelliccia attendevano pazienti. Per chilometri e chilometri, nient'altro che foreste e foreste.

Un'alce caracollava tra i binari. La neve cadeva fitta. Uno dei cinque gnomi suonò il campanello della fermata, perché alla stazione di Saltoluokta, Lapponia del Nord, i treni si fermavano solo a richiesta, essendo gli abitanti uno ogni venti chilometri quadrati.

La locomotiva si arrestò quasi senza rumore. Un gigantesco macchinista scese, ma non vide nessuno. Solo uno scatolone con la scritta:

Salmone affumicato, kg. 250
consegnare al traghetto "Ofelia" Malmöe-Copenhagen.

Il macchinista controllò da una fessura e vide all'interno cinque grosse teste di salmone che lo fissavano con gli occhi sbarrati. Inarcò la schiena, sollevò lo scatolone fino al vagone merci e ripartì.

Appena il treno ebbe preso velocità, lo scatolone si aprì. Ne uscirono le cinque figurine di prima. Tolto il berretto a punta, che era una testa di salmone essiccata, spuntarono cinque chiome bionde di bambini ambosessi. Saltò fuori anche un pallone che i cinque iniziarono a passarsi con delicati colpi delle babbucce di renna.

"E ora un po' di colpi di testa," disse il Capitano Ola Pukka a un bimbo con un buffo naso e precoci baffi.

37

Il baffutello iniziò a far rimbalzare la palla sulla testa come un giocoliere. Le Yokkmokk Fiällrävar, le volpette lapponi campionesse di pallaneve di tutto il Nord, erano già in viaggio per il campionato più antico e leggendario del mondo.

Una volta all'anno i Celestini venivano portati nella Capitale a vedere la Grande Meringa. La Grande Meringa era un uomo tutto vestito di bianco che comandava spiritualmente tutti gli Zopiloti, i Sanmenoniti, le Suore Mascherine, le Suore Piricocche, gli Scolopi, i Domenicani, i Beati Irochesi e i preti di tutto il mondo.

Si partiva alle due di notte, tutti in divisa grigio topo, su un lungo pullman verdazzurro detto il Bruco. Dentro al Bruco c'era ogni conforto: la musica, l'aria condizionata e le toilettes rotanti.

La musica era molto classica, otto ore di canti gregoriani da ascoltare in silenzio. L'aria era molto condizionata, un gelo da stroncare un pinguino, e i Celestini starnutivano sfornando stalattiti di moccio. Nelle toilettes si pisciava e si gelava e si ascoltavano i gregoriani. Così, con una sola sosta autostradale per far benzina e sgranchirsi le gambe tra i lazzi dei fidipà, si arrivava nella Capitale.

Là il Bruco si metteva in colonna insieme ad altri cento Bruchi, in un immenso ingorgo anulare, e il suono dei clacson e delle trombe si univa a quello delle campane, e tutti inveivano e sacramentavano sporgendosi dai finestrini come dannati dall'avello. Così, per capriccio del destino, il pellegrinaggio verso la Grande Meringa si trasformava in una lezione di bestemmie.

Trovato un posteggio si scendeva e ci si incamminava in fila per due verso la Grande Piazza, seguendo Don Biffero che sventolava un alto vessillo. Ci si infilava in mezzo a pretoni negri vestiti di amaranto e greggi di devote tutte recanti sottobraccio un piatto col volto della Grande Meringa. Poi scoppiava un grande applauso al quale i Celestini contribuivano pur non vedendo niente, perché davanti a loro c'era sempre qualcuno più alto. Nel cielo risuonava un vocione amplificato come quello del lunapark, con parole in varie lingue. Don Biffero spiegava:

"Ecco, è uscito sul balcone".

Oppure:

"Sta guardando qui, state composti".

Infine:

"Se ne va, applaudite".

La piazza si vuotava e tutti insieme si tornava al Bruco che però intanto era rimasto imprigionato in mezzo ad altri dieci o venti Bruchi, ed erano anche passati dei tifosi di una squadra di calcio rossoamarillo che vedendo il Bruco verdazzurro avevano pensato che trasportasse tifosi verdazzurri avversari e avevano rotto tutti i fanali e i vetri dimodoché l'aria condizionata era scappata fuori e dentro s'era riempito di gas e puzze varie.

Sulla strada del ritorno Don Biffero, incazzato come una iena, aveva detto: non ci si ferma neanche a pisciare, si torna a casa tutto d'un fiato.

A questo punto l'autista, che non aveva mai mostrato la faccia, ma solo un vasto occipite, si voltò e disse:

"No, Padre, io sono stanco e mi fermo".

Detto ciò, deviò nel piazzale di un Bendidiogrill, e al posto dei gregoriani mise una musica cantata da un negro infedele che diceva:

... I've been loving you
too long...

Si mise a cantare e offrì il chinotto a tutti i Celestini. Aveva i baffi, i capelli unti, pesava centocinquanta chili e aveva un occhio nero e uno azzurro: ma sembrava un angelo.

Quella fu la prima e unica volta in cui i Celestini credettero di vedere il Grande Bastardo, e subito gli chiesero:

"Chi ha inventato la pallastrada?"

Dal Libro del Grande Bastardo, *capitolo 56*

Un giorno uno stregone della tribù degli Algos, che vivevano sulle montagne del Sud, si annoiava a morte, quando vide il Gran-

de Bastardo che saliva per il sentiero, mezzo ubriaco e cantando canzonacce.

Lo stregone pensò di divertirsi alle sue spalle. Prese un grosso e rotondo frutto di majakão (leggi magiacòn) e lo fece rotolare giù per il sentiero: il majakão prese velocità e il Grande Bastardo se lo vide piombare addosso.

Istintivamente, lo respinse col piede e lo scagliò in aria.

Donna Florinda Sobbellella Algociras, che stava facendo la sfoglia, vide il majakão volarle incontro e lo respinse con un colpo di mattarello.

Il majakão finì nella tinozza del marito che stava facendo il bagno, e subito dall'acqua lo rilanciò in aria.

Il figlio prese il majakão dentro la cesta del bucato che portava in testa e lo tirò sopra il filo dei panni stesi alla sorella che glielo rimandò con le mani, e il rotondo majakão volò ai piedi del nonno che con un colpo preciso del suo bastone lo infilò nella buca per cuocere il maialetto.

"Fermi!" disse allora il Grande Bastardo. "Stiamo inventando troppe cose in una volta."

PARTE SECONDA

*In cui inizia la fuga dei nostri e conosciamo i sotterranei
del palazzo Bumerlo, una bionda misteriosa e altri personaggi
per nulla simpatici*

7.

La notizia della fuga dei tre Celestini fu nascosta all'esterno, ma il tam-tam interno la diffuse in un baleno per l'orfanotrofio. Don Biffero con una muta di sei Zopiloti li cercò dappertutto, nella lavanderia, sotto i letti, persino tra i sacchi di cavolo diavolo, dove nemmeno i topi si avventuravano. Poi trovò la porta della cantina aperta e capì. Erano fuggiti nel dedalo inesplorato di gallerie che portava a una parte del palazzo chiusa da anni, alle sue tenebrose leggende, ai suoi misteri. Per nulla al mondo Don Biffero vi avrebbe messo piede. In preda a un'ira sorda, fece rapare altri venti orfanelli, preparò una zuppa fetente come non mai, non accese neanche la televisione e cercò di dormire con un triplo Sanpax. Ma alle tre di notte squillò il telefono e Don Biffero era così teso che gli partirono due porcamà e un porcodì, mascherati da colpi di tosse. Al telefono c'era Sua Eminenza.

"Posso passare sopra a tutto," disse la voce gelida del Superiore. "Ai topi nella farina e alle statue che crollano sulla mensa, ma non alla fuga di tre orfani. Li ritrovi subito prima che la notizia si sparga, e che piombi l'assessore Beccalosso."

"Per carità Eminenza! Li troverò. Farò parlare i loro compagni. A costo di tor... di tornare ai vecchi metodi."

"Non ci sarà bisogno di torturare nessuno. Sta venendo da lei Don Bracco."

"E chi è costui?"

"È il più abile cacciatore di orfani della Cristianità. È un Sanmenonita."

"Ma veramente..."

"Sia lodato Gesù Cristo," tagliò corto Sua Eminenza.

"Sempre sia lodato," rispose Don Biffero. Agganciò la cornetta e si stracciò cerotti e garze vieppiù cristonando. I due nomi che aveva fatto Sua Eminenza sembravano fatti apposta per metterlo di cattivo umore.

Erminia Beccalosso, assessore al Malessere Generale approdata dopo vari pentimenti al PSM (Partito SocialMaggiorista) il cui motto era "se c'è una maggioranza, eccoci qua", fidipù politicamente inaffondabile, una brevilinea bionda capace di parlare sedici ore di fila, onnipresente, arrivista e mazzettara (il tutto però, in prospettiva europea). Era piombata l'anno precedente in ispezione all'orfanotrofio inscenando un sermone social-perissologico, aveva inchiodato gli orfanelli a una lezione sui Valori della Libertà, aveva criticato il cibo e mangiato come una scrofa, deplorato l'igiene e seminato cicche, stigmatizzato gli sprechi e fatte ventidue interurbane a scrocco. Dopodiché aveva discusso con Memorino su Parmenide, aveva regalato paleocaramelle stantie, aveva bestemmiato ed era uscita facendosi furtivamente il segno della croce davanti al Cristo col Colbacco. Non c'era stato un seguito, ma da un momento all'altro Don Biffero temeva di veder apparire sulla stampa il titolo: "L'assessore Beccalosso denuncia gli orrori del Santa Celeste".

In quanto ai Sanmenoniti un cristianissimo secolare odio li divideva dagli Zopiloti. Gli Zopiloti erano intellettuali eugenetici, usi a forgiare la volontà dei bambini prima coi precetti e poi a bacchettate. I Sanmenoniti erano conosciuti per il loro populismo e i loro metodi rozzi, ispirati a San Menonio, santo che nei quadri è raffigurato con un randello in mano, come il fante di bastoni, ed è noto ai fedeli per aver convertito interi paesi di montagna a mazzate. Nei conventi Sanmenoniti si zappava alle quattro di mattina, si distillavano centerbe vigorosi, si faceva ginnastica ignudi e poi così rafforzati nello spirito si andava a insegnare catechismo ai ragazzi con rosari di smataflonі indimenticabili. E ora proprio un Sanmenonita gli era stato messo al fianco. Cosa sarebbe accaduto?

Come prima cosa, accadde che si udì uno schianto e apparve Don Bracco. In mano aveva un pomello della porta, che aveva divelto con la grazia propria del suo Ordine.

"Eccheccazzo," dixit, e si fece avanti.

Misurava un metro e cinquanta per idem, era avvolto in un saio marron con una gomena per cordone, e aveva una faccia da bulldog con inquietanti occhi turchini. In testa portava un cappello a larghe tese da bounty-killer. Ma la parte più impressionante del suo vestiario erano le scarpe, due stivaletti sadomaso puntuti con lacci fino a metà polpaccio.

"Belle maniglie di merda avete," disse conciliante.

"È lei che ha delle mani da bovaro," disse Don Biffero.

Dopo questo asciutto incipit si scambiarono un segno di pace e Don Bracco disse:

"Mi porti subito al dormitorio. Voglio esaminare gli oggetti personali dei fuggitivi".

Così fecero. Don Biffero tirò fuori da ognuno dei tre armadietti un esemplare di calzino, li annodò e ottenne così un cocktail di odori. Poi portò il tutto vicino al naso e disse:

"Vuole per favore allontanarsi?"

Don Biffero traslocò l'aroma di cavolo di qualche metro.

"Bene," disse Don Bracco, dopo una lunga usmata. "Ora posso seguire le loro tracce in capo al mondo. Tanto per cominciare, sono andati giù da quella parte."

"Sì. Nelle cantine," disse Don Biffero.

"Gli andiamo dietro?"

"Ecco io," balbettò Don Biffero "preferirei che lei, se può, riprendesse le tracce all'uscita..."

"Certo che posso," disse Don Bracco, assaggiando uno scamuzzolo di pane secco della riserva Memorino "ma sbaglio, o lei ha una paura fottuta di entrare in quelle cantine?"

"Mala avis imminet," disse Don Biffero.

"Non sono forte in latino," disse Don Bracco "ma a seguire tracce sono un drago. Riavrà i suoi ragazzi. C'è qualcosa da mangiare?"

"E il latino negromantico, lo conosce?" disse Don Biffero, facendogli strada nel refettorio.

"Nemmanco..."

"Allora non conosce la profezia di Santa Celestina che sta scritta proprio sopra la nostra testa?"

"Quella sì. Ci hanno fatto studiare a memoria tutte le profezie fosche, menagrame e portasfiga lanciate dai santi in ogni secolo. Funzionano, coi fedeli..."

"Allora lei sa qual è il suo significato?"

"Prego, dopo di lei..."

"Il primo verso è chiaro, *quando roso cadrà il simbolo di Cristo*... e lei vede qui il mozzicone di Croce e il mio braccio infortunato. Il secondo verso vuol dire," e Don Biffero mugolò perché un cazzottone solforoso gli era atterrato sul cranio *"quando gli innocenti saranno fuggiti dal luogo tristo*, tristo per loro, si intende, ed è proprio quello che è successo, la fuga dei tre orfani maledetti..."

"E poi?"

"E poi ci sarà un *anghelo imprevisto*, una notizia inattesa e poi fuoco e mare... cosa le fa venire in mente?"

"Fuoco e mare? Aringhe affumicate. Non mi dica che non le ha, sento l'odore."

E con appetito Sanmenonita, di poco inferiore a quello Zopilote, se ne mangiò undici. Don Biffero lo guardava salivando come un molosso.

8

Cinquanta metri sotto il suolo della fiorente città di Banessa le cantine del palazzo Bumerlo si snodavano in labirintico tormento, e si dice che nessuno, nemmeno il costruttore stesso, il leggendario Eros Pelicorti, detto il Bascone, ne conoscesse l'esatta disposizione, perché impazzì a tre quarti del lavoro e l'ultimo quarto fu affidato al cugino, Eder Pelicorti detto il Panchina, il quale ereditò solo i disegni delle nuove gallerie, ma nulla che riguardasse il già labirintato. E nessuno degli operai e dei capomastri ebbe mai un'idea complessiva dell'opera, tanto che nacquero in seguito diverse leggende: la prima sosteneva che le cantine rodevano tutto il sottosuolo della città, ed era possibile ai Bumerlo per fini puramente pratici o puramente loschi spostarsi da un punto all'altro di Banessa senza essere visti.

Secondo un'altra voce le gallerie si diramavano a Sud e Nord per tutta Gladonia e oltre: e una in particolare sbucava in Centreuropa, nel castello avito della stirpe Riffler. Un'ultima leggenda diceva che le cantine proseguivano sì, ma verso il basso, e che finivano in un punto di altissima temperatura e pessima fama. Era certo altresì che l'architetto Bascone portasse sempre un enorme basco nero, come a coprir qualcosa di sospetto, e un ampio mantello sotto il quale, quando era arrabbiato, si sentiva qualcosa agitarsi e sbattere come una frusta o una corda o, come dicevano alcuni, una...

"... coda," disse Lucifero.

"Zitti!" implorò Alì "finitela con questi racconti. Non vi bastano il buio, la muffa e i topi?"

Camminavano ormai da un'ora quando all'improvviso si trovarono tra due muraglie di bottiglie, la famosa riserva dei padri Zopiloti contenente vini di grande valore e antichissimo lignaggio.

Lucifero, buon bevitore dall'età di quattro anni, riconobbe e stappò coi denti uno Château d'Argiles del 1963, ma vi erano anche vini leggendari come il Brigolin-Lalande, lo Xeres Sangre de Ogro e il Negrone di Scanzaransciatico, nelle annate migliori. Procedendo, v'erano ordinati schieramenti di Baroli, Grignolini, Picolit e Malvasie e poi, sotto uno stemma con un leone nasuto, una collezione di Latour, Markbrunner, Haut-Brion, Leoville, Sauternes. Lucifero leggeva a voce alta le etichette dei vini che divenivano sempre più rari e antichi. Un unico esemplare di vino della Cometa del 1811 appartenuto a Puškin, un barilotto di Amontillado delle cantine Montresor e un'intera scansia dedicata a Rabelais con bottiglie di Bonarda di Devinière e vino d'Angiò, di Garves e di Beaune. Infine una Vernaccia appartenuta a Salimbene de Adam, con ottocento anni di invecchiamento.

"Questa poi...," esclamò Alì, dubbioso.

Più avanti, in una galleria con muffe fosforescenti e ragnatele immense che sembravano i lenzuoli dell'orfanotrofio, c'erano bottiglie di antico vino romano, il Falerno, il Cecubo, il Caleno, l'Amineo, il Lucano, il Mugentino. E vicino a loro il vino rosso tracio che addormentò Polifemo e il vino di Pramno che Circe usava per i suoi sortilegi. E le ultime due bottiglie portavano questa etichetta:

Vino di Helbron,
imbottigliato nelle vigne del faraone Tutmosis III
e l'altra semplicemente:
Noè, riserva speciale.

"Questa poi non la bevo," disse Alì.

La formidabile collezione svanì improvvisamente dopo una curva e i tre si ritrovarono a percorrere il corridoio centrale di un reticolo di gallerie, su ognuna delle quali era scolpito a grandi lettere:

CELLE DE POENITENTIA

Erano camerette di due metri per due, contenenti solo una panca di pietra e un crocefisso. Ma su ogni soffitto era dipinta una scena di tentazione: in una Salomé concupiva Giovanni, nell'altra una baiadera su un cammello alato calava su Sant'Antonio, in un'altra una serpentroia avviluppava San Girolamo. Proseguendo si potevano vedere San Menone tentato dalle Sette Meringhe, San Sebastiano insidiato dal Diavolo in Completo di Cuoio e San Zopilo che resisteva alla spogliarellista polacca Gurlunda.

"Mica male," disse Lucifero, che trovava una certa somiglianza tra quei dipinti e i suoi fumetti preferiti. Alì guardava a bocca spalancata. Memorino, stanco, si sedette sul freddo pavimento.

"Quante visioni e quanti incubi devono aver riempito queste celle," sentenziò "se noi che siamo così giovani già siamo tormentati da sogni tentatori, e non v'è notte che io non sogni una giovane pensosa dai biondi capelli, come hanno potuto costoro convivere con queste immagini, con questo palinsesto notturno?"

"Forse ci davan giù di manovella anche loro," disse Lucifero.

"Io sogno tutte le notti papà e mamma che vengono a prendermi," disse Alì. "E mi portano in un lussuoso ristorante."

"Candido fanciullo," esclamò Memorino.

"E ti mettono in mano un mazzo di rose e ti dicono, se non le vendi tutte quando torni a casa ti schiariamo la pelle a mazzate," disse Lucifero.

"Su, proseguiamo," disse Memorino alzandosi e scrutando nell'oscurità "adesso capisco perché Don Biffero ci ha sempre proibito di scendere quaggiù."

"Sì, andiamo avanti, forse c'è qualcosa di più allegro," disse Alì, e fu esaudito.

OSSARIO

diceva una lapide all'entrata della galleria successiva.

Seicento Zopiloti erano qui conservati in nicchie, nella posa in cui la morte li aveva sorpresi; alcuni in preghiera, altri rattrappiti dai reumi, altri schiantati a tavola, con un ossicino di pollo tra le ossa della mano. Due scheletri stavano uno in groppa all'altro in posa inequivocabile. Ce n'era persino uno ancora annodato alla bicicletta con cui era uscito di strada, e uno con una gigantesca lisca di pesce in mano e la scritta:

PADRE BILANCINO DE' ZOPILOTI
MORTO DE CREPACUORE
DOPO AVER CON GRAN SFORZO TRATTO DALL'ACQUE
UN LUZZO DI CHILI NOVE E TRE ETTI

E videro un altro scheletro, ritorto come un panno strizzato, con la scritta:

51

E per molto ancora il corridoio degli scheletri si snodava in curve e anfratti, divenendo sempre più angusto, e ogni teschio aveva una candela accesa nelle orbite, e dal ghigno sporgeva una codina di topo ondeggiante. Così pareva che i defunti, vedendo passare i tre, facessero loro uno sberleffo.

Lucifero, per dimostrare di non aver paura, aveva impugnato una tibia e batteva su ogni cranio, con rumore di marimba, cantarellando. Memorino, preso in mano un teschio, si accingeva a esibirsi in un monologo, quando sentì vicinissimo un battere di denti. Guardò spaventato il teschio per vedere se era lui il responsabile.

Ma i denti ballerini erano quelli di Alì, che aveva appena udito uno strano rumore.

"Non sentite? Sono passi... anzi, è qualcosa che batte regolarmente... come una frusta... una corda..."

"... una coda," disse Lucifero.

"Allucinazioni," disse Memorino, e lanciò in aria il teschio fingendo noncuranza, ma non riuscì a riprenderlo e quello si fracassò a terra seminando un tintinnante rosario di molari.

"Aiuto," gridarono Alì e Memorino, lanciandosi uno in braccio all'altro col risultato di cadere entrambi.

"Basta, fifoni!" disse Lucifero. "In questo posto non vive nessuno da chissà quanti anni! Non perdiamo la testa."

"Se non ci vive nessuno," disse Alì "chi è che tiene accese tutte queste candele?"

Un silenzio rotto da tonitruanti gorgoglii di stomaco fece seguito alla sua domanda. E ben presto si udì nuovamente quel rumore regolare, qualcosa che batteva per terra ritmicamente, come una frusta, come una corda, come una...

"... coda," dissero i tre con un filo di voce.

Avrebbe potuto, ciò che stavano per incontrare, essere ancora più orribile di quanto già immaginavano?

9

"Non ha chiamato, quella troia."

Chi proferiva questo aspro giudizio di constatazione e biasimo, compendiandolo in pacata sintesi previa consultazione a distanza della propria segreteria telefonica, era il noto giornalista Giulio Fimicoli (Tesseraloggia B036), esperto di costume, di politica interna internazionale e fiscale, di moda, di arte, di riflessioni calcistiche, di coppia, di Sogno Americano, di psicologia dei rapiti, di trekking, di anticicloni, di tecnica militare, di esoterismo, di aborto e di qualsivoglia argomento non compreso nel presente elenco. Volto arcinoto ai telespettatori, più volte giurato al concorso di Lady Gladonia, campione regionale di rally per giornalisti, giurato del premio letterario Schifanoia e del premio di Satira Sant'Aculeo, intimo di altissimi personaggi della vita politica di Gladonia, di cui si diceva raccogliesse le confidenze, scrivesse i discorsi e rimpolpasse i dossier. Uomo assai quarantenne e spregiudicato, era inviato del giornale "Cambiare" il cui slogan era "le idee oltre le idee", le quali idee, nello sforzo di differenziarsi dalle idee precedenti, a loro volta pentitesi delle precedenti, si erano spinte tanto lontano, in una frenetica accelerazione di novità, da essere ormai praticamente invisibili. "Cambiare" faceva parte del gruppo sinergico Mussolardi (Tesseraloggia 14) che occupava tre quinti di stampa cinema e tivù di Gladonia, ma si trovava da qualche tempo in bonaccia d'audience.

Dopo la Grande Recessione una sorta di torpore aveva colpito lettori e teleutenti. Malgrado il buon numero ancora disponibile di città bombardate, revival neonazisti, retate di assessori, suicidi di licenziati, annunci di balzelli, massacri mafiosi, panorami di frattaglie e condanne a morte con moviola (nonché risse politiche e avanspettacoli culturali), niente sembrava più interessare i cittadini. A nulla servivano le roventi accuse di sfascio e corruzione con cui in incursioni televisive, articoli e libri, il Fimicoli bollava i responsabili della Rovina del Paese. Detti responsabili (per rimorso? per distrazione? per celia?) non facevano che premiarlo ossessivamente, cosicché non c'era quasi nessuna delle duemila persone da lui duramente attaccate quell'anno che non lo avesse applaudito, premiato con targa, insignito di assegno o rifornito di tartina in corso di pubbliche manifestazioni e cene private. Non solo: quasi tutti coloro che al fianco di Fimicoli si erano lanciati al grido di "adessobasta!", erano stati fatti dirigenti condirettori o deputati in tempo record, e "adesso" stavano accanto ai "basta".

Lo stesso Fimicoli nelle ultime elezioni era stato conteso da ben sei partiti e non si era presentato indispettito dal silenzio del settimo. Ma di queste piccole contraddizioni non si preoccupava il Fimicoli, perché facevano appunto parte delle idee dopo le idee di un giornalista moderno. E assai moderno era anche il suo abbigliamento: un completo blu con cravatta rossobianconera, colori della Jumilia Calcio, la supersquadra di Mussolardi, il tutto reso sbarazzino da una spilla a forma di varano e da due rari orologi Spatsch: uno del valore di nove milioni rubato in treno a una bambina svizzera e l'altro, giallo e gommoso, simile a un preservativo dipinto a mano, regalo del Mussolardi in persona.

Ma la parte più considerevole dell'abbigliamento di Fimicoli era un oggetto contenuto in una fodera di pelle sotto l'ascella, proprio come una pistola, che i colleghi grandemente gli invidiavano. Trattavasi del Milleusi Misiushi, prodigio giapponese che era insieme telefono parabolico intercontinentale, computer, fax, loran, batimetro, videogame e agenda, ed era in grado con la stessa prontezza di dettare un articolo, combattere con alieni, collegarsi con la Malesia, convocare pupe, allertare deputati, consultare archivi sportivi e accedere a numeri segreti quali cellulari di Vips e archivi del Sismig. A questo Misiushi, che era collegato con le sue segreterie telefoniche, il Fimicoli doveva l'amaro giudizio di cui all'inizio.

A fianco del Fimicoli vigilava Gilberto Rosalino, noto leader di un movimento che voleva tutto e che conseguentemente, anni dopo, aveva voluto tutto mutare della sua vita diventando fotografo e cinefilo. Rosalino era vestito secondo l'estetica del disorientamento o dell'"immagine deserta" del suo idolo Jim Westerman e cioè:

Barba né lunga né corta ma tale da disorientare chi volesse definirla barba o non barba, giaccone di cuoio zozzo e consunto ma con lussuosa fodera di seta rossa, maglietta con scritta in lingua orientale sconosciuta, pantaloni di tessuto strano e disorientante, forse pelle sintetica o vera iguana, scarpe americane bianche da rapper con tre ordini di laccetti, zip e linguette, citazione del film *Alien*. A tracolla portava la sua attrezzatura fotografica, consistente in un corpo centrale Misiushi Professional e in dodici obbiettivi alcuni dei quali con misure da obice, per un peso da schiantare uno sherpa. Ma dopo una gioventù scarsamente attenta al corpo, Rosalino si era iscritto alla palestra Body Blue e aveva inserito, sotto la faccia occhialuta e pallida da intellettuale, un fisico da culturista. Ciò rifletteva anche ideologicamente la scelta di "fisicità emozionale" teorizzata dal Westerman, corrispondente sul piano artistico (citiamo a braccio) "nel vedere il frammento come unico discorso totale e la realtà come convulsione necessaria dell'irrealtà, cioè il fuoriscena come unica possibilità di rappresentazione, l'immobilità come sola forma di percorso, il Festival come sola forma di solitudine". La prima mostra fotografica di Rosalino, centoundici code di cane sfocate, aveva avuto un certo successo e la citazione con tre palle (°°°, da vedere a stomaco pieno) del "Banessa Magazine". Ma per vivere era costretto a fare reportage, e per la sua innata tendenza a lasciarsi strapazzare era diventato un ottimo partner per Fimicoli.

"Che periodo noioso," disse il giornalista tasteggiando il Misiushi "se anche questa settimana mi mandano nel Sud a intervistare la vedova di qualche giudice scannato, giuro che presento certificato medico."

"Ci sarebbe il caso Rapetti," suggerì Rosalino.

Il Rapetti, industriale della lana, aveva ammazzato la moglie e l'amante, li aveva legati alle pale del suo elicottero e portati in gita nei cieli della città.

"Avevano bambini?"

"Non mi risulta..."

"Allora niente. La violenza sui bambini quella sì, una scossettina all'audience potrebbe ancora darla..."

Caso volle che guardando giù dalla vetrata antiproiettile della redazione vedesse proprio un bambino, smilzo e con due orecchie panoramiche, a colloquio con il portinaio-sceriffo. Il portiniffo (Tesseraloggia 15897) scuoteva la testa, ma il piccolo non demordeva. Il naso di Fimicoli iniziò a prudere, segno che il suo celebre fiuto entrava in azione. Con rapida ed elastica corsa li raggiunse e chiese cosa accadeva.

"Niente, dottore," disse il portiniffo "questo qui viene da un orfanotrofio e vorrebbe parlare con un giornalista."

"Ah sì?" disse Fimicoli sorridendo materno all'orecchiuto "e perché?"

"Perché tre di noi sono scappati," disse il bambino, il cui nome era Christian Trovati detto Stereo "e il direttore Don Biffero vuole tenerlo nascosto. Ha paura dell'assessore Beccalosso, dei giornali, dello scandalo. Ma noi siamo preoccupati per i nostri amici."

Fimicoli sentì il naso arroventarsi.

"Rosalino," ordinò "un cappuccino e due paste per questo coraggioso orfano che ci racconterà la sua storia."

10

La banda dei Celestini avanzava cautamente verso il rumore misterioso. Qualsiasi cosa fosse, era un primo ostacolo da superare verso la libertà, verso il campionato mondiale, verso il riscatto del loro destino di orfani.

Ma le sorprese si susseguivano a mozzafiato per i nostri eroi: usciti dal corridoio degli scheletri e percorsa una lunga scalinata, attraverso una porta a vetri craquelé si trovarono di colpo nelle cucine del palazzo.

Fu come entrare in un pianeta abbandonato. Sopra grandi fornelli polverosi di cui sembrava di sentire ancora il calore, giacevano piccole astronavi di pentole rugginose, marmitte scheggiate, stampi deformati, cuccume dal naso storto, leccarde ancor piene di grasso raggrumato. Decine e decine di ramine, mestoli e forchettoni pendevano come impiccati dai ganci. Batterie di tegami di diversa misura erano sparse a terra, come se il tegame capofamiglia avesse chiamato a un'ultima inutile fuga la sua stirpe. Un paiolo di rame mostrava sul fondo un fossile di polenta solidificata nel cui centro era conficcato un lungo mestolo di legno, inestraibile come una spada fatata. E mentre i tre avanzavano, sotto i loro piedi risuonavano cocci di pignatte e briciole di piatti, esplodevano bicchieri e forchette saltavano in aria come grilli, spiedi insidiosi alzavano il becco, zamponiere franavano. Da un padellone di piselli mummificati uscì un topo che li guardò senza particolare interesse e tornò ai suoi studi di archeopisia. Oltre alla bellezza delle batterie di rame e dei servizi di porcellana ancora impilati, i nostri ammirarono gli affreschi di Ines Pelicorti, detta la Bietolina, famosa decoratrice di interni e in special modo di cucine nobiliari. Sul soffitto erano raffigurate scene di caccia, scurite dal fumo delle pentole. Al centro si vedeva Artemide che lanciava dardi a un cervo, mentre sopra il camino Sideone cacciava il cinfalepro, animale mitico con corpo di cinghiale, orecchie lepresche e coda di fagiano. In un altro affresco due creature nere e orride, forse lupi, inseguivano tre agnelli, due bianchi e uno nero, in un altro ancora il conte Feroce Maria, con la fedele Ribum, sparava a uno stormo di allodole che componeva nel cielo la scritta:

SE RIBUM CI COLPIRÀ
MORIREM CON QUALITÀ

Alì contemplava gli affreschi estasiato. C'era una certa somiglianza di stile tra Ines Pelicorti e il fratello Vanes. Notò anche che il cinfalepro aveva un occhio nero e uno azzurro proprio come il loro vecchio compagno Occhio-di-gatto. Salì su una sedia per controllare da vicino, ma quella cedette e Alì precipitò, con fragore di campana, dentro la pentola più grande di tutte.

"Controlli la cottura?" sogghignò Memorino.

"Non c'è niente da ridere," rimbombò la voce di Alì.

"Cosa c'è lì dentro?" disse Lucifero "brodo preistorico? coda di diavolo in salmì?"

"No," rispose Alì "c'è un letto."

(*Silenzio*)

"... Sì, un letto, un giaciglio fatto con due cuscini e inoltre un paio di scarpette... e un libro: *Spirite* di Gauthier. Se proprio lo volete sapere," e la testa di Alì sbucò fuori "la pentola è ancora tiepida. Qualcuno ci dorme, qua dentro."

(*Di nuovo silenzio*)

All'improvviso il rumore misterioso riprese con maggior forza, appena fuori della cucina. Memorino esitò un momento, prima di aprire la porta a vetri, poi la spalancò e...

Si trovarono nel famoso salone da pranzo del conte. Il rumore era cessato di colpo, ma i tre non ci fecero caso, incantati dalle meraviglie della sala, opera del più geniale e tenebroso dei fratelli Pelicorti, Enoch Pelicorti detto il Catena, perché per via dei suoi terribili sbalzi d'umore bisognava spesso tenerlo in ceppi. Compose così quasi tutte le sue opere legato a una lunga catena, senza la quale era capace di ogni sconsideratezza, finché, a soli ventisette anni, fu internato in manicomio e lì sepolto a vita.

Il Catena era artista multiforme: pittore, scultore, incisore. Suo era il Lac Noir, un tavolo composto col famoso ebano dell'isola di Hyle, il più nero del mondo. Il tavolo, collocato al centro della sala, era considerato uno dei capolavori dell'arte conviviale gladoniana. Misurava quarantadue metri di lunghezza per sei di larghezza, e aveva centodue gambe, su ognuna delle quali era scolpito un dragone diversamente ignivomo e ghignante.

Sul piano erano stati ritagliati otto portelli del diametro di un metro, da cui i camerieri potevano emergere, camminando a quattro zampe, poiché data l'estensione del Lac Noir, questo era l'unico modo di raggiungerne tutti i punti. Sul tavolo erano posati dodici candelabri d'argento raffiguranti le quattro stagioni, le quattro virtù cardinali e i quattro modelli della doppietta Ribum, con le candele infilate dentro le canne. Centodue sedie di ebano contornavano il capolavoro.

Tutto intorno, sulle pareti, c'erano quadri del Catena raffiguranti la famiglia Riffler Bumerlo e i suoi antenati, in pose campestri, a cavallo o in vesti di personaggi storici quali Messalina, Annibale e Tamerlano. Sotto un prezioso archivolto di foglie dorate stava il famoso orologio Hogelrom, che era appartenuto al nonno del conte Feroce Maria, Hans Drake von Hogelrom Riffler. Il Pelicorti aveva restaurato e rimesso in funzione l'orologio, un gigantesco cucù a muro, due quintali di abete, riproducente una casa della Foresta Nera. Da una porticina della casa usciva ogni ora un fagiano a cucù emettendo il suo caratteristico verso straziante. Se erano le sei, il fagiano emetteva cinque lamenti. E il sesto tocco? Ecco che da un'altra porticina usciva un cacciatore e con un colpo fragoroso di moschetto, con tanto di fumo, abbatteva il volatile. Quindi una mano scheletrica ghermiva il fagiano riportandolo dentro la casa, e il cacciatore, eseguito un presentat-arm, rientrava a sua volta.

La visione di quest'orologio, e dell'esecuzione del fagiano, suscitava nel conte Feroce un vero orgasmo di risa e godimento, tanto che sovente bisognava rimettere indietro le lancette e ripetere la scena. E che dire degli affreschi che ornavano le pareti e il soffitto? Sul lato ovest era ritratto un bosco in cima a una montagna, e fanciulli cavalcanti un ippogrifo. Sopra, un cielo tempestoso contrastava una migrazione di aironi grigi. Sul soffitto, proprio a perpendicolo del tavolo, quattro angeli panciuti volavano svolgendo un festone dove forse, originariamente, c'era una scritta.

Ma proprio al centro del festone era visibile il buco da cui, secondo la leggenda, si era involata Santa Celeste.

L'affresco più grande, che copriva tutto il lato Est della sala, raffigurava uno stagno con salici depressi e ninfee pallide. Su queste acque, tra vapori nebbiosi, procedeva il conte Feroce Maria, in costume da caccia e cappello con piume di pavone. Al suo fianco l'immancabile Ribum e il fedele Ludwig, un bracco dal leggendario fiuto. Sulla riva, un vecchio con barba grigia e vestiti laceri indicava con una mano il conte e con l'altra una pergamena poggiata sulle ginocchia.

Era, per alcuni, l'immagine del destino, per altri una metafora della saggezza a cui il conte andava incontro nella vecchiaia, per altri ancora il fisco, che attendeva implacabile il conte e le sue rendite. Fatto sta che questo quadro non entusiasmava Feroce Maria, che aveva fatto sistemare la sua sedia in modo da vederlo il meno possibile.

L'arte del Catena si affermava in questi affreschi in tutta la sua potenza, e la sua sacra follia li aveva disseminati di particolari inquietanti. Qua e là, infatti, osservando attentamente, apparivano piccole creature, diavoletti con muso di cane volpino e strane maschere: uno sbirciava tra il fogliame del bosco, la coda di un altro spuntava dalla barca del conte, un terzo volava attaccato coi denti alla coda di un airone, un quarto faceva capolino sotto le ninfee. Inoltre, se si guardava l'affresco del soffitto spostandosi dal centro verso i lati, per un gioco prospettico il viso paffuto degli angeli mutava espressione, diventava affilato e agli angoli della bocca spuntavano dentini poco rassicuranti, mentre i vaporosi boccoli si trasformavano in orecchie pelose e puntute.

Alì non smetteva si rimirare quegli enigmatici capolavori, e stava per accostarsi al quadro più famoso, il "Cardinal Infante Feroce Maria cacciatore", quando notò su una sedia una bottiglia di vino, e un bicchiere pieno.

"Ehi," gridò "guardate qua!"

In quell'istante, da sotto il tavolo, sbucò la padrona di casa.

Era una bambina dai lunghi capelli biondi, con un vestito di organza azzurra, di foggia antica. Balzò sul Lac Noir e con incredibile agilità e velocità prese a saltare la corda. La ragione di quel rumore ritmico era adesso svelata, ma nondimeno l'apparizione sconcertò i nostri amici, perché la bambina aveva un volto bellissimo e pallido, e c'era nella sua abilità nel gioco qualcosa di ipnotico. Passava dalla corda tenuta "all'inglese" alle mani incrociate, dal salto a piedi uniti al passo a cavallino, invertiva il senso della rotazione, batteva la corda a destra e a sinistra ed eseguì persino un salto mortale. E intanto cantava:

Anninì anninora bimbo mio
io ho voglia di ballare dentro al muro
tu che vivi dove un tempo vissi io
anninnì anninora bimbo mio.

Poi guardando fissamente i nostri negli occhi gridò:
"Indovinello:
senza sangue e senza ossi
chi è che salta i fossi?"
Quindi sempre roteando la corda balzò giù dal tavolo e andò incontro a Memorino, che fu così costretto a saltare insieme a lei, dopodiché l'arco della corda si ampliò e anche Lucifero e Alì si trovarono coinvolti e balzellanti. Per circa dieci minuti nessuno riuscì a dire una parola, impegnati com'erano a tenere il ritmo della cangurina. Alla fine la corda si fermò e la bambina disse soddisfatta:
"Grazie. Era da tanto che non giocavo con qualcuno".
Alì e Lucifero si sedettero stremati, e Memorino ansimando disse:
"Ma tu chi sei?"
"Io sono Celeste Marisella Beccaccia di Riffler Bumerlo Torresana."
"Vorresti dire che..."
"Che il conte Feroce Maria era mio bisnonno."
"E di chi sei figlia?"
"Sono la figlia di Celeste Marierma Starna, figlia di Celeste Mariolda Edredona, cui è intitolato il vostro orfanotrofio."
"*Primo!*" disse Lucifero. "Sei una bugiarda, perché Celeste Edredona ovvero Santa Celestina fu, come tutti sanno, rapita in cielo vergine a dieci anni. *Secondo!* Cosa ci fai qua sotto? *Terzo!* Come fai a sapere che siamo orfani?"
"*Primo!*" disse Celeste. "Mia nonna non morì affatto vergine quella notte, ma visse trombò e figliò, la storia è molto diversa e ve la racconterò se ne avrò voglia. *Secondo!* Vivo qui dalla nascita, dormo nella pentola, mi scolo bottiglioni e mangio le provviste del bisnonno, bastanti ancora per un secolo. *Terzo!* Voi siete orfani perché avete la faccia da orfani e poi perché io so molte cose, e basta!"

"Balle," disse Memorino "sarai la figlia del custode o qualcosa di simile."

"Ah sì?" disse Celeste. "Beh, guarda un po' il quadro alle tue spalle."

"Notevole opera," disse Alì. Si trattava del "Cardinale Infante Feroce Maria Cacciatore" che il Catena aveva dipinto ispirandosi a Velasquez. Il conte vi era ritratto in piedi, in costume del Seicento, con la doppietta imbracciata e vicino a lui il bracco Ludwig. Rispetto al quadro originale, c'erano sullo sfondo due figure in più, inserite in un paesaggio rupestre. Uno era il cuoco Passabrodet, vestito da falconiere. L'altra era una bambina bionda con un libro in mano, assolutamente identica nel volto e nell'abito alla saltatrice di corda.

"C'è qualcosa che non mi convince," disse Alì. "Il Catena finì in manicomio molto prima della fondazione della Ribum. E anche ammesso che la bimba del quadro non sia tu ma tua nonna, allora chi è il conte ritratto nel quadro e come mai..."

"Lascia da parte il tempo, se vuoi capire questa storia," disse la bambina. "E poi sono io che devo fare le domande. Perché siete fuggiti dall'orfanotrofio e state vagando nei miei possedimenti?"

"È una storia lunga, non capiresti," disse Lucifero, versandosi un bicchiere di vino.

"Stiamo andando a un appuntamento con la storia," disse Memorino.

"Il campionato del mondo di pallastrada?" disse Celeste.

Lucifero vaporizzò il getto di vino per lo stupore.

"Sorpresi, vero? Beh, mia nonna era molto brava nel calcio da strada, tanto da costituire uno scandalo per la nostra famiglia e in tutti questi anni solitari io mi sono molto esercitata nel palleggio e ho sognato tutti i risultati segreti... e cosa andate a fare là, gli spettatori?"

"Oh no," disse Memorino "noi siamo stati scelti per rappresentare Gladonia."

"Ma guarda," sogghignò Celeste "non avete neanche il fiato per saltare la corda e volete partecipare ai mondiali."

"Andiamocene," disse Memorino offeso "non accettiamo provocazioni."

"Su, non fare il permaloso," disse Celeste "volevo dire che non sarà facile. Anzitutto siete in tre e le squadre devono essere di cinque elementi. Poi presto avrete tutti gli Zopiloti e magari i poliziorchi alle calcagna, e infine, non riuscirete mai a uscire di qui. A meno che non mi portiate con voi."

"Non se ne parla neanche," disse Lucifero, scolandosi la bottiglia.

"È pericoloso," disse Memorino "e abbiamo molta fretta. Il campionato inizia tra poco."

"Io posso anche aiutarvi a trovare i gemelli Finezza," disse Celeste.

"E come sai che li cerchiamo?" disse Alì sempre più stupito.

"Semplice deduzione," disse la bimba "se vi mancano due giocatori, cercherete i migliori, quelli che tutti vorrebbero, i leggendari magici gemelli, che oltretutto sono orfani come voi. Allora?"

"Come puoi farci uscire di qui?"

"Conosco tutte le gallerie segrete. Basta che mi diciate in quale parte della città volete sbucare e io vi ci porterò."

"Al quartiere Diecilire."

"Niente di più facile. Muoviamoci!"

"D'accordo. A patto che ci racconti la tua vera storia e che ci risolva l'indovinello."

"Nessun patto. Andiamo."

Celeste toccò un punto della cornice del quadro, che si mosse rumorosamente di lato rivelando un passaggio segreto. La bambina ci scivolò dentro con tale rapidità che sembrò passare attraverso il muro.

"È matta," disse Lucifero "ma sembra in gamba." Fu il primo a seguire Celeste. Alì esitò un momento, continuando a esaminare il quadro. Notò che sulla copertina del libro in mano alla bambina misteriosa c'era una scritta. I caratteri erano minuscoli ma perfettamente leggibili. Diceva:

Erosus hic corrue lo simbolo de Cristo.

"Ehi!" disse Alì "ma questa è la scritta che appare ogni tanto sul soffitto del refettorio! Memorino!"

Solo allora si accorse di essere solo. La voce degli altri risuonò già lontana. Alì si tuffò dentro il quadro.

11.

"Bottiglie!" sospirò Don Biffero.

"Bottiglie?" disse Don Bracco.

"Bottiglie. La più straordinaria collezione di vini di tutto il paese, onore e vanto dell'Ordine. Più di centomila. Ma da quasi mezzo secolo nessuno riesce più ad arrivarci. Don Gerando, nel 1950, scese nelle cantine e tornò su pazzo, raccontando di scheletri e di bambine tentatrici. L'anno dopo si calò giù il padre campanaro Efisio degli Scolopi e non è più tornato."

"Storie," disse Don Bracco, ma il calicino di grappa di cavolo gli tremò lievemente nelle mani. Le scarpacce sadomaso erano poggiate sul tavolo, mentre con un coltellino enucleava schegge da una forma di parmigiano. "Magari...," disse a bocca piena "è ancora giù che trinca."

"Non scherzi," disse Don Biffero. "L'anno dopo ci provarono altri due coraggiosi Zopiloti, Don Carlo e Don Marullo. Li trovammo legati insieme con una corda, tutti graffiati, appena dietro la porta della cantina. Dissero di essere stati aggrediti da un'agilissima belva con artigli acuminati. Ma le belve sanno fare nodi? Inoltre, vicino ai due, trovammo il teschio di padre Efisio, identificato grazie ai bozzi da batacchio. Sopra c'era scritto 'Ha voluto saltare troppo'."

"Ho capito," disse Don Bracco "non è un bel posto da visitare. La vostra Santa Celestina non vi protegge, a quanto sembra. Ci vorrebbe il nostro valoroso San Menone, una bella spedizione punitiva con dieci dei nostri e giù bastonate, altroché artigli..."

64

"Noli excitare somnum beluae," disse cupo Don Biffero.

"E dai! Non sono forte in latino," protestò Don Bracco.

"Lei sa," disse Don Biffero "che oltre alla nostra versione della notte di Santa Celeste, l'unica ufficialmente approvata dalla Chiesa, ce n'è un'altra, subdolamente messa in giro dai nemici della fede?"

"Ne ho sentito parlare..."

"Secondo questa versione malefica e blasfema, la figlia del conte era indemoniata... fuggiva di casa e si accoppiava con coetanei, e non solo con quelli. Quando la sorpresero nel salone da pranzo, stava tenendo impegnati contemporaneamente sei uomini di tre generazioni."

"Mi lasci un po' immaginare," disse Don Bracco con un lampo negli occhi.

"No, la prego! Di fronte a tale vergogna il conte Feroce Maria chiamò Don Collirio, esorcista ufficiale degli Zopiloti, con un record di sessanta vittorie su sessantadue incontri col demonio. Don Collirio affrontò la troietta e quella gli urlò le parolacce, gli insulti, le turpitudini, le porcaggini e le pornolalie più orrende, e da bimba bionda si trasformò prima in capro poi in scrofa, poi in Aneris, sirena invertita con gambe ignude di donna e testa di pesce gatto. Dopo alterna lotta, colpita da un affondo di crocefisso di Don Collirio, l'indemoniata gridò, sputò diversi litri di composto polimerico satanico e infine con improvvisa emissione di vapori solforosi dal naso, sparì sfondando non già il tetto, ma il pavimento. Non *ad astra*, ma *ad metalla*! Il soffitto crollò sì, ma per il grande calore della tenzone infernale."

"Bella storia, mi piace..."

"Preferisco quella vera... della buona mite casta Santa Celestina. Io credo che per controllare i discoli niente valga come il fantasma della perfetta virtù, niente li inchiodi all'obbedienza come la coscienza della loro imperfezione."

"Balle!" disse Don Bracco "bisogna spaventarli! Diavoli, inferni, pustole, cecità, mutilazioni, emergenza... devono pensare che qualsiasi cosa fanno, c'è una zanna in agguato alle loro spalle."

"L'inferno," sospirò Don Biffero "lei sa benissimo cos'è l'inferno... l'inferno sono gli altri."

"Non mi faccia l'esistenzialista," disse Don Bracco "troveremo i piccoli ribelli e tutto andrà a posto. Siamo guardiani! Siamo nati per questo."

Ciò detto iniziò a sezionare accuratamente un cacciatorino, il terzo. Stava vuotando la dispensa come un grizzly.

"O vorace collega Sanmenonita," disse Don Biffero alquanto irritato "riposi le mascelle e mettiamoci in marcia..."

"O spilorcissimo Zopilote," rispose Don Bracco. "Non c'è fretta. Io non perdo mai una traccia. Lasci che quei ragazzi attraversino le cantine. Se non ne usciranno, il problema è risolto. Se ne usciranno, li prenderemo. Ha qualche idea su dove sono diretti?"

"Non saprei. Non hanno parenti né amici là fuori... ma posso fare una supposizione: conosce la pallastrada?"

"Sì, ne ho sentito parlare."

"È un cancro della nostra gioventù da anni e anni. È nemica dell'obbedienza, del catechismo, dell'applicazione scolare e del Totocalcio. Col suo subdolo richiamo allontana i giovani da noi. Invano abbiamo dotato tutte le parrocchie di campi confortevoli: per qualche diabolico motivo i ragazzi fuggono verso vicoli scomodi, spiazzi ghiaiosi, terrazzi condominiali. Spesso anche preti degenerati si uniscono a loro. La pallastrada si dà regole sue, e disprezza le nostre... alimenta turpiloquio ed entropia, anarchia e ateismo, vergognose esperienze di libertà e promiscuità... si dice che sia stata inventata dalla setta degli Algos, prima che venisse sterminata... e che il Grande Bastardo in persona ne sia organizzatore e sostenitore..."

"Lei," disse Don Bracco "è un vero almanacco di leggende, per non dire di fandonie."

"Non minimizzi! Potrei raccontarle certe cose, accadute anche qua dentro! Ebbene io so per certo che ogni quattro o cinque anni ha luogo una specie di Sabba della Pallastrada, bambini di tutto il mondo vi accorrono in gran segreto... e pare che quest'anno sia stata scelta come sede Gladonia. Un orfanello informatore mi ha avvertito che i ragazzi parlavano di un 'grande avvenimento' e i tre fuggitivi, badi bene, sono eccezionali talenti calcistici che invano ho cercato di portare alle squadre giovanili della Jumilia."

"La Jumilia?" disse Don Bracco "e perché non la Floridia?"

"Via, non sia irriverente. Ebbene, io ritengo che i tre siano diretti verso il luogo del Sabba."

"Allora li troveremo," disse Don Biffero annusando i calzini con voluttà.

"Ma torno a dirle che nessuno è mai riuscito a scoprire il luogo di un Sabba di Pallastrada, né ad assistervi."

"E noi saremo i primi," sorrise Don Bracco "ma mi dica, cos'ha contro la gloriosa Floridia?"

12.

Nella redazione di "Cambiare" il piccolo Stereo era completamente repleto di Coca-Cola e pop-corn. Una partitura alternata di rutti e singulti scuoteva il giovane costato. Le orecchie gli si erano afflosciate come un ficus morente. Implacabile, Rosalino gli fotografava i lobi. Fimicoli, consultato il Misiushi, guardò nel vuoto e disse:

"Non ha chiamato, quella troia".

Stereo gli espresse con lo sguardo una totale solidarietà, cosa che mandò ancora più in bestia il giornalista.

"Sono due ore che sei qui, orfanello del cazzo, e non ci hai ancora dato una traccia. Sto perdendo la pazienza. So come far parlare le teste dure come te. Vuoi che ti faccia il vengavenga?"

"No, il vengavenga no," piagnucolò Stereo.

Chiamasi vengavenga quella forma di tortura che gli insegnanti sadici esercitano sugli allievi facendo scorrere il dito avanti e indietro sul registro delle interrogazioni dicendo:

"Venga... venga".

Fimicoli aveva provato questa tortura su alcuni piccoli terremotati che si rifiutavano di essere intervistati sotto macerie artificiali. Funzionava anche con bambini mai stati a scuola, evidente prova di filiali di inconscio attingenti a un comune serbatoio archetipico proprio dell'età.

"Cambiamo metodo. Vuoi altra Coca-Cola? Vuoi altro pop-corn? Vuoi una collezione completa di Criceto Anal Penetration per bambini? Vuoi soldi? Vuoi uscire da quell'orfanotrofio di merda? Parla! Vuoi forse difendere i tuoi amichetti? Hai paura che li denunciamo? Mai! Se la polizia li prende, come potremo intervistarli e creare il caso dei Celestini maltrattati? Non ti fidi?"

"Io mi fido ma..."

"E allora, ti decidi o vuoi che Rosalino ti torca il collo come una gallina?"

Rosalino mimò l'operazione.

"Uffa," disse Stereo "non avete capito niente. Non mi lasciate il tempo di parlare. Vi dirò quello che so, ma in cambio voglio una cosa precisa, nulla di quello che mi avete offerto finora."

"Hai capito la lenza!" disse Fimicoli "sembrava un angioletto e invece... allora cosa vuoi: figurine allucinogene? motorbikes? scarpe Adigan? Spatsches rari?"

"No," disse Stereo "voglio andare al Superquiz televisivo."

"Quale? Ce n'è centoquarantadue."

"Al Superquiz del Sabato, quello dove c'è Ciccio Mazzapone, dove si vincono i BOT, le pellicce di ghepardo pitonato, gli zaffiri e i giargoni."

"Ah sì? E in quale materia?"

"Orfanologia! Un argomento mai presentato a un quiz. Tutto lo scibile umano sugli orfani. Un argomento che commuoverà grandemente i teleutenti. Ho studiato tutto: Vita dei Grandi Orfani, Storia degli Orfanotrofi, Evoluzione della categoria orfanica dall'antica Grecia fino al recente concetto di orfano politico. So tutto sugli orfani di tutto il mondo. Vuole farmi delle domande?"

"No, no, ti credo..."

"Quanti orfani ci sono in Nuova Zelanda? Centomila, secondo le ultime stime Unicef, compresi gli orfani attempati. E quanti ce n'erano nelle isole Saku nel 1800? Nessuno! Poiché c'era l'usanza, se morivano i genitori, di immolare anche i figli. E lei sa che per gli indiani Kippewa l'orfano era sacro, e veniva messo su una canoa in mezzo al lago perché la natura gli facesse da padre-madre?"

"Bravo, bravo..."

"Orfani illustri? Poe perse la madre e il padre non lo riconobbe. Hitler diventò Hitler dopo essere rimasto orfano. Malot scrisse *Senza famiglia* e *In famiglia* ispirandosi a orfani veri. Oliver Twist è realmente esistito, Homer Wells e Pel di Carota forse... in quanto agli orfani volontari, cioè parricidi e matricidi..."

"Basta, basta..."

"Alcuni dei nove fratelli Pelicorti erano orfani. E sapete dove fu edificato il primo orfanotrofio? A Birmingham? Nell'antica Atene? A Torino?"

"Sei preparatissimo," disse Fimicoli "sono sicuro che diventerai una stella del quiz. Rosalino, vai subito a telefonare all'amico Mazzapone e digli che abbiamo qualcuno da raccomandargli."

Fimicoli strizzò l'occhio, e alla terza volta Rosalino capì.

"Allora piccolo, cosa mi dici?" flautò Fimicoli.

"Non so molto," disse Stereo, le cui orecchie si erano riprese e brillavano ampie e rosse "solo che i miei amici stanno andando in un posto dove c'è un grande raduno. Ho sentito parlare di qualcuno che si chiama 'il Grande Bastardo' e soprattutto una notte ho sentito Memorino dire: 'dobbiamo trovare i gemelli Finezza...'."

Fimicoli con pochi esperti tocchi mise in azione il computer del Milleusi Misiushi. Subito sorrise.

"Non è molto," disse "ma è un buon inizio."

"Allora, per il mio quiz?"

"Ah sì," disse Fimicoli "Rosalino, per favore. Prendi questo signorino per le orecchie, il che non dovrebbe essere difficile e sbattilo fuori. In quanto a te, se parli a qualcuno di questa storia, dirò a Don Biffero che sei venuto a denunciarlo per sodomia aggravata. Cosa che non escluderei..."

"Non vale," protestò Stereo.

Ma già la mano gentile di Rosalino si era chiusa sui suoi padiglioni e gli sembrava di volare, volare...

13

Il gigantesco Jumbo dell'Air Lingus, volo HL 412 Dublino-Parigi delle ore 17.50, stava sorvolando la Normandia. Il tempo era buono e i passeggeri stavano consumando un pasto a base di sottilette di salmone irlandese con moutarde de Dijon e dodici grammi di Irish beef involtolati in un foulard di insalata provenzale. Nella prima fila dell'aereo cinque deliziosi frugoletti coi capelli rossi, tre bimbi e due bimbe, viaggiavano con la scrittura UN, in gaelico Bambini Non Accompagnati. Due di loro dormivano, uno vomitava e due cantavano:

Cailin Deas Cruite Na mBo.

Una bimba assopita con una bambola in braccio, trecce fulve e grazioso viso da roditore, aprì di colpo gli occhi verde muschio e disse alla hostess:

"Quando arriviamo a Parigi?"

"Tra mezz'ora circa..."

"Oh," disse la bambina "prima di atterrare, mi piacerebbe tanto visitare la cabina del pilota."

"Vieni, carina," disse la hostess.

Il pilota era naturalmente un bell'uomo brizzolato che accolse la bimba col più affascinante dei sorrisi.

"Che bella ragazzina. Come ti chiami?"

"Sinead O'Connaught, signore..."

"E chi siete tu e gli altri amichetti che viaggiano da soli?"

"Siamo... una squadra, signore: ci chiamiamo Slaiv Gallion Braes."

"Una squadra? E di che?"

"Cantiamo... canti religiosi gaelici... siamo invitati a Parigi per il festival dei cori internazionali."

"Bravi, bravi. Beh, penso che sarai curiosa di sapere a cosa servono tutte queste lancette e orologi, e strani aggeggi... ecco, vedi ad esempio questa scatola? È la famosa scatola nera che registra tutto in caso di inconvenienti..."

"Bene," disse Sinead "e lei vede questa bambola? È la famosa bambola rossa imbottita di tritolo, e se lei non dirotta subito l'aereo verso Gladonia, io toglierò la sicura e la sua scatola nera ne avrà di belle da raccontare."

Il Jumbo descrisse un'ampia, elegante curva nel cielo di Normandia.

Dal Libro del Grande Bastardo, *capitolo 16*

Il Grande Bastardo appare per lo più come variazione nell'intensità della luce, un calo improvviso, o un lampo, o la comparsa su un muro dell'ombra di qualcosa che non esiste.

Altre volte è avvertibile sotto forma di silenzio tra una nota e l'altra.

Sovente si mostra sotto forma di cane volpino che porta sul volto una maschera di stregone Moche, oppure sotto forma di piccolo idolo azteco con testa di cane.

Altre volte come il dio ridente Anuman, o come verbljud, occhio-di-gatto o domovoj.

Talora come gigantesco drago volante, soffiando fuoco dalla bocca, o come l'animale preistorico detto diplodoco, pesante decine di tonnellate e con un lunghissimo collo terminante in una piccola testa, cappello e occhiali neri.

O sotto forma di attrice del cinema, donna cannone, trapezista, spogliarellista, bambina bionda, vecchia iraconda.

Sotto forma di pallone da calcio luminescente.

Stronzo volante di dimensione variabile, anche oltre i venti metri.

Vecchio con barba grigia, comico albanese, mendicante, pittore pazzo.

Sotto forma del signor Jefferson.

A volte come il raggio di luce che verso le sette di un'alba di primavera risveglia dai sogni due bambini in due punti diversi del mondo. Tirando una linea tra i due punti e calcolando la metà esatta non si ottiene nulla.

Il Grande Bastardo aveva due discepoli: Pantamelo e Algopedante.

A volte appariva all'uno nelle sembianze dell'altro.

A volte appariva in tutte e due le sembianze, con gran confusione di Pantamelo e Algopedante che chiesero al Grande Bastardo di smetterla di prendere il loro aspetto.

Il Grande Bastardo disse: "Promesso!".

Purtroppo, il giorno che lo chiesero, sia Pantamelo che Algopedante erano il Grande Bastardo e tutto proseguì come prima.

Poiché il Grande Bastardo ricorda sempre: la vostra fine è la mia.

PARTE TERZA

*In cui, partiti alla ricerca dei Magici Gemelli,
conosciamo lo stranissimo destino di Deodato
e la meravigliosa macchina volante Torpedo*

14

Non capirono i tre Celestini attraverso quali tortuosi percorsi la loro nuova amica li portasse fuori dai sotterranei del palazzo. Camminarono nel buio quasi totale, seguendo il vestito di Celeste che emanava una diafana luminosità. Superato un sottopassaggio pedonale abbandonato, sbucarono infine nel quartiere delle Diecilire. Era ormai tarda sera e il quartiere brillava di mille piccole luci che davano il debito risalto a baracche, roulottes e capannoni.

Il quartiere era nato dopo la Grande Recessione, quando Gladonia produsse la prima valanga di disoccupati, che subito furono chiamati "le diecilire". Poiché avevano diritto di cittadinanza, corso legale, ma non contavano più nulla, nessuno più reclamava la loro presenza: erano state cancellate dal Grande Mercato del Denaro. Le diecilire erano soprattutto operai e impiegati, ma poi arrivarono negozianti, ingegneri, gelatai, medici, fotomodelle e persino finanzieri, dentisti e un notaio, nonché tutti coloro che non avevano né tessere né agganci per trovarsi un nuovo lavoro. Sfrattati, o costretti a svendere le loro case, ora nelle baracche cercavano di fare qualcosa per sopravvivere. E lavoravano cestini di paglia, posate di legno, spille, burattini, ricaricavano accendini, risuolavano scarpe vecchie, fabbricavano musicassette false e falsi Spatsch, attaccavano falsi ramarri su false magliette Lemonière, cuocevano castagne e zucchero filato, confezionavano statuine per presepe, spolette per bombe, braccialettini di rame, confezioni di cerotti, tutto ciò che avrebbero cercato di vendere per strada o nei ristoranti, tra il fastidio dei clienti e l'ostilità della polizia. Malgrado tutto, il villaggio di questa gente delusa e miserabile sembrava animato da una strana energia. Nei capannoni, oltre agli abituali lavoretti, ognuno progettava invenzioni spericolate, inseguendo il miraggio del benessere perduto.

Ingegneri e metalmeccanici inventavano auto a energia isterica, alimentate dall'incazzatura degli ingorghi,

gli impiegati delle poste, lettere magnetiche che volavano attraverso calamite giganti,

i bancari, assegni parlanti che sbugiardavano chi li emetteva a vuoto con sonori "si vergogni!",

gli avvocati, minicomputer per ogni tipo di arringa,

i fruttivendoli, la tribanana per famiglia,

gli idraulici, il rubinetto sonoro per quando si ha il sapone negli occhi,

i baristi, il caffè autocorreggente,

gli architetti, le case con cerniera per coppie instabili.

Nessuna di queste invenzioni funzionava, ma l'importante era credere che un giorno qualcuno l'avrebbe spuntata e avrebbe riconquistato il Grande Benessere.

E si fantasticava di diventare simili a coloro che attraversavano indenni la Crisi, come dorate salamandre: gli industriali, i mafiosi, le giurie, i centravanti e gli attori comici, e si sognava di possedere il segreto del loro sempreverde sorriso. Mentre stanche e spente erano le facce che i nostri eroi incontravano sulla strada principale di Diecilire, strada per la quale rincasavano i bagarini e i caldarrostai, i venditori di palloncini e di biciclettine di fil di ferro, di statuette africane e molisane, di fazzolettini e fumetti usati. E si chiedevano se non sarebbe stato più facile, come facevano altri, rapinarCoop, svuotarTir o spacciarCrack.

Memorino riconobbe tra loro il famoso scienziato Beidel, Nobel per la fisica, con una spazzola lavavetri a tre snodi inventata per far concorrenza ai lavavetri dell'Est. Riconobbe un noto sociologo eufuista che tornava dal suo lavoro di lettore di tarocchi, un ex-stilista con un banchetto di sciarpe per ultrà e soprattutto lo scrittore Piangipane, incorso nell'errore di stroncare il libro di un altro scrittore che sei ore prima era stato nominato suo direttore editoriale. Piangipane, famoso per le sue raccolte di temi di bambini mamelucchi e per la sua scrittura work-in-progress meridional-barocco-rococò-navigli, chiedeva l'elemosina tentando di imitare, nei cartelli, le favolose sgrammaticature degli analfabeti veraci. Così esibiva questo cartello:

SONO SCRITORE NON HO MAGIARE
TRE FIGHLI E MO' FILIACI
MOLIE A RISKIO AMANTE EROTOINOMANE
OGHNI TERRENA VOCE FA NAUFRAGJO

Tutti costoro scomparivano nelle baracche scaricando le mercanzie con rumori e bestemmie, accolti da frigni di infanti e gagnolare di cani. Poi, per mezz'ora, la strada restava vuota, dalle baracche saliva odore di timballo di carne in scatola, spiedini di pane e zuppa di ortiche. Ultimo arrivò un omone dall'aspetto di orangutano, che portava sulle spalle un altissimo totem di scatoloni, cartoni e rottami assortiti. Con un urlo scimmiesco scaricò il tutto e si mise a stiparlo nella baracca, imprecando.

Memorino gli si avvicinò con prudenza.

"Scusi, signore," chiese "saprebbe dirmi dove abitavano i gemelli Finezza?"

"Vorrei esservi d'aiuto," disse l'utano "ma purtroppo risiedo in questo quartiere da poco, essendo stato rimosso dal mio ruolo di procuratore generale solo tre settimane fa. Un tal cognome, Finezza, risuona in effetti in modo subliminale nel mio cervello come già udito, ma sono assai provato e debbo subito coricarmi, laonde potermi svegliare domani riposato per provvedere ai bisogni della mia famiglia."

Ciò detto, sparì nel suo tugurio.

I quattro vagarono nelle strade deserte. Ogni tanto da una finestrella veniva il lampo di una fiamma ossidrica o un rombo di compressore, a testimoniare che ancora si lavorava.

"Però," disse Lucifero "piccole ma solide queste baracchette." E tirò un calcio a una casetta di cartongesso, con una vezzosa veranda di cellophane. La casetta franò all'istante, e dalle macerie provenne un flebile lamento. Spuntò una mano. Tirando la mano, estrassero prima un braccio, poi un intero bambino grassottello e occhialuto. Dopo brevi momenti di angoscia, il supposto morticino si rialzò e fece segno che tutto andava bene. Contemporaneamente da una finestra qualcuno lanciò una lattina di birra che lo centrò nei denti. Il bambino sembrò non badarci, si soffiò il naso e disse:

"Permettete che mi presenti.
Sono orfano e vivo di espedienti
Anche dall'orfanotrofio mi han cacciato
Mi chiamo Deodato lo sfigato".

"E perché questo strano nome?" disse Celeste.

15

"Ahimé, guardatemi," disse Deodato. "Non c'è parte del mio corpo ove non abbia un bozzo, un mizzo, una sguercia, una crosta, un ematoma. Solo lo scorso mese caddi di bicicletta trentuno volte e di queste trenta sulla ghiaia e una su strada asfaltata, dove però pochi attimi prima, per via di un tamponamento, si era formata una granita aguzza di catarifrangenti che mi grattugiò la coscia destra, qui dove ho una crosta che ricorda nella forma la Nuova Zelanda. Sull'altra gamba, questo crostone che ricorda la Corsica è causato da una caduta dal monopattino. Su questo braccio vedete la cicatrice del morso di un cane. Questo cane, di nome Benigno, era il cane più mite del quartiere. In dodici anni di pacifica esistenza mai, neppure provocato o torturato dai monelli del quartiere, aveva emesso più di un ringhietto di protesta. Ma quella mattina nevicava e io indossavo *guanti gialli e blu*. Vidi Benigno venirmi incontro scodinzolando nella neve, e come spesso facevo, lo carezzai. Il suo muso si trasformò in quello di una tigre, e mi azzannò. Solo dopo una seduta di cinoipnosi tenuta dal dottor Walmer, ex-psicanalista ora veterinario del quartiere, Benigno rivelò il motivo del suo raptus. All'età di giorni venti era stato chiuso in un sacco e buttato nel fiume insieme ai suoi sette fratellini. Il sacco si era rotto e il solo Benigno si era salvato. Ebbene, il malvagio affogatore era un uomo che portava *guanti di lana gialli e blu*! Così, rivedendo i miei del tutto uguali, Benigno rivisse nel suo peloso inconscio il trauma infantile e si vendicò. Mi trascinò per venti metri, prima che mi liberassero.

Incredibile, vero? Ma non per me che son sfigato.

E se non vi basta, sentite questa. Come vedete, ho un solo sopracciglio. L'altro mi fu bruciato da un petardo caduto da un ultimo piano, a Capodanno. Il sopracciglio residuo è diviso in tre da due cicatrici. Una per un calcione preso durante una partita di pallamano. L'altra per un sasso scagliato dalla mia stessa fionda, lanciato contro un albero e di lì rimbalzato prima sul tetto di una macchina in corsa e poi in strada, vicino alla scopa di uno spazzino che nell'occasione diede la ramazzata più forte e decisa della sua vita per rimuovere il cadavere di un piccione, spedendomi il sasso in fronte e la salma frollata sulla camicia bianca, lavando la quale in seguito contrassi la zecca dei piccioni che mi tormentò per un anno intero. Ma non crediate che la mia sfiga si limiti a incidenti fisici, anche se per la verità non c'è ape, tafano o zanzarone passato negli ultimi tempi in città che non abbia voluto assaggiarmi, e vi giuro su Giobbe, patrono degli sfigati, che fui morso da un commando di api verdi così strane, che suppongo venissero dal Borneo o da Sumatra, informate dalle colleghe sulla bontà delle mie carni e sull'abbondanza e spettacolarità delle mie reazioni allergiche. Infatti ogni volta che sono beccato, sembra che porti sul braccio dei panettoni, tali sono i pomfoidi sviluppati dalla mia istamina, tanto che il pasticciere, mezzo cieco, spesso aggiunge due bastonate alla precedente sfiga, urlando 'ladro, ladro!' e cercando (una volta con successo) di strapparmi il panettone dal braccio. Ignoro se l'abbia venduto.

Incredibile, vero? Ma non per me che son sfigato.

Un'altra specialità della mia sfiga sono le malattie. A nove anni, già soffro di omagra e podagra. Sono l'unico bambino al mondo che ha preso il morbillo ventisei volte. Ho il raffreddore da quando son nato. Le mie emottisi, vale a dire sangue dal naso, non durano mai meno di tre settimane. Ma non voglio rattristarvi oltre. Interrompo qui il catalogo delle mie pene."

Ciò detto, Deodato si asciugò una lacrima col fazzoletto e dal fazzoletto uscì un calabrone che lo punse sul labbro.

"Mi dispiace per la tua casa," disse Lucifero.

"Ci sono abituato," disse Deodato. "Ma voi cosa fate qui, in giro a quest'ora?"

"Cerchiamo notizie dei gemelli Finezza," disse Memorino "li conoscevi?"

"I Gemelli Magici!" disse Deodato. "E chi non li conosceva! Sono nati qui, andavo sempre al campetto dei rottami a guardarli, era come veder giocare gli angeli. Una volta gli ho anche chiesto l'autografo."

"Te l'hanno dato?"

"No, la penna si è rotta e l'inchiostro ha schizzato tutti."

"Naturale," disse Celeste. "Sapresti indicarci qualcuno che può darci loro notizie?"

"Certo, posso accompagnarvi a quel capannone laggiù. Ci vive Alessio Finezza, loro zio..."

"Ehm," disse Lucifero "non so se..."

"Non temete," disse Deodato "la mia sfiga è strettamente personale, autopoietica, non contagiosa. Non vi accadrà nulla."

"E... ci sono anche i gemelli, per caso?"

"Naturalmente no. Tutti voi, credo, conoscete la storia della Scomparsa dei Gemelli Magici."

16.

Il computer dell'archivio di "Cambiare" ronzò tre volte, ingoiando la parola di accesso che Fimicoli, insieme a pochi altri, conosceva.

Poi rispose:

FINEZZA, FRATELLI.
LA STRANA STORIA DEI CAMPIONI DELLA PALLASTRADA
Articolo in pagina sportiva, gennaio 1989.

"La notte del 5 febbraio 1982 Almerinda Narcida Alba, operaia gommista, moglie di Spartaco Finezza, ciabattino, diede alla luce cinque gemelli maschi. Un parto straordinario cui seguirono straordinari eventi. I genitori restarono a lungo indecisi se dare ai figli un nome russo, essendo tifosi bolscevichi, oppure brasiliano, essendo tutti e due appassionati di calcio e in special modo della nazionale carioca. Prevalse l'amore per il calcio e i cinque gemelli furono chiamati Didì, Pelé, Vavà, Djalma Santos e Nilton Santos. Vavà purtroppo morì a tre mesi cadendo dalla culla. Restarono quattro gemelli. La scoperta del loro talento si deve alla madre. A un anno di vita venne infatti regalata ai piccoli una palla rossa, e Almerinda notò che, quando i gemelli giocavano nella loro camera, non si udiva mai il rumore del rimbalzo sul pavimento. Spiandoli dalla porta, si accorse che i quattro erano in grado di passarsi la palla con colpi di testa, di piede sinistro e destro e financo di pannolone per intere ore senza farla cadere.

Qualcuno sostiene che l'incredibile talento dei gemelli avesse origine diabolica, essendo i genitori emigrati da una terra lontana del Sud, ove vivevano tribù di stregoni giocolieri. Fatto sta che già a tre anni essi furono in grado di giocare le prime partitelle, rivelandosi imbattibili: sul terrazzo del condominio umiliarono con un secco sette a zero il Real Marialuisa, la squadra dei figli della portinaia. Già allora Didì era in grado di saltellare con un piede solo sul cornicione del terrazzo palleggiando con l'altro, mentre Pelé con un tiro trapassava un lenzuolo steso ad asciugare. L'anno dopo, sul campo di ghiaia dietro la stazione, i gemelli Finezza batterono in un'epica partita la squadra del Lokomotiv, cinque figli di ferrovieri alti un metro e sessanta.

A cinque anni, i gemelli divennero la leggenda del calcio di strada. Si favoleggiava che il più bravo di loro, Pelé, fosse una volta andato in gol dribblando centosessanta volte lo stesso giocatore, poiché il campo era circolare; che Nilton colpisse di testa palloni di cuoio bagnato così pesanti da conficcare al suolo un adulto; che Djalma Santos andasse in gol con un cane lupo attaccato a una gamba e che Didì Finezza riuscisse, durante una partita in un cortile, a segnare con una punizione ad effetto attraverso le finestre di una casa.

Naturalmente la loro leggenda non poteva non attirare l'avida attenzione dei managers del calcio professionista.

Il più famoso Cacciacalciatori di quegli anni, Gilles Migliardo, venne apposta dalla Capitale per vedere quelle meraviglie e metterle sotto contratto. Ma poiché tra i sacri doveri di un giocatore di pallastrada c'è quello di non calcare mai un campo di vera erba o di indossare una maglia, i Finezza, per bocca del padre, rifiutarono ogni trattativa. Ma Gilles Migliardo, corrompendo con un collier di ghiaccioli un'amica dei gemelli, riuscì a vederli giocare, nascosto dentro un cassonetto dell'immondizia. Ne fu così strabiliato da giurare che avrebbe usato ogni mezzo per portare quei talenti a Manzanello, l'allevamento intensivo di calciatori da cui nessun giovane era uscito se non ripetendo meccanicamente: "se lo ha detto il mister, per me va bene".

Una notte Migliardo circondò la casa dei Finezza con gli uomini della SSCC, Squadra Speciale Cacciacalciatori. Furono sparati candelotti lacrimogeni che i Finezza rimandarono indietro al volo con precisi colpi di testa e di tacco. Allora la SSCC cercò di sfondare la porta, ma lo zio Alessio Finezza, operaio meccanico, l'aveva astutamente rinforzata con dodici cofani di Volkswagen. Ma Migliardo non desistette: la notte tornò con un lanciafiamme e diede fuoco alla casa.

Nilton e Djalma Santos perirono nell'incendio. Didì e Pelé invece scattarono fuori, palla al piede, dribblarono tutti e sparirono. Migliardo per lo smacco fuggì in Sudamerica e non se ne sentì più parlare. I due gemelli superstiti, in segno di lutto, appesero le scarpette al chiodo e sparirono. Ma c'è chi dice che nelle notti di luna sia possibile vedere ancora Didì e Pelé sugli argini dei fiumi o sui tetti delle case, mentre si passano la palla con meravigliosa finezza e abilità."

L'articolo era firmato: *Amneris Pelicorti*

"Tutto bene, salvo un particolare," disse Fimicoli. "Qualcuno si è inserito nel computer e ha sostituito questo articolo. Nessuna giornalista di nome Pelicorti ha mai scritto per noi, e questo pezzo è troppo tendenzioso. Non sarebbe mai stato pubblicato."

"Ma questa storia è vera?" disse Rosalino.

"Sì, il computer verifica sempre prima di archiviare. Sta succedendo qualcosa di strano a Gladonia. Credo proprio che se troveremo questi Finezza ci porteranno dritto dritto dai nostri orfanelli."

17.

Il capannone di Alessio Nereo Finezza sorgeva in mezzo a un parcheggio gremito di auto, camper e fuoristrada. Nessun segno di vita veniva dagli automezzi, che tuttavia erano in buone condizioni, alcuni addirittura lustri, come lavati da poco. Era come se una bomba fotonica avesse colpito il luogo, polverizzando i guidatori e lasciando intatti i mezzi. A riprova di questo, sul parabrezza di ogni auto c'era un bigliettino. Lucifero ne lesse uno: "Auto Ga 45565: in sosta dal 15 luglio 1973".

"Questo si troverà un bel conto da pagare," rise Lucifero.

Deodato si avvicinò all'auto e un tergicristallo schizzò all'improvviso, colpendolo in fronte. Senza lamentarsi Deodato spiegò:

"Nessuno pagherà. Come tutte le altre, l'auto è abbandonata ma Alessio Finezza continua a custodire il parcheggio. Dice che le auto soffrono dell'abbandono, proprio come gli umani, e forse questo stratagemma darà loro una piccola speranza di ritrovare un giorno il padrone e ripartire".

Intanto Memorino, allontanatosi per una ricognizione tra i relitti, incontrò dietro una montagna di brandelli di autoblindate nientemeno che il Bruco, il valoroso pullman che tante volte li aveva portati all'appuntamento con la Grande Meringa. Il bel colore verdazzurro era sbiadito in un cilestrino spento, macchie di ruggine infestavano la carrozzeria, erbacce spuntavano dal cruscotto.

"So cosa vorresti dirmi," pensò Memorino "che rimpiangi, ora, le nostre giovani e fresche voci. Che fosti sostituito da un pullman più giovane di te, alto due piani, con aria ipercondizionata al mentolo, toilettes con idromassaggio e televisione satellitare. Ma abbi fiducia: un giorno torneremo a riprenderti."

Un muggito di clacson, forse dovuto a un contatto elettrico, sembrò rispondere a Memorino: "Grazie, ma non spero più". E Memorino turbato, si avviò verso il capannone, dove già Celeste stava con l'orecchio poggiato alla saracinesca.

"C'è nessuno?" gridò la bambina. "Signor Alessio?"

Dall'interno venne un ruggito.

"Non ci sono," disse il meccanico.

"Neanch'io," disse Celeste.

La saracinesca si aprì con un lento spasimo e il volto di Alessio Finezza apparve, nero come la pece.

"È lui," disse Alì "lo sento."

"Ci risiamo," disse Lucifero.

E già Alì con tremula speranza si avviava verso il possibile genitore, quando questi si passò uno straccio sul viso, e ridivenne bianco e canuto come era.

"Cosa volete da me?" disse Alessio.

"Vorremmo avere notizie dei suoi nipoti," disse Memorino.

"Non voglio più parlarne," disse cupo il meccanico, e iniziò a calare la saracinesca.

"La prego," disse Celeste "noi siamo tutti orfani, anche lei è orfano dei suoi cari, e se noi unissimo le nostra orfanità..."

Alì scoppiò in singhiozzi scarburati. Alessio non resse allo strazio e disse:

"Va bene, va bene, entrate, ma per carità fatelo smettere".

Alessio era un uomo olivastro e magro, dentro una tuta bluastra e straunta piena di tasche e cacciaviti. Li guidò attraverso limolatrici, alesatrici, lapidelli, brocciatrici, trucioli di ghisa e sculture di metallo saldato. In un angolo c'erano una ventina di auto accartocciate.

"Sono quelle dell'ultimo week-end," disse. "Le sto aprendo con la fiamma ossidrica, una per una. Sa, i parenti vogliono recuperare..."

"Capisco," disse Memorino "i corpi dei loro cari."

"Ma che cari!" disse Alessio "vogliono che gli recuperi le autoradio e i cellulari. I corpi, mi tocca di seppellirli a me."

Con due fiammate di ossidrica e un'abile mossa di piede di porco, aprì una macchina nera. Dentro c'erano quattro ragazzi in mutande.

"Questa l'ha già aperta qualcuno," disse Alessio "sciacalli autostradali, portano via anche i vestiti!"

Celeste intanto si era avvicinata a un telo rosso, che copriva un'enorme forma addormentata.

"E qui sotto cosa c'è?"

"Via di lì bimba. Ve lo mostrerò se ne avrò voglia."

"Eh, quanti misteri..." disse Memorino.

"Il mio è un lavoro di responsabilità. Sono l'assessore al restauro meccanico del quartiere, regolarmente eletto in elezioni ombra. Sono io che rubo la corrente, che ho montato le linee telefoniche illegali, che ho deviato fin qui l'acquedotto comunale, e che riparo ogni cosa, dalle macchinine a molla agli scaldabagni. Cerco di dare una mano, io. Non sopporto di vedere andare tutto in pezzi. Se no chi volete che ci pensi, la Beccalosso?"

"Quella cicciona scannapagnotte," disse Lucifero.

"Quella caldaia di balle," tuonò Alessio.

"Quella terzomondista da Club Méditerranée," disse Alì.

"Quel copertone filogovernativo," rincarò Alessio.

"Quella usurpatrice di emarginazioni," disse Memorino.

"Quella fidipù traditrice del popolo," gridò Alessio.

"Quella furbona!" disse Celeste.

"Quella troia," concluse Alessio, mostrando per una volta identità di vedute con i nemici politici. Poi prese a guardare i bambini con occhio benevolo e offrì un pacchetto di patatine quasi intere estratto da una carcassa d'auto. Memorino fiutò il momento opportuno e disse:

"So che per lei è penoso parlarne, ma se potesse darci notizie dei suoi nipoti..."

"È una storia molto triste," sospirò Alessio.

"Siamo abituati," disse Alì.

"È triste," proseguì Alessio "perché nemmeno io so dove sono i due gemelli e anzi temo che non li rivedrò mai più..."

Nel dire ciò, guardò affettuosamente Deodato, e il bambino ne fu così turbato che non si accorse di essersi seduto su un tubetto di colla ai siliconi. Poi il vecchio meccanico scrutò Celeste.

"Mi piacete," disse Alessio. "Vi racconterò tutto, ma prima..."

Con passo marziale, si avviò verso il telo rosso. Tirando un cordoncino, mise in moto un complesso sistema di pulegge che con lentezza da strip tolse il telo e mostrò la Millennium Torpedo Finezza, l'aviogru del futuro.

Era questo il geniale risultato di anni di paziente lavoro e della fusione di sessantamila parti meccaniche. Quasi tutte le auto della zona avevano donato un organo a quella meraviglia. Il corpo dell'aviogru era un camion cisterna. Sul camion era montata una gru di ventisette metri che aveva sulla cima una vasca da bagno, a uso di coffa. Il tutto era dotato di ali gigantesche ottenute saldando duemila bandoni di lambretta, di due motori a elica, cabina guida, vano bagagli, e cinquanta sedili, di cui quattro di bísnes class.

L'aviogru era dipinta di rosso e incrostata di diecimila catarifrangenti che brillavano come un fiume di rubini. Sul davanti si protendeva un bompresso terminante in una coppa da bocciofila con vittoria alata. Completava il tutto una batteria di fanali da camion da illuminare un concerto rock.

"Che ve ne pare?"

"Straordinaria," dissero i ragazzi.

Celeste si arrampicò sulla coffa. Lucifero, pratico, chiese:

"E vola?"

"Per ora no," disse Alessio "ma le grandi utopie avanzano a piccoli passi. Volerà quando ci sarà una grande occasione."

"Ci sarà presto," gridò Celeste.

"Volete sentire il motore?"

Senza attender riposta, Alessio entrò nella cabina del camion, mise in moto e si udì un lieve rumore di pentola che bolle.

"Allora?" disse Alì "parte?"

"È già partito," disse Alessio, ascoltando estasiato a occhi chiusi. "Questo motore è derivato da quello del famoso Quarantotto Burzi Fagiolino. Una vera musica. Quando volerà non farà rumore e piomberemo sugli avversari veloci come aquilotti: *Credo che a pena il tuono e la saetta / venga in terra dal ciel con maggior fretta.*"

"Ben detto," gridò Celeste.

Un crac li avvertì che Deodato si era liberato e avanzava verso di loro, con un'asse attaccata al sedere a mo' di alettone.

"E allora, questa storia dei gemelli?"

Alessio spense il motore con espressione mesta.

"Già, è vero," disse "siete venuti qui per loro. Purtroppo da quella notte terribile non li ho più rivisti. Solo, di tanto in tanto, entrava dalla finestra una palla di carta con messaggi come questo: 'Stiamo bene, vi pensiamo, ma non torneremo a casa. I Cacciacalciatori farebbero nuovamente del male a noi e a voi'. Mio fratello Spartaco e Almerinda morirono poco tempo dopo. Rimasi solo e senza notizie. Poi, un anno fa, l'ultimo messaggio: 'Abbiamo trovato lavoro da Barbablù, il re del famburger. Non è un granché, ma stiamo nascosti e tranquilli. Anche se, come forse sai, si dice che questi famburger siano fatti di carne umana. Siamo forse passati da un orco all'altro?'" Alessio si interruppe, vinto dalla commozione. Poi proseguì:

"Non ebbi più alcun messaggio. Preoccupato, mi recai alla Famburger House, ma fui cacciato dagli scagnozzi di Barbablù. E molte altre persone mi confermarono l'orribile voce che nei famburger erano stati spesso trovati denti umani, anelli, chiavi, biglietti del tram e persino preservativi. Che i camerieri cambiavano di anno in anno, e di loro si perdeva ogni traccia. E mai, dico mai, un quarto di bue era entrato in quelle cucine, ma vi si faceva grande uso di acidi, solventi e altre sostanze saponificatrici. Ahimè! Io penso che ormai i miei nipoti giacciano nella bara di un panino."

"Via, non creda a queste voci," disse Alì rabbrividendo.

"Che tipo è questo Barbablù?" chiese Memorino.

"Nessuno l'ha mai visto in faccia," disse Alessio "ma dicono che il suo aspetto sia così orribile che deve vivere chiuso in una stanza blindata."

"Oh, non ci credo," disse Celeste. "Comunque, non abbiamo paura!"

"Li troveremo, signor Alessio," disse Deodato con inusuale trasporto "non so perché, ma sento che devo partecipare a questa missione!"

"No," disse Alessio "tu no, Deodato, sei troppo sfortunato."

"Un giorno o l'altro questa sfortuna dovrà pur finire," disse Deodato, scollandosi stoicamente l'asse dai pantaloni, lasciandoci su un etto di bresaola di culo.

"Giusto," disse Lucifero "andremo là e arruoleremo nella nostra squadra i Gemelli Magici!"

"Non ho più speranze," disse Alessio tristemente "da secoli e secoli, questo è il destino della mia gente."

E, sospirando, ricoprì col telo la Millennium Torpedo. Lontano, i rumori delle officine casarecce si affievolivano. Qualche colpo isolato di lamiera, un ultimo refrain di sega elettrica. Poi tutto tacque.

18.

"Chi non è mai stato nel silenzio di una notte australiana, non può sapere cos'è il silenzio di una notte australiana," scrisse il famoso esploratore scozzese Angus Mac Donald. Non era mai stato in Australia, e non riuscì mai ad andarci. Ma ugualmente, per questa celebre frase, il governo australiano gli intitolò un lago ai margini del deserto di Gibson, detto appunto il Mac Donald Lake. A pochi chilometri dal lago si erge una delle rocce magiche più famose del mondo, la Blue Handle Rock, o roccia della maniglia blu, in lingua aborigena Manakoko Rock. La roccia, alta trecentoquaranta metri, ha forma di maniglia avvitata al suolo, e nelle notti di luna australiana, quelle che Mac Donald non vide mai, assume un'intensa colorazione azzurra. La roccia è incisa con misteriosi graffiti australolitici attribuiti alla setta degli stregoni Aranda Zahu, il cui simbolo era lo m'zahu, il volpino delle sabbie. Questi disegni illustrano la storia che lo sciamano Zahutaloa si accingeva a raccontare ai cinque piccoli aborigeni Aranda seduti nel cerchio sacro, sotto la volta di Manakoko Rock.

"Miliardi e miliardi di anni fa," iniziò lo stregone "dopo che il grande Katannui, il compositore dell'Universo, ebbe creato cantandone il nome tutte le terre di questa terra, si accorse che era rimasto uno spazio libero, un grosso buco nell'Oceano Pacifico. Poiché era stanco e senza più voce, decise di prendere un continente da un altro dei dodicimila corpi celesti da lui creati. Scelse un pezzo di una stella lontana, Astrala, particolarmente bella e ricca di vegetazione, e lo lanciò nell'Oceano Pacifico. Il pezzo di stella per l'urto si scheggiò, seminando isolette tutto intorno, ma ormai l'Australia e l'Oceania erano nate. La roccia sotto cui siamo ora è la grande maniglia impugnando la quale Katannui trasportò il pezzo di stella attraverso lo spazio, come una valigia. Ma dovete sapere che su questa stella Astrala c'erano animali assai diversi da quelli terrestri."

"Più belli o più brutti?" chiese il piccolo Jimmy Kaluha Zahu.

"Molto più belli, specialmente gli uomini e le donne da cui noi discendiamo. Ma gli altri animali erano così strani che, vedendoli, qualcuno si sarebbe sicuramente accorto che venivano da un altro pianeta. Perciò Katannui prese un po' di animali da varie parti del mondo e li mescolò agli astrali."

"E cosa accadde?"

"Secondo natura, si incrociarono. Il rincobaba, che era una talpa astrale, si accoppiò con una papera cinese e nacque l'ornitorinco. Il dnabu, un salcicciotto senza gambe che volava a getto d'aria, si accoppiò col porcospino e venne fuori l'echidna. Il pipwick, una specie di pterodattilo nano, sposò la pernice e nacque il kiwi. Il guran, che era una rana alta un metro, si accoppiò col cane selvatico e nacque il canguro, e così via... "

"Sarà...," disse Thomas Otaloha Zahu.

"È tutto vero," disse risentito lo stregone "come è vero che nel deserto di Gibson vive da sempre la stirpe stellare Zahu mantenendo i suoi poteri magici, tra cui quello della palla invisibile. E proprio sotto questa roccia fu fondata nel 1920 la gloriosa squadra dei Manakoko Wallabies, cinquantadue volte campioni oceanici di pallastrada!"

"Urrah!" gridarono i Wallabies.

"E quest'anno, ragazzi, vi attende la prova più importante, il campionato mondiale in Gladonia. Perciò stasera, in virtù dei miei poteri di Primo Sciamano Zahu, dò inizio alla Cerimonia del Grande Volo. Punterò la bacchetta sacra su di voi e atterrerete a migliaia di chilometri di qui, in una zona desertica di Gladonia chiamata Correboi, dove vi allenerete di nascosto fino al giorno del match. Siete pronti, cangurini miei?"

"Rah, rah, rah," gridarono i ragazzi, pestando i piedi nella loro danza di guerra.

"Allora, buon viaggio."

Zahutaloa puntò il sacro bastoncino sui cinque, la Manakoko Rock si accese di un bagliore turchese e un attimo dopo, nel cerchio magico, rimase solo lo sciamano.

Molti fusi orari più in là i ragazzi riaprirono gli occhi per orizzontarsi nel deserto. Si accorsero però subito che non si trattava di un deserto, bensì di un gigantesco sentiero di pietra, su cui correvano automobili come quelle dei turisti del Mac Donald Lake. I cinque dovettero fuggire per non essere travolti, perché la visione di cinque Aranda vestiti solo dei colori sacri fece sbandare più di un aborigeno locale. Si nascosero nell'unico cespuglio che riuscirono a trovare, nelle aiuole di un luogo chiamato "Autogrill".

Mentre il piccolo Willie Redbush vomitava per i postumi del volo, il capo Wincott Mukrull Zahu sospirò:

"Accidenti a quel rimbambito di stregone. Mai una volta che centri il bersaglio!"

Dal Libro del Grande Bastardo, *capitolo 7*

Il Grande Bastardo disse ai suoi discepoli Pantamelo e Algope-dante: "È proprio dei giovani come voi essere affascinati da stregoni e sortilegi, e pensare che a essi sia riservato il privilegio di donare la fortuna e cambiare la vita.

Ma esistono altre persone che compiono miracoli e prodigi, na-scoste negli angoli delle città e della storia.

Se vedi uno stregone con un copricapo di piume di ororoko che cammina sopra i tetti, fa volare le edicole e fa cadere polvere d'oro sui passanti, può darsi che la tua vita stia per cambiare, ma molto più probabilmente stai vedendo un video musicale.

Se vedi una persona che non si rassegna alle cerimonie dei tem-pi, che prezioso e invisibile aiuta gli altri anche se questo non verrà raccontato in pubbliche manifestazioni, che non percorre i campi di battaglia sul bianco cavallo dell'indignazione, ma con pietà e vergo-gna cammina tra i feriti, ecco uno stregone.

Quando non c'è più niente da imparare, vai via dalla scuola.

Quando non c'è più nulla da sentire, non ascoltare più.

Se ti dicono: è troppo facile starne fuori, vuole dire che loro ci sono dentro fino al collo.

Vai lontano, con un passo solo".

PARTE QUARTA

*In cui entriamo nella tana dell'orco Barbablù,
dove ritorna la leggenda di Santa Celeste,
e scopriamo un piccolo segreto di Don Biffero*

19.

Costruita dall'architetto Gea Pudescio, Tesseraloggia 432, la
Famburger House era uno dei più begli esempi di arte neofast-
fudica di Gladonia: un ovoide di vetro imitante la forma del famburger, sostenuto da una struttura araneidea di ferro gialloverde
con al centro un pilone riproducente la lattina della Stracola, bibita ufficiale della catena Fambuger, di color fucsia. Dalla base
del pilone si diramavano nastri di plastica gialla che riportavano
indietro il fastfù masticato, mentre dall'alto scendevano rampe
verdi da cui camerieri in skateboard si lanciavano con il fastfù da
masticare. Tutto intorno cinque piani di tavoli gialloverdi ognuno
dotato di un distributore di bibite (fucsia) nel quale erano inca-
stonati televisori a trecentosessanta gradi. Gli schermi potevano
trasmettere videoclip, telenovele, videogame, oppure collegarsi
per l'ordinazione con la Famburger Girl, una ragazza scelta in
base a criteri estetici piuttosto precisi, e cioè con un didimo anteriore assai pronunciato, inguainato in un top metà verde e metà
giallo. Alla ragazza che portava un cappellino cilindrico (fucsia)
si facevano le ordinazioni consultando il menù teletrasmesso.
    Dall'inizio della Grande Recessione, il famburger, grazie ai
prezzi bassi e al potere rimpinzante, era il cibo preferito, anzi per
lo più obbligato, della gioventù gladonica. Lunghe file di affamati
stazionavano davanti all'entrata e anche quel giorno i duemila
posti a sedere erano occupati. Nelle cucine, che erano ai piani superiori ed erano inaccessibili al pubblico e all'assessore all'Igiene,
si fabbricavano ogni giorno milioni di famburger, e il fumo e l'o-
dore che fuoriuscivano dai camini erano pari a quello di un com-

plesso chimico. Il rollio dei camerieri in skateboard, il frastuono di mille videoclip, le urla delle ordinazioni, i rutti spaventosi causati dalla combustione di Stracola e conservanti, le risse per un posto a sedere, lo scorrere frenetico dei nastri, il rombo degli aspiratori e financo il rumore dei boli e dei denti che si schiantavano contro pezzi d'osso mal macinato, tutto ciò accolse Don Bracco e Don Biffero, appena entrati, come la visione di un girone infernale.

Per non dare nell'occhio i due si erano astutamente vestiti da civili. Don Biffero indossava un gessato blu con cravatta argentea, dono di un cugino camorrista, Don Bracco un berretto con pompon e un pullover norvegese rosso e blu che gli arrivava fino ai piedi, dandogli l'aspetto di una campana natalizia. Dopo un'ora di fila ebbero il loro posto, vicino a un tavolo di ginnasialesse quasi tutte minigonnate, festeggianti il compleanno di certa Adele. Don Biffero, per passare, dovette strusciare alcune coscette, il che lo fece sudare in modo copioso.

"Che orrore," disse Don Biffero "codesto è l'inferno dei cinque sensi! Lezzo di cancrena bovina per l'odorato, flagello di bestemmie per l'udito, occhi disgustati da bisessuale promiscuità, pelle afflitta da ignobili contatti, e in quanto alla gola..."

"Ma che lagna," disse Don Bracco "se vuole trovare i suoi orfani, dovrà pur affrontare qualche piccola difficoltà."

"È vero, Dio mi mette alla prova. Ma è sicuro che i maledetti siano qui?"

"Si fidi," disse Don Bracco "la traccia è chiarissima, e non c'è odore di cavolo o ketchup che possa cancellarla. Sento chiaramente nelle vicinanze l'odore dei sei piedini fuggitivi, oltre a un odore misterioso che non riesco a individuare... direi odore... di nebbia. Per favore, non guardi così fissamente quelle ragazzine. Vuole che tutti si accorgano che siamo preti?"

"Il mio era uno sguardo di condanna," disse Don Biffero.

"Capo, hai da accendere?" disse una delle ginnasiali, puntando le tette verso il naso di Don Biffero che si ritrasse.

"Qui, carina," disse Don Bracco con disinvoltura; estrasse uno zippo e accontentò la sbarba.

"Non sapevo che fumasse," disse Don Biffero stupito.

"Non fumo, ma mi porto sempre dietro un accendino quando vado in missione, è socializzante."

"Socializzare? Radere al suolo, bisognerebbe. Hic est locum demoni!"

"E dai! La pianti e ordini, piuttosto, fesso di uno Zopilote."
"Dov'è il menù?"
"Accenda la televisione."
Accese.
Apparve.

Barbablù e Stracola Unlimited presentano:
IL MENÙ DELLE OCCASIONISSIME FAMBURGER HOUSE

Famburger special .... lire	800
Famfamburger doppio	1500
Famburger chicken alle zampe di pollo	1000
Porzburger	800
Famburger "Soldier" vera razione americana da deserto	1500
Bimburger con giocattolino sorpresa guarnito alla cipolla e nutella	1000
Heilburger con wurstel e decorazioni naziste	1000
Rastaburger con erbe	1500
Tartaburger con guscio	2000
Bigfamburger con doppio manzo e tripla lattuga	2000
Monsterfamburger con dodici tipi di carne	4000
Seaburger con cozza gigante	1500
Famburger Granma della nonna del mulino a vento con petto di pollo ruspante, ruchetta colta a mano, patate biodinamiche e maionese nepalese	2000
Rapidfamburger con tubo spremitore	800
Ballburger rimbalzante	1000
Exclusivefamburger (solo per possessori di Barbablù Card) numerato e firmato	5000
Misteryfamburger	1500

Obbligatori: patatine fritte (unte, bisunte, anfibie) e Stracola (piccola, media, grande)

"Prenda il Mistery," rise Don Bracco "è il più richiesto. Dicono che è di carne umana, e questo eccita molto chi lo mangia..."
"La pianti," disse Don Biffero il cui sguardo tendeva, quasi calamitato, a tornare sempre verso il tavolo delle ginnasiali, dove Adele stava tenendo un breve discorso di ringraziamento.

"Siamo pronti per l'ordinazione interattiva," disse la Famburger Girl, apparendo sullo schermo di Don Biffero in tutta la sua rotondità. "Se ha già deciso, mi tocchi la tetta verde, se vuole aspettare altri trenta secondi, tocchi la tetta gialla."

"Orrore," disse Don Biffero.

"Via, tocchi, sia interattivo," incitò Don Bracco.

Don Biffero toccò e sentì che gli accadeva qualcosa di inatteso e incontrollabile, punibile fino a dodici pater noster.

"Ordini per favore," disse la voce soave della Girl "toccando sullo schermo il quadratino con il nome del burger e della bibita richiesti."

"Per me," disse Don Bracco puntando il ditone "un Famfamburger e una Stracola grande. Lei cosa prende Don Biffero? Fam o Famfam?"

"Mi è adiaforo," rispose quello.

"Allora tocco io per lei: un Mystery e una Stracola media."

"Grazie," disse la Girl, svanendo.

"Sempre sia lodato," disse Don Biffero con voce d'oltretomba.

20.

Il piano per entrare nelle cucine di Barbablù era rischioso, ma era l'unico praticabile. L'ingresso per il personale era sorvegliato a vista da due guardie, una gialla e una verde in una garitta (fucsia). Poco distante c'era un portellone per la spazzatura. Lì alcuni camion attendevano che da un nastro maleodorante colasse una mistura di insalata putrida, patatine gelide, vestigia di boli e lattine schiacciate che secondo i maligni diventava poi il notissimo Famkat per i vostri amici gatti.

Il portellone si apriva ogni mezz'ora, e il nastro scorreva per circa un minuto.

"Ve la sentite di correte in salita su un nastro che vi manda incontro merda?" disse Lucifero.

"È sempre stato uno dei miei sogni," disse Celeste.

Aspettarono nascosti sotto un camion. Appena il portello si aprì, vomitando una montagna di lattine, Lucifero urlò: "Saluta la Signora!". Poi si lanciò, seguito dagli altri. Corsero nel buio, imprecando e inciampando. Ma erano giovani, sani e motivati. Per primo arrivò Lucifero, che atterrò in uno straripante cassone della spazzatura. Poi Celeste, senza neanche sporcarsi un po' il vestito, poi Alì al ketchup, poi Memorino e infine Deodato con abrasioni da patate fritte.

"Ci siamo, ragazzi," disse Celeste. Cautamente si sporsero sul bordo del cassone. Erano proprio nelle cucine proibite. Su un'immensa piastra, anzi piazza fumante, cuocevano migliaia di compresse di ciccia, che poi venivano smistate a un robot imbottitore che le metteva dentro ai panini, distribuendole agli inservienti a seconda delle guarnizioni o degli optional. Pronti a scattare c'erano numerosi camerieri in divisa gialloverde da ciclista e skateboard (fucsia). Alcuni inservienti distribuivano le ordinazioni a mano, ma in un angolo si vedevano volare in aria decine di famburger, che atterravano con assoluta precisione sui vassoi. Non c'era dubbio. Là in fondo, da qualche parte, c'erano i piedi fatati dei gemelli Finezza.

Di Barbablù invece nessuna traccia. Ma forse dal grande oblò sul soffitto qualcuno controllava che tutto procedesse regolarmente. Qualcuno che si era già accorto dei cinque visi clandestini sporgenti dal cassone.

"Andiamo," disse Celeste.

"Sei pazza?" disse Alì "ci beccheranno subito."

"Ci penso io," disse la bimba, e saltò giù, strisciò lungo il muro come una donnola e si impadronì di alcune divise. Senza che nessuno la notasse, tornò nel nascondiglio.

"Come hai fatto?" disse Memorino "hai studiato l'invisibilità ninja?"

"Ricordati l'indovinello," disse Celeste.

Pochi istanti dopo cinque nuovi camerieri si aggiravano portando vassoi, anche se le loro traiettorie non erano coordinate con quelle degli altri colleghi e la loro abilità sullo skateboard era modesta.

"Più ritmo, più ritmo, aumentare la produzione, musica," disse una voce dal soffitto, e subito risuonò *Duyù* dei XXTT145, il gruppo di fastfù-dance più richiesto del momento. Il brano consisteva di un colpo di batteria abbinato a un mi bemolle di basso ripetuto all'infinito e due voci, una maschile e una femminile che cantavano per 456 volte questo ritornello denso di suggestioni.

LUI – *Duyúláikit?* (ti piace?)

LEI – *Ailáikit, ailáikit* (sì!)

Tutti si misero a fluttuare e a cantare.

"Ci scopriranno," disse Deodato "non sappiamo le parole della canzone."

"Muovi la bocca come se masticassi," suggerì Memorino.

Danzando e cantando, arrivarono al punto in cui iniziava la pioggia di famburger. Ma ahimè! Non videro i sospirati gemelli Finezza, bensì quattro giocolieri coreani che tenevano abilmente in aria i famburger, spedendoli con lanci precisi ai camerieri che li richiedevano.

"Fam fam," urlava un cameriere.

"Porzfam Bimbur ailáikit," urlava un altro.

E venivano infallibilmente riforniti.

"Fam fam fam fam" urlò Deodato, esaltato.

Tutti e quattro i famburger bollenti gli centrarono la faccia. Era fuori posizione di mezzo metro.

"Fa provare a me," disse Lucifero.

"Lascia perdere," disse una voce alle sue spalle.

Due colossali fidipà gialloverdi armati di manganello (fucsia) lo presero per le spalle. Ci fu una breve rissa, in cui si distinsero Lucifero e Alì per l'abilità nel difendersi, Celeste per l'inafferrabilità, Memorino per la quantità di spiegazioni che tentava di fornire, e Deodato per la capacità di attirare il novanta per cento dei cazzotti. Ma alla fine i nostri eroi dovettero arrendersi, e furono trascinati su per una scala e scaraventati in una stanza buia.

Una luce venne puntata su di loro. Nella penombra, dietro una scrivania finalmente non gialloverde, ma di antico stile Fontainebleau, il terribile Barbablù li guardava con grande interesse. Sembrava pensare: quanti famburger ne ricaverò?

"Ancora non ha chiamato, quella troia," disse l'uomo nella fila della Famburger House mentre avanzava spintonando e l'antenna del suo Misiushi si infilava negli occhi degli astanti.

"Forse dovresti chiamarla tu," disse Rosalino. "Ricordo una scena in *Desert* di Westerman, quando lei taglia il filo del telefono prima di fare il numero, quasi a significare l'ambiguità della comunicazione amorosa..."

"Ma vaffanculo," disse un ragazzotto che si era beccato un colpo di teleobbiettivo nell'orecchio.

"Vaffanculo tu, stronzo," disse Rosalino.

Furono minacciosamente circondati dagli amici del ragazzotto, tutti con magliette inneggianti ai vulcani del Sud.

"Ehi ragazzi," disse Fimicoli "calma! Scusatelo, il mio amico ha appena fotografato una condanna a morte in diretta ed è un po' scosso..."

"Davvero?" disse il ragazzotto. "Che culo! Come mi piacerebbe."

"Non ci può procurare un posto la prossima volta?" disse un altro.

"Vedrò cosa posso fare," disse Rosalino, distribuendo biglietti da visita.

Furono fatti passare avanti con reverente ammirazione, e risalirono la fila fino all'entrata.

"Fermi," li bloccò il guardaporta Tesseraloggia 46352 "non c'è posto, dovete aspettare."

"Stampa. Fa passare, scimmione," disse Fimicoli.

"Ma chi credi di essere?" disse 46352.

"Facci passare o entro trenta secondi spargo via fax la notizia di due topi trovati dentro un famburger, uno crudo e uno cotto."

"Passa, passa, Fimicoli," rise il guardaporta. "Non ti avevo riconosciuto. Lo sai che ne dici di cazzate in televisione quando parli della Floridia?"

"Non farmi ridere, te e la Floridia."

"Cos'hai contro la Floridia?" disse una ragazzina palesemente filofloridica, come mostrava la sciarpa color pansé.

Fimicoli la scostò bruscamente e nacque un parapiglia, tutti si pestavano con tutti e volarono in aria anche un body e un martello, ma i due reporter riuscirono a infilarsi dentro con professionale destrezza.

Individuarono subito i due preti, seduti al secondo piano. Don Bracco schiantava un Bigfam e Don Biffero stava proteso e immobile come un cane da punta.

"Quel porco, guarda le ragazzine," disse Rosalino.

Vicino a loro risuonò un rutto in puro stile Stracola. Un giovane fidipà con giaccone di pelle, Tesseraloggia 76543, si avvicinò e disse:

"Ehilà Fimicoli, i preti sono lì, come ti ho telefonato. Ma i ragazzini proprio non li ho visti. Un negro qua non passerebbe inosservato."

"Eppure sono vicini," disse Fimicoli, passando un centomila al ragazzo "il mio naso non sbaglia mai."

22

"Signor Barbablù," disse Memorino "lei forse si chiederà il motivo di questa nostra visita. Ebbene, non mentirò con lei: non siamo qui per verificare se le voci calunniose sul contenuto dei suoi famburger corrispondano a verità; del resto il cannibalismo è pratica assai diffusa in tutti i paesi moderni e non saremo noi..."

Barbablù, il cui viso restava in ombra, taceva.

"Senti, paninaro," disse Lucifero "puoi anche tritarci e infilarci dentro quella merda dei tuoi famburger, ma stai attento: abbiamo amici potenti là fuori... mio padre è un pezzo grosso e..."

"Piantala!" disse Barbablù, alzandosi come colpito da una scossa elettrica.

"Noi stiamo solo cercando i gemelli Finezza, due ragazzi che lavoravano qui l'anno scorso," disse Deodato.

"Ho un presentimento," disse Alì "lei non è per caso africano? Poiché in tal caso..."

Ma Barbablù sembrava non ascoltarli. Tremando, ed emettendo suoni inarticolati, avanzò verso di loro e...

"Adesso basta con la commedia," disse Celeste, tranquilla.

A queste parole Barbablù si rese visibile. Era un vecchio allampanato con una faccia da hidalgo, baffi e pizzetto palesemente tinti per mascherare l'età. Vestiva un luttuoso abito nero e piangeva come un vitello. Alì puntò il dito, riconoscendolo.

"L'uomo del quadro!"

"Chi si rivede!" disse Celeste "Anatole Passabrodet."

Il vecchio cuoco del conte, lo sgherro più feroce, si inginocchiò ai piedi della bambina e le baciò le mani singhiozzando:

"Sono sconvolto, ma tanto felice di rivederla, contessina Celeste Mariolda Edredona..."

"Non sono Celeste Mariolda Edredona, sono Celeste Marisella Beccaccia, sua nipote..."

"Lei le somiglia in ogni tratto, nella voce, nei gesti; per me lei è, e sempre resterà, la dolce mite casta Celestina che così vilmente tradii..."

"Credo," disse Memorino "che lei ci debba delle spiegazioni, signor Passabrodet."

"Ebbene sì," disse il cuoco.

"Dopo la notte, quella terribile notte in cui la contessina scomparve, per la prima volta il rimorso si impadronì di me e disciolse i fili che tenevano prigionieri nel nero pozzo dell'anima mia tutti i rimorsi precedenti, e tutti insieme li portò alla luce. Se mi è permesso parlare da chef, ero farcito di rimorso, lardellato di rimorso, ero un'omelette di rimorso. Tutti gli animali che avevo ucciso, le migliaia di occhietti innocenti di pernici e favazzi e rigogoli e mastrupoli e chiurli e lepri marzaiole e alci e abbacchietti li vidi come riassunti negli occhi della contessina che ci lasciava..."

"Suvvia, Passabrodet," disse Celeste, un po' imbarazzata.

"Così mi pentii e decisi di cambiare nome e vita, consacrandomi a chi più avevo fatto soffrire: gli animali che avevo sterminato e i bambini che avevo affamato, obbedendo ai tristi comandi del conte. Giurai che avrei salvato i primi e nutrito i secondi. Iniziai aprendo un ristorante vegetariano col nome di Monsieur Vert. Una sera, per un banale incidente, mi cascò una spugna nella zuppa di cipolle. Il sapore era squisito. Da allora ebbi un unico sogno: inventare l'hamburger sintetico. Dopo anni di tentativi, di assaggi e di insuccessi, trovai la ricetta segreta: non posso svelarvela, ma sappiate che nei miei famburger non solo non c'è carne umana, *ma non c'è assolutamente carne*! Essi contengono solo verdure, odori e ingredienti innocui come gomma arabica, polistirolo espanso e segatura. Il sapore è, uhm, ottimo, per via della mia abilità combinatoria. E così io risparmio molte giovani vite di manzi e regalo ai giovani di Gladonia cibi a basso prezzo. Non che ci rimetta, ebbene no! Ma non ci guadagno. Così cerco di espiare le mie colpe. Non mi credete? Ebbene, guardate da questa finestra. Là sotto c'è il reparto segreto delle mie cucine, dove si confeziona l'impasto dei famburger."

Guardarono. E in effetti non si vedevano né cadaveri umani, né bovini. Solo ceste piene di cipolle marce, lastroni di polistirolo, vasche di truciolato e calderoni in cui questa mistura bolliva miscelata con salse, coloranti e vari solventi.

"Visto?" disse Passabrodet. "Ovviamente, vedendo che nelle mie cucine entravano più acidi che ciccia, i concorrenti invidiosi sostennero che usavo carne umana. Le uniche bistecche che compro, le invio agli orfani del Borneo! Inoltre ho acquistato un grande parco a Montebaldo in cui tengo protette beccacce, cinghiali, stambecchi, foche monache e gamberi di fiume. È vero, cambio spesso camerieri, ma è per dargli più soldi con la liquidazione. Poi..."

"Basta, basta Passabrodet," disse Lucifero "il suo bollito misto di bontà è disgustoso quasi quanto i suoi famburger."

"È vero," disse il cuoco "sono stato troppo cattivo e adesso devo essere troppo buono."

"Si alzi in piedi, Passabrodet," disse regalmente Celeste.

"Contessina Mariolda! Mi perdona?"

"E dai! Io non sono... fa lo stesso, la perdono: se la smette di leccarmi la mano e se mi dice dove possiamo trovare i gemelli Finezza. Lavoravano qui, un anno fa."

Rapido, Passabrodet si mise a consultare l'archivio del personale: "Finezza, Finezza, ecco qui, ora ricordo, erano i più straordinari distributori di famburger che abbia mai avuto... li distribuivano, pensate, con i piedi. Due gran bravi ragazzi... e quando li liquidai, voglio dire, quando pagai loro la liquidazione, mi dissero che andavano a cercar lavoro al mare... sì, in un posto chiamato... Rigolone Marina."

"Urrah!" disse Alì "li abbiamo trovati."

"Fosse facile. Rigolone è il posto più frequentato della Riviera Adrenalinica, anche in autunno," disse Lucifero "ma lei Passabrodet, dopo tutta questa solfa, ci farà uscire da qui?"

"Non solo," disse Passabrodet "ma vi regalerò anche una confezione di sedici famburger surgelati da viaggio."

"Il suo è un gesto squisito," disse Memorino.

"Bel vantaggio...," disse sottovoce Lucifero.

Passabrodet si avvicinò e cercò di carezzarlo sui capelli, ma Lucifero si ritrasse. Il cuoco vacillò, alquanto pallido.

"Che le succede?" chiese Celeste.

"Niente, niente," disse Passabrodet "tutte queste portate di passato che ritorna... troppe emozioni, vi prego, andate. E grazie per aver ridato la pace a un vecchio peccatore."

"Non c'è di che," disse Deodato "io comunque il pacco viaggio me lo prendo." Afferrò la confezione, che esplose, e sedici famburger surgelati gli si sbriciolarono dentro i calzoni.

"Succede, a volte, che una confezione su mille sia difettosa," disse Passabrodet.

23

Tutto avviene molto rapidamente. Don Bracco, impegnato nella litotrissia di un famburger agli ossicini, guarda giù dalla balaustra e vede del gran movimento.

Due ragazzotti con un Bartolomeo Colleoni e un Goering stampati sul giubbotto notano che, nel gruppo di piccoletti in marcia verso l'uscita, c'è un Alì. Non gradiscono la cosa. Tagliano la strada ai Celestini. Il Colleonico dice:

"Perché non vai a mangiare in qualche ristorante marocchino, negro?"

Lucifero risponde tranquillo: "Ce n'è uno che consigliate?".

"Non stiamo parlando con te, stronzo," dice il fan di Goering.

"Scusate," dice Memorino "mi pare davvero fuori luogo questo litigio, dal momento che la vostra posizione discriminatoria mi sembra a sua volta discriminata e del tutto isolata dalla maggioranza dei presenti..."

"Isolata un cazzo," dissero una ventina di voci tutto intorno.

"Quand'è così," disse Deodato sbucando all'improvviso "non ci resta che risolvere la cosa tra uomini. E poiché anche a me i negri stanno sul cazzo, sono con voi, ragazzi. Diamo una lezione a questi intrusi!"

E digrignando ferocemente gli incisivi, si schierò a fianco del nemico. Memorino fu sconvolto dall'inattesa trasformazione dell'amico, ma il suo turbamento durò pochi secondi.

Dal soffitto si staccò una gigantesca lattina di Stracola che fungeva da lampadario e stese Deodato e tutti i suoi, cioè i loro.

"Povero Deodato," disse Celeste, estraendolo da sotto le macerie "ti sei sacrificato per noi."

"Qualche volta," disse Deodato "non tutta la sfortuna vien per nuocere."

Approfittando della forzata indigestione di Stracola dei nemici intontiti al suolo, i nostri si diressero verso l'uscita. Ma un nuovo pericolo incombeva. Dai piani superiori, scendendo a slalom tra i tavoli, arrivava Don Biffero seguito da un pullover norvegese semovente.

"Vi ho beccato, maledetti," urlava il prete, roteando una sedia (fucsia).

I Celestini cercarono di guadagnare l'uscita, ma si impantanarono in un ingorgo di famburgerati in deflusso. Intanto da sud-est un'altra coppia, aureolata da lampi di flash, si dirigeva verso di loro, e già Rosalino scattava e Fimicoli aveva acceso il Misiushi per registrare in diretta gli avvenimenti. Don Biffero arrivò a qualche metro da Memorino, protese la mano adunca, ma restò incastrato tra due tavoli. Gli occupanti, anzi le occupanti, si alzarono protestando. Don Biffero restò schiacciato come un famburger tra una sedicenne in minimogonna e una signora con due tette primordiali. Si dibatté, ma invano, ché ogni volta vieppiù si incastrava e aumentava la frizione e i punti di contatto. Sotto il pantalone gessato lo Zopilote sentì insorgere una reazione idromeccanica progressiva e inesorabile, che già l'aveva colto vicino al tavolo delle ginnasiali. La reazione fu avvertita anche dalla signora primordiale che lanciò un urlo di raccapriccio. Ma ormai nell'anima tormentata del religioso il sommarsi delle rotondità e delle morbidezze, quel solletico di peletti d'angora e capelli vaporosi, quegli aromi di borotalco e shampoo, quel richiamo d'intime trine e muschiati tabernacoli, quell'invaso di tentazioni tracimò versandogli nei sensi una piena di pensièri impuri, e nel deliquio vide prima il Cristo col Colbacco precipitare, poi il quadro di Sant'Antonio Zopilote tentato dalla regina Gurlunda, poi la bocca dell'Adele che diceva "accendimi, accendimi", e infine il ricordo di un calendario di parrucchiere che lo aveva manuturbato cinquant'anni prima e d'improvviso urlò, digrignò la bazza e prima che la signora potesse reagire l'aveva rivoltata e cercava di possederla contro il tavolo e contro natura.

In dieci accorsero in aiuto della misera, ma il religioso non mollava la preda, anzi sprintava in un indecoroso samba trivellatore. Approfittando della confusione i Celestini riuscirono a sfondare il muro umano. Solo Memorino restò prigioniero per un attimo di una mano inanellata da due Spatsches colorati. Con un morso se ne liberò. I cinque si trovarono fuori in ordine sparso e Celeste urlò:

"Se ci perdiamo, appuntamento a Rigolone Marina!"

A questo punto i nostri erano in fuga nel seguente ordine: primi Celeste e Memorino, a cinque secondi Lucifero e Alì, a quindici secondi, già regolarmente inciampato, Deodato, a quaranta secondi Don Bracco, che però, udita la parola "Rigolone Marina", si ritenne soddisfatto e rinunciò all'inseguimento.

Molto più complessa la situazione all'interno. Qui Don Biffero, separato dalla signora solo grazie al lancio ripetuto di secchi di acqua gelata, era circondato da una folla divisa tra sostenitori e avversari della pratica dello stupro. Fimicoli e Rosalino, fingendosi poliziorchi in borghese, presero sottobraccio Don Biffero che tra calci in culo, sputi, applausi e urla "Con le donne questo e altro" venne portato fuori.

Qui, deposto su un'aiuola, iniziò a lamentarsi ad alta voce battendosi il petto:

"Che orrore, che orrore! Il demonio che è mio coinquilino si è nuovamente risvegliato... credevo di essere guarito e invece..."

"Lo so Don Biffero," disse Fimicoli "le succede ogni anno ormai. Due anni fa, con la Suora Mascherina nell'orto. L'anno scorso, quando balzò fuori dal confessionale su una penitente adultera troppo circostanziata nel rispondere alle sue domande..."

"Voi della polizia sapete tutto..."

"Non siamo della polizia," disse Rosalino, fotografandogli i pantaloni sbottonati "siamo giornalisti."

"E allora cosa ci fate qui? E perché mi avete salvato dal sacrosanto linciaggio?"

"Perché caro Zopilote, anche noi cerchiamo i suoi Celestini..."

"Oddio, la notizia è pubblica! I giornali, la Beccalosso, il Papa! Siamo rovinati!"

"No, la notizia è ancora segreta. Vogliamo noi l'esclusiva. C'è qualcosa di grosso sotto questa storia, vero?"

"Non lo saprete mai," disse Don Biffero, e tentò la fuga con uno scatto, ma si schiantò contro Don Bracco proveniente in senso opposto, ed ebbe la peggio.

"Caro Don Biffero," disse Fimicoli rialzandolo da terra "d'ora in avanti lei e il suo amico sanmenonita dovrete agire in accordo con noi. Primo, perché se vi comportate bene io sarò comprensivo nei miei articoli. Secondo, perché altrimenti Rosalino sarà costretto a pubblicare la foto del decano degli Zopiloti che, travestito, tenta di sodomizzare la cliente di una Famburger House."

"Credo che questo signore abbia ragione," disse Don Bracco "aiutiamoci con cristiano fervore."

"Bene," disse Fimicoli "allora dica anche a noi quello che ha appena scoperto."

"Come fa a sapere che ho scoperto qualcosa?"

"*Un Sanmenonita non molla mai la traccia se già non sa dove riprenderla*: San Menonio, *Fede e fortezza*, pagina 25. Da piccolo ho fatto il chierichetto anch'io," sorrise il giornalista.

"Beh, quand'è così," disse Don Bracco "andremo tutti al mare."

24

Duecento sacchi di caffè erano perfettamente allineati sul molo di Belania, porto della Gladonia settentrionale. Dalla nave appena scaricata uscì una ciurmaglia versicolore, che si diresse baldanzosamente verso le tentazioni del quartiere portuale. Restò solo il guardiano, un vecchio marinaio ormai inabile a tenzonar coi venti. La sera era fresca e il marinaio, per riscaldarsi, aveva già bevuto generosi sorsi da una fiaschetta di grappa.

Così non si scompose quando dal plotone dei duecento, cinque sacchi iniziarono a staccarsi balzellando, e si allontanarono lungo il molo. Fu solo quando non li vide più che il vecchio sospettò che fosse accaduto qualcosa di strano. Ma i cinque sacchi erano ormai non solo lontani, ma vuoti, e il loro contenuto se l'era svignata nei vicoli del porto.

Poco dopo cinque bambini di varia tonalità, dal nero all'olivastro entrarono all'osteria del Calamarone, la più malfamata della città. Tutti gli avventori li guardarono, perché il loro abbigliamento era perlomeno singolare.

Ognuno portava un solo capo di vestiario. Il primo indossava un pantalone tirato su fino al collo, con le braccia che uscivano dalle tasche. Il secondo, minuscolo, sbucava con la testa da una mutanda rovesciata. Il terzo nuotava in una giacca. Il quarto indossava una camicia bianca con cravatta. Il quinto, con una canottiera aderente come un lamé, era ossigenato e portava tacchi a spillo. Tutti e cinque portavano sulla gamba destra un lungo calzino da calcio giallo oro. La piccola mutanda, che si chiamava Camarinho, si arrampicò fino al bancone e disse al barista:

"Scusa amigo, mi sai dire dove se prende el combojo por Banessa?"

Il barista, un omaccio tatuato con varie sponsorizzazioni femminili, lo guardò schifato:

"Fila via, pezzente. Mi disturbi la clientela".

"Ma come, amigo," disse Camarinho "dovresti essere onorato di averci qui. Il tuo è il bar più malfamato della città, e noi siamo la banda minorile più malfamosa di tutta l'America, i Pelorinho Pivetes di Bahia. Per venire qui abbiamo eliminato gli Hermanos Oiga di Bogotà, i Blasters di Miami e la Banda Baldaracci di San Paolo."

"Ti sbagli, pezzente," ringhiò il barista "è vero che questo è il posto più malfamato di tutta la città, ma questa fascinosa cattiva fama ce l'ha grazie a persone ricche e importanti. Banchieri riciclatori, grandi palazzinari, politici camorristi, principi mercanti d'armi, spacciatori di droga miliardari..."

"Mae de Deus!" disse la canottiera che si chiamava Nestor detto Isadora. "Sono forse quelle facce da tagliagola sedute qui vicino?"

"No, questi sono attori che pago per dare un po' di atmosfera al locale. Stuntmen che inscenano false risse, mimi finti ubriachi. Quel barbone che rutta fragorosamente in faccia a tutti è un ex-baritono, la vecchia puttana è una delle più famose attrici degli anni cinquanta, e l'uomo con le dodici cicatrici non era un legionario, era un saldatore. Ma ai tavoli in fondo, come vedi, c'è una clientela elegante e distinta, e il menù è di prima qualità."

"Vedo," disse Isadora, con un fischio di ammirazione. "*Ostriche alla Cupola, Mousse di branzino all'Olonese, Filetto incaprettato, Truffa mista di calamaretti e gamberi, Fragoline di sottobosco*, centomila alla porzione..."

"Servizio escluso, capito? Perciò qui pezzenti veri non ne vogliamo. Sgombera, nanetto travestito, o avverto il tavolo dei finti scaricatori portuali." Isadora guardò il tavolo suddetto, dove briscolavano quattro orchi con fiamme tatuate sulle braccia.

"Che bei ragazzi!" disse Isadora "non vedo l'ora di conoscerli."

Il barista fece un cenno e il più grosso dei quattro si alzò, sovrastò i due bambini e disse:

"Sono il maresciallo Bacci della locale Tenenza carabinieri e contestualmente appuro che state infastidendo il conte Riffler Biscaglia. Non so di che razza siete, negri, meticci, froci, zingari o transessuali, ma il nostro carcere minorile ha diversi posti liberi..."

"Oh scusate, amigo," disse Camarinho "non sapevamo di avere a che fare con un conte. Ma possiamo spiegare tutto: è vero, siamo una banda di teppistelli di Bahia, ma siamo venuti nel vostro paese perché ci hanno invitato a una trasmissione televisiva che si chiama *Gorgon, tutto quello che non vorreste mai vedere.*"

Il conte e il poliziorco si guardarono interdetti.

"Dite sul serio? Quella degli orrori del mercoledì sera?"

"Certo," disse Camarinho "ci hanno invitato per mostrare in diretta come sniffiamo benzina e per farci raccontare di quando abbiamo fatto a revolverate con la Banda Baldaracci, e dopo ci sarà una festa di beneficenza in nostro onore e si ballerà la lambada e tutti si commuoveranno nel vedere i nostri miseri vestiti."

"Sì amigo," disse Isadora "non siete solo voi a travestirvi. Io, ad esempio, abitualmente vesto Balenciaga. Ma lo show è show..."

"State bluffando," disse il poliziorco.

"Fate come volete," disse Camarinho "ma se stasera non saremo negli studi di *Gorgon* scoppierà un bel casino. Ci sarà anche il ministro dell'immigrazione."

"Lasciamoli andare," disse il conte "meglio non correre rischi."

"Grazie amigo," disse Camarinho "volete che faccia qualcosa per riscaldare l'ambiente?" Con un gesto rapido, estrasse un machete dalle mutande e lo calò sul braccio del conte, tagliando con precisione millimetrica una sottiletta di pelle col tatuaggio di un drago.

"Questo piace a me," disse Camarinho, e se lo attaccò al braccio.

Un mormorio eccitato percorse i clienti.

"Ehi ragazzo," disse il conte "che ne diresti di lavorare qui?"

"Oh no amigo," disse Camarinho "a noi piace la libertà. Sapete, noi non abbiamo il telecomando per spegnere *Gorgon*. A noi ci toccano emozioni forti ventiquattro ore su ventiquattro. Buena suerte, bobos!"

E sparì in un lampo bianco di mutande.

Nelle strade del malfamato quartiere risuonarono le parole di *Strade miserabili* dei Mamma Mettimi Giù.

Strade miserabili
(dall'LP *Ogni passata speme*)

Si può comporre una canzone sulle strade miserabili
seduti sul bordo di una piscina
si può suonare nudi e sporchi un riff di chitarra
in una suite dell'Hilton, insultando i camerieri
si può ruttare davanti a un giornalista educato
e drogarsi sotto assistenza di un primario
si può essere solidali con gli indios
nella Bentley tra un aeroporto e un altro
ma un giorno le parole non ti ubbidiranno più
ti saliranno in gola, ti strangoleranno
tornerai a camminare lungo le strade miserabili
e capirai quante bugie hai detto, e per quanto.

PARTE QUINTA

Dove ci appare Rigolone Marina,
perla della Riviera Adrenalinica,
e dopo una lezione di Scienze naturali
e varie avventure mondane, siamo invitati al rave party
di Big Delroy Speedmaster

25

Rigolone Marina, perla del mare Adrenalio! Capitale europea
del divertimento, isola di relax e arcipelago di perdizioni, mega-
vulvodromo e maxifalloteca, birdland e gomorra, perno della bi-
lancia economica del paese, monumento al nostro spirito di ini-
ziativa, mirabile sintesi di tradizione e di modernità, folclore e turismo, trasgressione e pennichella, natura e infrastrutture, delfini
intelligenti nelle vasche e cretini motorizzati in libertà. Rigolone
Marina! Dolce, assolata, esaurita, si stendeva davanti agli occhi
ammirati dei nostri eroi, con le sue fungaie di ombrelloni, le radio a tutto volume e i glomeri d'auto sul lungomare. Con tutte le
sue insidie e attrazioni. Con le trecento discoteche per tutti i gusti, dai rappers ai mazurkofili, dai revivalisti ai post-moderni, dai
bevitori di birra ai consumatori di extasi, dai rocchettari ai pani-
nari ai casinari ai metallari ai pataccari ai piadinari ai dark-soft
agli heavy-metal ai grunge-sound ai pooh-vraz agli one-hit-won-
ders ai glam-gay agli evergreen ai naziskin ai funkadelics agli ice-
fuckers ai dambda-bevar ai tamla-motown. Trecento discoteche
che ogni notte sparavano una supernova di luci, un'eruzione di
decibel, chilometri di laser e cirrocumuli di fumogeni, sulle cui
piste al ritmo di pausari disc-jockey venivano espulsi tre milioni
di litri di sudore che strizzati e mixati nelle fogne insieme a dodicimila tonnellate di turisti e altrettante di merda indigena, venivano poi disperse da intrepidi filtri nelle acque dell'Adrenalio dove
si disputavano con alghe e idrocarburi gli scampoli di ossigeno
residuo. Rigolone Marina! Nelle cui sale videogames venivano
sterminati ogni sera miliardi di astromostri marziani e dove una

famiglia mediamente prolifica poteva rovinarsi non già con le slot machine, ma dissipando interi stipendi in cavallini basculanti e automobiline col Parkinson. Rigolone Marina! Dove ogni giorno venivano consumate novanta tonnellate di gelato, di cui trentasei cadevano al suolo tra pianti di figlioli e ire di genitori, rendendo le strade vanigliate e scivolosissime; dove ogni notte venivano grigliati dodici milioni di gamberoni, un brulicare di zampette, antenne e corazze il cui colore rosso fuoco, visto dall'alto, era scambiato dai piloti d'aereo per illuminazione urbana, o per segnaletica aeroportuale, tanto che già svariate volte jumbo nordici erano atterrati sul lungomare, ingannati dalle migliaia di crostacei roventi.

Rigolone Marina! Dove extracomunitari nonsvizzeri di molti paesi avevano un tempo cercato fortuna vendendo i loro sosia di mercanzie. Un tempo, dico, poiché grazie al solerte lavoro di disinfestazione da parte di gruppi patriottici ispirati da leghe e logge di varia longitudine e in virtù di patriottiche bastonate, raffiche di mitra da auto in corsa e roghi di abitazioni con inquilino annesso, il lungomare era stato ripulito.

Rigolone Marina! Ove il pericolo era quotidianamente in agguato. Dove giorno e notte i jet Nato sfrecciavano ad altezza d'uomo schiantando finestre, e sulle sabbie bocce mal dirette frantumavano alluci, dove auto sibilavano come palle di cannone da discoteca a discoteca, dove sedicenni con maxitette e microtanga sfilavano davanti a signori ottantenni con otto by-pass, dove gigantesche rangerover con scritte di rally australi e berberi vagavano ore alla ricerca di un posteggio per una piadina, e a volte gli equipaggi si scontravano con badilate e sprangate non già per l'ultima polla d'acqua del Magreb, ma per due chinotti alla baracchina. Dove turisti farciti di cozze si lanciavano in acqua ancora ruttanti e venivano salvati congesti e vomitanti da eroici bagnini, costretti poi a lunghi bocca-a-bocca non già con le bionde amazzoni dei film, ma con ippopotame di Stoccarda e ragionieri bresciani.

Il mare di Rigolone! Il mare Adrenalio, in passato splendido ora assai chiacchierato, e calunniato, un mare spesso impestato dalle terribili alghe rosse e dalle meduse piezoelettriche e dalle più svariate merdaggini, un mare che sopportava stoicamente un milione di bagnanti in broda perpetua, e in cui con coraggio ammirevole qualche granchio e cefalo e lamellibranco riusciva ancora a sopravvivere tra l'ammirazione generale.

La spiaggia di Rigolone Marina! Con la sua sabbia un tempo teatro di piste per biglie e silicei castelli, ora strato puramente ornamentale, moquette per sedie a sdraio, sarcofago per bastoncini da gelato.

Rigolone Marina la nuit! Dove non si dormiva la nuit. Erano infatti le nove di mattina, tutti erano appena andati a letto e in spiaggia non c'era nessuno. Solo i nostri eroi, che avevano pernottato sulle sdraio del bagnino Silvano, e che un pallido sole cullava tra sonno e dormiveglia.

Memorino sognava di scoprire la frase filosofica primaria, quella da cui derivano via via tutte le frasi rigorosamente esatte che portano alla costruzione del sistema filosofico perfetto, inattaccabile e adatto a descrivere il mondo e a sollevarne le sorti.

Lucifero sognava il campionato di pallastrada con lui che segnava tre gol e sotto la doccia si trovava con tre ragazze nude che gli facevano lo shampoo al cocco.

Deodato sognava di fare il bagno camminando tra i granchi senza paura, passava una medusa e neanche lo sfiorava.

Celeste sognava un grande bosco in cima a una montagna.

Alì sognava un ventre di balena, pieno di fumo, e dentro c'era suo padre, ma non riusciva a trovarlo, gridava, e si svegliò in lacrime. Vide che sulla spiaggia c'erano solo due persone. Uno era un vecchio biancobarbuto, vestito come gli esploratori dei fumetti, con braghe tattiche, cannocchiale e taccuino per gli appunti. Il vecchio guardava una donna stesa sul bagnasciuga. Questa, sentendosi spiata, si alzò in piedi. Era nera, scura come la pece!

"Mamma!" gridò Alì.

Ma la donna, disturbata, raccolse i suoi indumenti e si allontanò.

Deluso, Alì notò che non era nera naturale, bensì straordinariamente abbronzata e unta come un arrosto.

"Accidenti a te!" urlò l'esploratore ad Alì.

Tutti si svegliarono. Il vecchio, irato, scagliò a terra il cannocchiale imprecando in una lingua sconosciuta. Poi si calmò e disse:

"Vi prego di perdonarmi questo scatto. Sono il professor Eraclitus Mac Orlan Norvell dell'Università di Benommenheit. Sono uno zoologo, e studio animali rari, in particolare gli animali da spiaggia. L'esemplare che stavo esaminando era un *balnearius crismatus*, e il vostro amico, senza volere, lo ha fatto scappare".

"Ma non era un animale," disse Alì "era un essere umano!"

"Già," disse Eraclitus "così dicevano anche diversi miei colleghi all'inizio dei miei studi. Ma io spiegai loro che, tra tutti gli animali, l'uomo è quello che corre il maggior pericolo di estinzione. Perché mentre noi ci preoccupiamo di proteggere i panda e le foche, i panda e le foche non si preoccupano di proteggere noi, anzi vivamente sperano che ci estinguiamo con tutte le nostre atomiche, pesticidi, defolianti, petroliere e villaggi vacanze. Perciò finiamola di commiserare il rinoceronte nero, di contare col fiato sospeso le balene e di stimolare al coito le lontre. Interessiamoci all'animale più in pericolo: l'uomo! Studiamolo, descriviamolo, perché, come del mitico dodo o del cinfalepro, resti traccia e memoria di lui a chi erediterà la terra, sia esso formica o venusiano. Ho scelto gli antropoidi da spiaggia perché dotati di costumi singolari, assai diversi da quelli degli antropoidi di città."

"Può farci qualche esempio?" disse Memorino.

"Potrei farne molti," disse il professore, lusingato, avviandosi verso il bagnasciuga. "Ho studiato ad esempio l'*excubitor balnearium*, ovverossia il bagnino, e la sua evoluzione da bagnino *piscator* e bagnino *servator*, a bagnino *managerialis* e bagnino *public relation*. Ho studiato esemplari quasi estinti come il *puer pirolinus*."

"Sarebbe?" chiese Lucifero.

"Il bambino che fa i castelli con i pirolini di sabbia umida. Una volta le spiagge gladoniane erano piene delle caratteristiche costruzioni di questo industrioso animaletto. Castelli alti anche due metri. Poi vennero altri giochi, il bagnasciuga si ridusse a puro corridoio da passeggio e la sabbia, mescolandosi col petrolio, divenne meno pirolinabile. Ora di questo giovane antropoide esisteranno forse una ventina di esemplari nelle isole del Sud."

"Interessante," disse Deodato, e lanciò un urlo.

"Lei," disse il professor Norvell "ha appena messo il piede su una tracina, o pesce ragno. Una volta era assai comune su queste spiagge, ma da anni non ne vedevo uno. Per far passare il dolore, ci metta un po' di ammoniaca."

"Lei sa davvero tutto," disse Memorino ammirato.

"Nessuno sa tutto," disse solenne il professore. "Neanche il Grande Bastardo. Ma guardate queste foto: sono esemplari rarissimi, fotografati l'anno scorso. Questo è il *lector antiventus*, un antropoide che si ostina a leggere il giornale sulla spiaggia in presenza di venti ciclonici. Qua lo vedete seduto sul giornale mentre cerca di tenerlo fermo. Qua il giornale gli si è stampato sulla faccia e lo soffoca. Qua insegue la pagina sportiva tra le dune. Questa invece è una *megattera semicupiens*, una vecchia antropoide di stazza considerevole che dalla campagna si spingeva talvolta fino al mare e vi entrava per circa un metro (come vedete dalla foto) alzando la gonna nera e mostrando giganteschi cosciotti biancastri. Mai, dico mai, si bagnava più su del ginocchio. Ora le megattere sono quasi estinte e i pochi esemplari rimasti portano costumi olimpionici."

"E l'antropoide che stava studiando?"

"Beh, non è raro, ma quello era un esemplare di femmina notevolissimo. Si tratta del *balnearius crismatus*, o carpaccio, o abbronzatore professionista da spiaggia."

"Può parlarcene?"

"Farò di più: vi leggerò i miei appunti."

IL CARPACCIO UMANO *(balnearius crismatus)*

Questo antropoide, disinteressandosi dei pareri scientifici sui danni dei raggi ultravioletti, ha nella vacanza un solo obiettivo: l'abbronzatura. Anzi, più che un'abbronzatura una caramellatura, un flambé. Perché nella tribù d'appartenenza del *balnearius* non basta più, come nel passato, assumere una coloritura abbronzata per godere di prestigio sociale, ora bisogna possedere una superabbronzatura del tipo cosiddetto "dorato" o "caraibico". Per ottenere questa livrea il *balnearius* passa attraverso varie fasi di adattamento all'ambiente.

Fase uno: in questa fase preparatoria il carpaccio fa abbondante uso di prodotti che "predispongono all'abbronzatura", misteriosi oli a base di asfalto con cui si è già neri la notte prima. Segue un'abbondante assunzione di succhi di carota e pillole alla carota che dovrebbero intensificare l'abbronzatura, ma hanno spesso fastidiosi effetti collaterali quale crescita abnorme degli incisivi, allungamento delle orecchie, tendenza a coiti brevi e ossessivi col partner (sindrome di Lapin). Con l'arrivo in spiaggia si passa alla

Fase due: ovvero all'unzione vera e propria. Ogni carpaccio ha, a questo riguardo, un suo cocktail segreto. Gli ecologisti mescolano olio d'oliva e saliva di branzino. I meteorologi usano oli diversi secondo la temperatura e l'ora. I terzomondisti mescolano olio di cocco e jojoba, con odore avvertibile fin fuori dalle acque territoriali. Alcuni carpacci, nelle crisi di astinenza da melanina, usano oli ancor più pesanti, come il terribile "Brown Sugar" (mallo di noce, inchiostro di seppia e nutella) oppure per catturare il sole con l'effetto specchio usano il "Flash" (cera da pavimenti, trigliceridi, brillantini da varietà, frullato di medusa). Con questa mistura non solo abbronzano se stessi, ma col riflesso incendiano a distanza giornali di partiti a loro invisi.

Se il *balnearius* è del tipo "salma" (otto ore immobile al sole) oppure del ti-

127

po "spiedo" (quattro ore su un lato e quattro sull'altro) basta stargli a distanza di sicurezza e non è pericoloso. Assai pericoloso invece è il carpaccio semovente, o carpaccio inquieto (*balnearius insanus*). L'esemplare di questa specie usa spalmarsi con mezzo litro d'olio: poi si sdraia per pochi secondi, si rialza urlando "che caldo", schizza di sugo i presenti e va a tuffarsi in mare. Qui, intorno a lui, si forma ben presto una chiazza oleosa galleggiante degna di una petroliera di medio cabotaggio. Quindi il carpaccio si bagna la testa, ottenendo un parrucchino di olio, acqua di mare e gel di consistenza cementifera. Ciò fatto, torna al suo posto, si riunge completamente, si gira sul dorso pochi secondi, sbuffa, torna in acqua e così via per tutta la giornata, finché tra la sua sdraio e il mare non si è creato un corridoio scivoloso e maleodorante che è la traccia caratteristica del passaggio di un *balnearius*.

Dovremo quindi rassegnarci a vedere le nostre spiagge infestate da questo viscido e invadente antropoide? Assolutamente no. Esistono diversi modi per liberarsi da un carpaccio.

a) portate in spiaggia un vasetto di mosche (molto adatte quelle carnarie, in vendita nei negozi di pesca). Gli si affezioneranno come a una carta moschicida;

b) mettetegli vicino di sdraio un senegalese che parli bene la nostra lingua e asserisca di provenire da un'antica famiglia di pescatori del luogo, che si abbronzano così senza bisogno di oli. L'invidia provocherà nel carpaccio una reazione chimica con autocombustione;

c) dite al carpaccio: "ho letto su una rivista medica che il sole preso sulla schiena di una balena abbronza il doppio". Lo vedrete remare con ardore, e scomparire all'orizzonte.

"Lei è veramente un genio, professore," disse Memorino.

"Ha studiato anche i bambini giocatori di pallone?" chiese Celeste.

"Oh sì. Ma ormai sono quasi estinti. Nei mesi estivi, non ci sono più di quaranta centimetri di spiaggia a testa, come si può giocare a pallone? Ci sono bambini pallavolisti, bambini surfisti, bambini palettisti... per quanto, ricordo lo scorso inverno... due fratelli..."

"Gemelli?"

"Forse... non mi avvicinai troppo per paura di spaventarli. Giocavano ogni sera, nella spiaggia deserta, con una grazia e una maestria che raramente ho osservato negli antropoidi adulti."

"Sono i Finezza," disse Celeste "proprio quelli che stiamo cercando! Non potrebbe dirci dove trovarli... voglio dire, quale potrebbe essere il loro habitat attuale?"

"Mmmh, è difficile dirlo."

"La prego," disse Memorino "è molto importante per noi."

"Beh," disse il professor Norvell con tono deciso "vedremo di utilizzare il metodo di ricerca di Ursus Pelicorti detto il Bisarca."

"Uno dei nove fratelli?"

"Esatto. Era un grande pittore di animali e riusciva a scovarli e dipingerli nei modi più impensati. Fu lui a ritrarre l'ultimo dodo, travestendosi da doda e dipingendolo addormentato dopo una spossante notte d'amore. Egli procedeva secondo uno schema ecodeduttivo preciso, che noi seguiremo:

Primo punto: gli antropoidi da voi cercati sono di preferenza stanziali, cioè è probabile che non si siano allontanati da qui, avendo trovato un terreno ove espletare la loro principale forma ludica, cioè il gioco del pallone."

"*Secondo*," disse Lucifero "dovranno pur mangiare."

"Esatto: da cui, *terzo*: è probabile che essi, per sfamarsi, usino il loro picco di intelligenza fenotipica, cioè la loro abilità nel giocare a palla. Ma essendo la pallastrada attività per lo più rituale e segreta..."

"Ne deriva, *quarto*: che essi non ricorreranno a una normale squadra di calcio professionistica," disse Memorino.

"Così è: *quinto*! bisogna quindi cercare un luogo ove il *ludus* in cui eccellono i nostri esemplari sia ritenuto degno di remunerazione..."

"*Sesto*," disse Celeste "data la natura del gioco della palla, questo luogo deve essere un luogo di divertimento..."

"*Settimo*," disse il professore "il gioco della palla, *et praesertim* il fare con la palla acrobazie, finezze, palleggi, fraseggi, ha qualcosa di ritmico, di ipnotico, di danzato, di..."

"Musicale," disse Alì "per cui si può dire..."

"Si può dire," concluse il professore "che abbiamo già una ipotesi scientificamente corretta: e cioè che se scorriamo la lista dei dancing, baladour e luoghi di divertimento della Riviera Adrenalinica troveremo che da qualche parte si esibiscono due gemelli giocolieri, o ballerini, o che giocano a palla contro i delfini di un Delphinarium, e così via..."

"Ci vuole il Nottolotto!" disse Deodato "il giornale delle attrazioni notturne di Rigolone Marina... basterà consultarlo: ne vedo una copia là sulla sabbia."

"Ottima idea," disse il professore.

Deodato si precipitò verso il giornale, prima che il vento lo portasse via. Ci mise il piede sopra e sprofondò in una buca di tre metri.

"Una trappola da spiaggia!" esclamò entusiasta il professore "incredibile, erano vent'anni che non ne vedevo una. Questa è opera di un antropoide, il formicaleone scherzoso, o rompiballe delle sabbie, di cui non restano più di dieci esemplari. E lei Deodato, è stato così fortunato da scoprirla!"

Deodato sorrise con modestia. Il professore si mise a misurare la buca con un compasso. Memorino e Celeste passeggiavano sul bagnasciuga. Alì e Lucifero seguivano un tanga. Lontano, una misteriosa Cadillac gialla con interno verdolone osservava la scena.

26

Don Biffero e Don Bracco viaggiavano sul "Cephalus", il rapido della Riviera Adrenalinica. La fermata di Rigolone Marina si avvicinava e tutti scalpitavano. C'era chi rovesciava le sue valigie o quelle del vicino, chi le scavalcava e chi le sfondava, chi si recava al cesso per un'ultima pisciata acrobatica e chi cercava di far entrare in un portacenere i resti di sei panini alla mortadella, chi spingeva e chi era davanti alla porta già da un'ora, chi aveva perso il bimbo Cosimo e chi l'aveva trovato.

Si svegliavano dormienti, si stiracchiavano vertebre, ci si accertava se le gabbiette apposite contenevano ancora gatti vivi o periti nella traversata. E davanti agli specchietti fanciulle si rifacevano il trucco ed estroflettevano bocche verso rossetti Carminio Tentasiòn Cinque, roteavano ciglie per inserirvi catrame da seduzione, mettevan deodoranti sull'afrore, ricomponevano scosci. E tutto questo non faceva bene a Don Biffero che stava rendendosi conto di quanto fossero mutati i costumi del suo paese. Don Bracco invece guardava ammirato uomini che consultavano carnet e rolex facendo scattare la chiusura della ventiquattr'ore con virile impazienza, e comunicavano incupendo le orbite o meno nobilmente scrollando lo scroto che quel viaggio era durato già troppo, e i sei minuti di ritardo erano un insulto al loro prezioso tempo di Creatori del Presente, e che Grandi Appuntamenti, Fusioni di Imperi, Affari Colossali, Leasing e Truffe li attendevano. Don Bracco avvertì allora chiaramente quale nuova religione, quale incrollabile fede animasse i cuori e le casseforti di Gladonia, e volle far qualcosa, sentirsi anche lui partecipe dell'Ecclesia del Benessere. E scavalcato un inutile negraccio involtolato in stuoie e una coppietta baciolosa, si avvicinò a un gruppo di ragazzi dall'aspetto patriottico, rasati militarmente, e con voce ferma li esortò a fare il loro dovere, fosse esso arrestare delinquenti, sequestrare quantitativi, liberare possidenti, segnalare disordini, incanalare tifosi, insomma qualsiasi cosa di cui loro, avendo i capelli corti, dovevano essere custodi e garanti. Ma non erano soldati, erano semplicemente rapati, e lo mandarono a fare in culo in modo brusco di cui Don Bracco si dolse, accorgendosi subito dopo che essi componevano una banda con orecchini a svastica e giacconi da aerobombardiere diretta a Rigolone Marina per sfasciare cassonetti e marocchini.

Il treno si fermò infine con gaio stridore e i due religiosi scesero ansanti e lustri, accorgendosi subito che lì l'umanità era ancor più peccaminosa che altrove. Camminarono tra fanciulle con shorts ricavati da vecchi jeans, probabilmente dalla sola tasca destra. Incrociarono ambosessi con costume da ciclista giamaicano, odalisca centometrista e Salomé Goes to Hollywood.

"Sodoma e Gomorra," bofonchiò Don Biffero, facendo il segno della croce e ingoiando una pillola.

"Cos'è?" chiese Don Bracco.

"Bromuro. Non vorrei che il diavolo si reimpadronisse di me."

In quel momento transitò una ragazza vestita solo di una maglietta con la scritta "Sex is the Best" che lasciava trasparire qualcosa che poteva essere un neo o uno slip nero. Don Biffero ruotò la testa di trecentosessanta gradi, come un gufo.

"Guardi in avanti," disse Don Bracco, e sottolineò le sue parole con una pacca sanmenonita.

Don Biffero non sembrava del tutto compos sui.

"Sempre sia lodato," disse "dove stiamo andando?"

"Da Don Fender, il prete delle discoteche, perché conosce tutti i giovani del posto ed è la persona adatta per aiutarci."

"Uhm... me lo immagino: uno di quei preti sovversivi che preferiscono il metadone al messale."

"Che termini, Don Biffero. È un prete moderno, che studia il malessere sociale..."

"Quando parla così sembra la Beccalosso..."

"Eh no," disse il Sanmenonita, punto sul vivo "io non approvo certi metodi. Come dico sempre, per far uscire i ragazzi dal tunnel della droga la cosa migliore è aspettarli sotto il tunnel con un randello. Però devo ammettere che Don Fender ottiene qualche risultato."

Giunsero davanti alla parrocchia. Era una piccola chiesa moderna con in cima uno spinnaker di marmo e un Cristo crocefisso in diagonale, opera attribuita alla scuola del Catena. Da dentro giungeva musica d'organo.

"Bach?" si informò Don Biffero.

"Little Richard," disse Don Bracco.

"Non lo conosco..."

"Musicista inglese del Settecento. Entriamo?"

Entrarono. Don Fender stava suonando un rock con le mani e il piede destro sulla tastiera, mentre col sinistro pestava il pedale e con la bocca faceva il basso.

"Sia lodato Gesù Cristo," urlò Don Bracco.

"Sem-pre sia loda-tò," iniziò a cantare Don Fender sull'aria di *Gimme some lovin'* ripetendolo trentanove volte e concludendo con un bellissimo sviso. Quando ebbe finito, Don Biffero giaceva semisvenuto contro il confessionale e Don Bracco gli faceva vento col sottanone.

"Cosa gli è successo?" chiese Don Fender saltando giù dal pulpito dell'organo a piedi pari.

"L'aria di mare," disse Don Bracco "non la sopporta."

"Per forza, è uno Zopilote, vive sempre al chiuso. Magari giù in cantina, a trincare."

"Non faccia commenti irrispettosi. Io non sono uno Zopilote, sono un Sanmenonita e se mi arrabbio la concio come un martire. Chiaro?"

"Calma, calma," disse Don Fender aggiustandosi un badge di Bob Marley che si era staccato dalla tonaca "a cosa devo questa visita?"

"Ci serve un'informazione su due ragazzi di qui..."

"Per farne che?"

"Niente di catechistico, non sia sospettoso. Ci servono... per un presepe vivente ecco."

"E chi sarebbero?"

"Due gemelli calciatori... ci hanno detto che si sono trasferiti a Rigolone da qualche tempo... li vorremmo mettere al posto delle vecchie statuine, ecco, basta col pescatore, col pastorello, col dormiglione! Due ragazzi moderni che giocano a pallone sullo sfondo del cielo di Betlemme che cangia da albeggiante a serotino..."

"Non le credo," disse Don Fender "c'è sotto qualcosa."

Don Bracco non fece commenti e si mise a passeggiare avanti e indietro per la chiesa, soffermandosi vicino a quadri e candelabri.

"Bene, bene," ripeteva.

Don Fender presentì grane. E le presentì giustamente.

"Se ben ricordo," disse Don Bracco "in questa chiesa c'era un quadro del Tovaglia, la famosa 'Madonna con la bocca piena' raffigurante Maria che si sbafa la merenda del divin Neonato, e che tante polemiche suscitò tra i religiosi e gli artisti del tempo..."

"C'era... ma adesso è a restaurare..."

"No, caro Don Fender," disse Don Bracco prendendolo per il colletto e sollevandolo da terra "ho visto quel quadro il mese scorso nella galleria comunale di Banessa... lei lo ha venduto!"

"Prestato," sibilò Don Fender dalla restante laringe.

"Venduto! Mi sono informato bene... e con i soldi lei ha comperato (ho qui la lista): un organo Yamaha, una chitarra basso elettrica, un banjo, un koto, venti long playing, due bonghi, una marimba, un poster di Little Richard, cioè di un cantante a) ateo! b) negro! c) frocio! e per finire numerosi spartiti diabolici e un kazoo..."

"Io lavoro in mezzo ai giovani," si difese Don Fender "devo conoscere i loro gusti per comunicare con loro... a me piace il canto gregoriano ma..."

"Sì, lo so," disse Don Bracco mollandolo a terra "ma è costretto controvoglia ad andare tutte le sere in discoteca, e ha fondato una comunità di recupero che si chiama Amici di Elvis..."

"Dio non ha mai elencato il rock tra le cose proibite!"

"Quello che ha detto Dio lo diciamo noi," gridò irato Don Bracco. Poi, alquanto spaventato dalle implicazioni teologiche della sua ultima frase, rialzò da terra Don Fender e disse:

"Sarò magnanimo: se mi dice dove sono questi fottuti gemelli non farò rapporto ai suoi superiori."

"Lei parla dei gemelli Finezza?" disse Don Fender.

"Dove sono?" disse Don Biffero, riprendendo i sensi.

"Dove sono i gemelli?"

"No, dove sono io..."

"Lei è nella Casa del Signore," disse Don Bracco.

"Quale signore?" disse Don Biffero.

"Dobbiamo andare," disse Don Bracco. "Credo che il bromuro e l'aria di mare abbiano minato la salute del mio amico. Perciò Don Fender, vuole darmi questa informazione?"

"No problem. Deve comprare il Nottolotto, il giornale degli spettacoli della Riviera. Cerchi dove si esibiscono gli Squirrel Brothers, campioni americani di ball-dance."

"Li abbiamo trovati?" chiese Don Biffero.

"Sì, il mondo non è poi così grande come sembra," disse Don Bracco.

"Sia lodato Gesù Cristo," disse Don Biffero.

"Love me tender," rispose Don Fender.

27

Il passo Taldy-Curgan, alla frontiera del Tagikistan, è alto 3240 metri. È un pittoresco luogo di rocce a strapiombo, con un ameno posto di blocco, un posto di ristoro dove si vende la Kolopatsia, la grappa di montone tagika, e un negozio di souvenir dove si possono comprare palle di neve con dentro la neve. Proprio lì, alle prime luci dell'alba, giunsero cinque bambini con cappottino verde e cappello con stella rossa. Uno di loro si avvicinò alla guardia tagika, dai caratteristici baffi blu, e chiese:

"È di qua che si va nell'Unione Fusovietica?"

"Qua non ci sono sovietici, ci sono solo tagiki, caro il mio giapponesino," disse burbera la guardia.

"Non siamo giapponesi, siamo cinesi," disse il piccolo "siamo i Chumatien Shaolin Little Dragons e abbiamo battuto i giapponesi dell'Harajuku Sanjo Firecats nelle qualificazioni."

"Non ho capito una sega," disse l'atamano tagiko con un'espressione tipica della sua lingua.

"Non importa," disse il cinesino, di nome Fun Yen "vorremmo solo sapere quante verste mancano a Gladonia."

"Dov'è questa Gladonia?"

"Beh, bisogna attraversare tutta l'Unione Fusovietica, credo, poi la Romanja, la Bulgovjna, e altri paesi, e poi c'è la Gladonia."

"Tu non devi affatto attraversare l'Unione Fusovietica," disse il tagiko. "Devi attraversare l'indomito Tagikistan, poi l'impervio Kirghizistan, poi tagli in mezzo tra il salubre Uzbechistan e il fertile Turkemenistan, prendi per il selvaggio Kazakistan e prosegui per la generosa Georgia, la nobile Ucraina e lì è meglio che chiedi."

"Che bello," disse il secondo cinese Yen Chu "risparmieremo un sacco di strada."

"Ma come siete arrivati fin qui?" chiese il tagiko.

"A piedi," disse il terzo cinesino, Fu Long.

"Tutta la Cina... a piedi?"

"Dice il saggio Bao Ding: se pensi che un posto sia lontano, parti e pensaci mentre cammini," disse il quarto cinesino, Zen Yun.

"Questa è bella!" disse il tagiko, rivolto agli altri soldati. "Ehi, colleghi, qua ci sono cinque piccoli cinesi che stanno andando in Gladonia a piedi... offriamo da bere a questi eroici ragazzi!"

"Siete molto gentili," disse l'ultimo cinese, Chu Fung.

"Spero gradirete la nostra bevanda nazionale. È semplice ma energetica, si chiama 'Kolopatsia nimivnoi'."

"Tradotto in cinese?"

"Significa: 'Se avevi un fegato, scordatelo'. È una bevanda mista: grappa Kolopatsia, rodenticida in polvere e carburante di tank. Bisogna berla tutta d'un fiato con aggiunta di neve fresca."

"Non avremmo discaro assaggiarla," dissero i Little Dragons.

Il tagiko riempì gavette per tutti mentre un altro tagiko cantava la nostalgica canzone tagika di un guardiano di capre tagiko abbandonato dalla sua donna che parte per fare la fotomodella a Mosca. Gli altri soldati si condolsero e scaricarono il mitra sul soffitto: dai buchi cadde neve fredda a guarnire i bicchieri.

"Voilà," dissero.

I cinque cinesini bevvero d'un colpo solo. Si sentì un odore di gomma bruciata, dal naso dei bambini uscì fumo rosso come quello dei draghi del Carnevale di Singapore, poi i cinque lanciarono il grido d'attacco Shaolin e schizzarono giù per i tornanti della discesa, così veloci che i massi che rotolavano alle loro spalle non riuscivano a raggiungerli. Quando un minuto dopo il tagiko puntò il cannocchiale per individuarli, erano solo cinque punti minuscoli nella sterminata steppa della Fame.

Il KebarBar era il ritrovo più esclusivo di Rigolone Marina. Si entrava solo con la Kebar Card e ci si sedeva solo con la Kebar Card Oro. Fimicoli ordinò un aperitivo con la Kebar Card Excellence, ma non poteva avere i salatini perché non aveva la Excellence Imperial. Piantò un casino minacciando corsivi e i salatini gli vennero portati. Mentre Rosalino immortalava tutt'intorno bagliori di lifting, Fimicoli fece il punto:

"Il Misiushi ha raccolto i fax che avevo richiesto, e adesso credo di sapere cosa sta succedendo. Leggi qua, dal giornale di ieri: cinque bambini irlandesi dirottano un jet verso un aeroporto sperduto di Gladonia e spariscono nel nulla. Poche ore dopo sull'autostrada Banessa Nord alcuni automobilisti escono di strada giurando di aver visto cinque piccoli aborigeni seminudi saltellare sul guardrail".

"Adesso che ci penso, sul 'Nordista' di stamattina," disse Rosalino "c'è la foto presa da un elicottero di cinque figure misteriose che scendono in sci dal Monte Bianco."

"E non è finita: questa è di un'ora fa: *cinque*, bada bene, cinque piccoletti, guidati da una mutanda mascherata, hanno rapinato un supermarket a Jumilia e asportato cibo, bevande e due palloni da poche lire... perché mai, se c'erano dei veri palloni di cuoio?"

"Non saprei," rise Rosalino "forse, vista la squadra che ha la Jumilia quest'anno, hanno pensato che bastavano palloni da poche lire..."

"Hai qualcosa da dire contro la Jumilia?" chiese torvo Fimicoli.

"Nulla, nulla. Ma non capisco dove vuoi arrivare. Odio risalire dal frammento al totale. Credo sia giusto, analizzando queste notizie, non porsi in atteggiamento di voyeurismo statistico giovanilista..."

"Ma piantala, scemo! Non capisci che stiamo per fare lo scoop del secolo? Stiamo per scoprire dove avrà luogo il..."

"Fimicoli, sei sempre splendido," risuonò una voce squillante alle loro spalle. Un uomo con giacca e pantaloni di cuoio nero, camicia e cravatta di cuoio nero, guanti, stivali e basco di cuoio nero, occhiali neri e al collo un crocefisso di liquerizia, si sedette al loro tavolo. Si sfilò i guanti sbuffando e ordinò un vov, due cappuccini, e otto tartine ai gamberi.

"Mi sono appena alzato," disse. "Stanotte erano tutti come pazzi, al Zabo Zabo c'era la Menalana col Ministro, al Tumba la festa di beneficenza per figli di skipper, al Brisa Picerum Guzzem il compleanno della pornodiva Lucetta con torta a maxivulva, al Fammitua la Festa Lega Nord in armatura da sera, al Taletes c'era Laura Schenardi Bazzellotti intervistata dal critico Colla sul libro *Cento ricette di Vip* ma alla stessa ora, al Trimalchion, Colla doveva a sua volta essere intervistato da Luisa Scarioli Bersellini sul libro *Cento quadri da salvare*: è nato un gran casino e allora io son riuscito a riunire le due manifestazioni al Belebon sotto il titolo *Una ricetta per salvare cento quadri importanti*, ma all'una al Belebon c'era la serata per possessori di Ferrari, al Love and Hate era programmata una rissa tra la contessa Belodecic e il poeta Giuralando, ma la Belodecic era al Poison in giuria per l'elezione di Miss Culo Giugno e Giuralando mentre stava andando al Perzival per la festa Eva Braun con danze nudo-ginniche ha litigato con dei nazi per un parcheggio ed è stato steso a catenate, intanto io ero atteso al Bambuko dove c'era tutto il set del film *Purgami* e al Naufrage c'era la serata Westerman..."

"Oddio, e io non c'ero," disse Rosalino.

"Stai tranquillo, non c'era nessuno, in omaggio all'estetica dell'assenza del Maestro, e io intanto cercavo un posto libero per Colla e la Schenardi ma al Rikkitikki c'era l'asta degli Spatsch rari a favore del Tanganika, al Cameo la serata anni sessanta con gara di hula-hoop, al Tulintal la festa del Rotary Satira, al Zopf la serata video dei Mamma Mettimi Giù, al Caprimulgo un'asta benefica di preservativi celebri usati, e allora abbiamo unito tutte le feste al Triceratops e non so cos'è venuto fuori, ma erano tutti abbastanza soddisfatti."

"Sei grande, Promo..."

"Sì, ma se continuo così finisco alla neuro."

"Noi facciamo un lavoro che somiglia al tuo, e non ci lamentiamo," disse Rosalino.

"Oh no, voi siete giornalisti: sponsorizzate, ma in segreto, avete un residuo di dignità, un ordine professionale... io invece come malalingua e agitatore mondano devo essere informato, ubiquo, preciso, tutti richiedono i miei servizi, ma mica c'ho la mutua o la pensione. E ogni tanto mi becco anche un cazzotto sul muso, come ieri dal gorilla del Ministro perché a cena mi ero chinato per vedere se faceva piedino alla Menalana, come se non lo sapessero tutti che quando c'è la Menalana, sotto il tavolo sembra di essere in un'area di rigore."

"Sei in forma, Promo," disse Fimicoli.

"Faccio la mia parte nello show," disse Promo, levandosi il basco nero e mostrando una parrucca bionda appiccicata come una frittata. "Guarda là la Roccoli... una troietta da sottosegretari, e ne ho fatto una star... e il regista Barile? faceva la fame, prima che gli suggerissi di vomitare in testa alla giuria... la percentuale sugli incassi, mi dovrebbe dare."

"Sei un benefattore, Promo," disse Fimicoli. "Ma adesso devi darmi un'informazione a cui tengo molto."

"E in cambio?"

"Ti do una notizia pesante."

"Prima la notizia."

"Carbonchio, il presentatore televisivo, non è iscritto alla Loggia."

"Non ci credo. E come fa a lavorare?"

"Va a letto col colonnello Farabello, quello delle previsioni del tempo."

"Chi te l'ha detto?"

"Rosalino."

"Va a letto col colonnello anche lui?"

"No, no," si schermì Rosalino "vado a letto con sua madre che ha una galleria d'arte."

"Non è una gran notizia, ma ricamandoci sopra... d'accordo, cosa vuoi sapere?"

"Qua a Rigolone ci sono due fratellini che giocano bene al pallone..."

"Ma caro, ma delizia mia," rise Promo ingollando gamberetti "quello non è il mio genere, voglio dire, uno straccio di etica ce l'ho anch'io, il settore pedofilo è di Santapinza. Se ne vuoi una di sport posso dirti che Maggi, il portiere della Jumilia..."

"Lo so, lo so," tagliò corto Fimicoli "ma io devo trovare quei ragazzini... possibile che non si siano mai fatti notare?"

"Oh beh, sai, sono tante le persone insignificanti in questo paese, quasi tutte quelle di cui parliamo," disse Promo, togliendosi gli occhiali neri e mostrando due occhi da lemure "però aspetta: sono forse gemelli?"

"Esatto!"

"Allora è facile: si guadagnano il maccherone lavorando nei rave parties... ballano e fanno stare in aria delle palline colorate. Sai che evento mondano!"

Fimicoli si rilassò e si carezzò con tenerezza il naso.

"Ci siamo. Siamo vicini alla meta, lo sento. Nessuno può farcela, con me."

"A proposito," disse Rosalino "ha telefonato quella troia?"

Fimicoli senza proferir verbo gli stampò un cazzotto in faccia.

"Non mi piacciono certe battute," disse alzandosi.

Rosalino steso al suolo fotografò il soffitto. Promo se la svignò senza pagare. Mentre correva via fu quasi investito da una Cadillac gialla con interno verdolone guidata da qualcuno che (incredibilmente) non conosceva.

Dal Libro del Grande Bastardo, *capitolo 9*

Un giorno Algopedante e Pantamelo capitarono in una piazza ove si riuniva la gioventù del paese, e videro schierati gli esponenti di due generazioni successive alla loro, che era stata fiera, combattiva, sfortunata e logorroica.

Stavano, questi giovani, seduti all'interno di auto, o appoggiati a moto e motorini, quasi mancassero di equilibrio proprio e avessero bisogno di un puntello, e tutti erano elegantemente vestiti, ben nutriti e abbronzati e portavano occhiali scuri per nascondere l'innocenza dell'età.

Alcuni erano riuniti attorno a una grande moto nera irta di pinne e alucce come un dragone, e discutevano animatamente se questa, che chiamavasi Bivù 850 Fantomas, potesse competere con la Misiushi Tartaruga 1200 a carburazione settoriale.

Altri commentavano certami velici o ultimi modelli di scarpa, altri discutevano se in certi casi è lecito uccidere genitori, e soprattutto se è lecito chiedere la collaborazione degli amici per uccidere i propri genitori, il che rende l'operazione più semplice ma fa correre il rischio che si debba restituire il favore.

E le ragazze commentavano l'abilità dei ragazzi nel far impennare la moto e i ragazzi la resistenza delle ragazze nella danza e sui muri erano iscritti scherzosi commenti quali "Matteo cornuto ebreo" e "Tatiana pompinara fai pena", e così la dolce sera calava su

Gladonia, e ci si apprestava a rombare verso i luoghi del divertimento.

Proprio vicino ad Algopedante un nanetto dell'età apparente di dodici anni, incapsulato in una gigantesca Lancia Nemesis Tremila, sparò a volume terrificante l'autoradio, aprì la portiera e con gesto magnanimo fece entrare tre amici.

"Stavolta," disse "ci spariamo a chiodo e siam lì in quattordici minuti, e se qualcuno ha scago smolli subito..."

L'auto partì con impressionante guaito di gomme e Algopedante disse:

"Ma che generazione è mai questa che non ha altri ideali che vacanze, vestiti e carburatori? Quanto sono diversi da noi, che parlavamo di filosofia e amore, e di come cambiare il mondo".

Pantamelo non rispose. Guardava una coppia che parlava fittamente, e gli sembrava di udire nelle voci una dolorosa nota conosciuta.

La ragazza salì su una vespa e si allontanò. Il ragazzo restò immobile, e nemmeno i lazzi degli amici e il frastuono del dragone nero che si metteva in moto sembrarono scuoterlo.

"Non so che dire," disse Pantamelo "se non che quello che fanno, essi lo hanno imparato da qualcuno."

"Non certo da noi," disse Algopedante "i nostri sogni erano migliori dei loro."

"Forse," disse Pantamelo. "Oppure abbiamo sognato che i nostri sogni fossero migliori."

PARTE SESTA

*Dove in un party rovente la Compagnia dei Celestini
perde un giocatore ma ne trova due, nasce un grande amore
e conosciamo l'uomo più ricco e fetente di Gladonia*

29.

Il grande rave party aveva luogo nel capannone abbandonato delle officine elettromeccaniche Stella, mitica fabbrica, teatro di alcune delle più roventi lotte operaie postbelliche. Di quei tempi non era rimasta traccia se non nei graffiti dei cessi, e nei murales di Athos Pelicorti detto il Bulgaro, famoso pittore proletario. Tra le leggende sul suo conto, c'era quella che si fosse introdotto nottetempo nella casa di Amedeo Riffler Stella, titolare dell'azienda, e avesse dipinto uno stronzo a sette volute su ognuno dei tremila piatti, scodelle, vassoi, tazze e tazzine di un rarissimo servizio di porcellane francesi. Ma quei tempi erano lontani.

Era ancora presto, mezzanotte, e davanti al capannone stazionavano poche auto, tra cui una Lancia Nemesis Tremila col muso sfasciato e due vespoline rosa. Dentro al capannone c'erano solo i nostri cinque eroi e due ragazze sveglie da centosei ore. Erano vestite con tutine di seta astronautica ultraderenti. Tatiana, la più snella, ce l'aveva rossa. Luana, la più polputa, ce l'aveva bianca e così attillata che Tatiana stava usando il sedere dell'amica come specchio per rifarsi il trucco. Si facevano belle e intanto stilavano un'ideale graduatoria di charme dei loro compagni di classe.

"Arturo?"

"Scartolato di bugni."

"Il Vichingo?"

"Sano ma gonfio e si fa troppi viaggi."

"Menarini?"

"Sospetto flobero."

"Valerio?"

"Gran fisico brillanza zero."

"Timberland?"

"Fighetto di più."

"Amadesi?"

"Carino da passeggio nota oca morta."

"Berto?"

"Sanissimo ma già sottopompa dalla Bertuzzi."

"Grandini?"

"Lima sorda."

"Gruber?"

"Ossesso di moto non caga se non hai le ruote."

"Valerio?"

"Ne vuole dalla Graziella."

"Armaroli?"

"Già testato loffissimo misura puffo."

Alì candidamente chiese traduzione del dialogo a Lucifero, il quale avendo frequentato attraverso la rete dell'orfanotrofio alcune pupe delle medie, gli spiegò che i giudizi si potevano così riassumere: Arturo non aveva una bella pelle, il Vichingo era prestante ma alquanto pieno di sé e incline alle bugie, Menarini era sospettato di omosessualità, Valerio palesava grandi doti fisiche ma intelligenza modesta, Timberland era vanesio e troppo dedito alla cura della propria persona, Amadesi grazioso da mostrare in giro ma sonnacchioso nell'intimità, Berto molto appetibile ma già eroticamente sfruttato dalla Bertuzzi, Grandini scroccone indefesso, Gruber appassionato di moto ma incline ad appassionarsi solo a quelle, Valerio ancora innamorato di Graziella. Per finire, con Armaroli c'era già stata una relazione non entusiasmante per via di una sua particolare carenza fisica.

"Però!" disse Alì.

"Allora," disse Lucifero avvicinandosi all'abbacinante candore di Luana "si balla tutti insieme stasera?"

"Fila via piccino," disse Luana "ripassa tra un tot di anni."

"Perché, voi quanti anni avete?"

"Ventotto. In due," disse Luana. "Ce l'avete una sigaretta?"

"Le abbiamo testé finite," mentì Memorino.

"È proprio vero," disse Tatiana "ormai ai rave parties arriva di tutto, anche i bambini."

"E cos'è un rave party?" chiese Celeste.

"È una notte dove può succedere di tutto, bambolina azzurra. Specie quando il disc-jockey è Big James Delroy Kingston Malcolm X Che 3D-Speedmaster."

"E chi è?"

"È il più veloce, imprevedibile, esperto, tonitruante, vorticoso, competente, explosivo, sorprendente trascinante dix-jockey della Riviera Adrenalinica."

"Ed è anche fico," disse Luana.

"E quando arriva?"

"C'è già: là in fondo, al banco mixer, non lo vedi?"

Nella semioscurità del capannone si ergeva un altare formato da cataste di amplificatori, complessi stereocompatti, piatti e strumenterie spaziali. Al centro del bancone, illuminato dalle luci pulsanti degli equalizers degli analyzers dei tuners dei balancers del dolby e del dubbing, troneggiava un uomo con cilindro nero e occhiali fosforescenti. Stava mixando a basso volume i brani che avrebbe poi gettato in pasto a manciate di decibel ai ballerini famelici.

Lo scratch delle sue mani sui dischi accompagnò il fruscio dei passi dei primi che arrivavano. In mezz'ora si accalcarono nel buio tremila persone. All'una precisa Big Delroy sparò senza preavviso il primo pezzo, un mix di quattro rap con *Helter Skelter* e la *Canzone del Salice* nella versione dei Mamma Mettimi Giù.

La mazzata di decibel stese al suolo metà dei presenti. Deodato, che era seduto su un amplificatore, venne proiettato in aria e atterrò sulla massa danzante, senza riuscire a toccare terra.

Tutti di colpo ballavano, il capannone vibrava ed era diventato impossibile parlarsi. Memorino cercò riparo addossandosi contro il muro, guidato da Celeste che sembrava vederci anche al buio. Lucifero brancò una che al tatto poteva essere Luana e si mise a danzare come un derviscio. Alì era entrato in un fascio di luce verde e cercava di dirigersi verso la consolle. Improvvisamente Memorino e Celeste si accorsero che stavano camminando sulla testa di altre persone e che il rave party si svolgeva ormai su due strati umani. Gli ultimi arrivati si infilavano sotto i primi. Anche in quella ressa Memorino fiutò, inconfondibile, l'odore di cavolo diavolo.

"Pericolo!" urlò, ma nessuno poteva sentirlo.

Il fragore e la danza crebbero d'intensità, stimolati dall'abile regia di Big Delroy che incitò:

"Muovetevi, pigroni," e mixò un pezzo di rock con scariche di mitra Uzi, *Nessun dorma* e un discorso di Luther King.

Nello strato inferiore di ballerini, vicino all'entrata del capannone, Don Biffero e Don Bracco erano sballottati qua e là senza riuscire a ricongiungersi. Don Bracco fiutava invano l'usta dei calzini fuggitivi, perché lì dentro c'era una vera giungla di richiami podalici. Quanto a Don Biffero, investito da una quantità inimmaginabile di superfici sinuose, si indiavolò subito e cercò di accoppiarsi con tre persone di sessi diversi, che però credettero che stesse ballando.

Sull'alveare danzante si accese improvviso un riflettore e in cima a due casse acustiche apparvero, finalmente LORO! I gemelli Finezza, in tutina argentata, tenevano in aria palline fosforescenti e se le scambiavano a ritmo di musica con calci magistrali.

"La ball-dance, ultimo grido da Ellei," ruggì Big Delroy "eseguita per noi dai famosi Squirrel Brothers: e ora, ragazzi, facciamo sul serio."

Partì un giro di basso tale che a ogni nota tutti si alzavano un metro da terra, come canguri, poi si sovrapposero il tema di *Pink Elephants* da Dumbo, un riff di chitarra e una voce misteriosa e calda che cantava:

Sometimes I feel like a motherless child.

"Arrivo!" disse Alì con tutto il fiato che aveva in gola, mentre la musica cresceva vertiginosamente e Big Delroy volava da piatto a piatto su uno skateboard, lasciando nel buio la traccia luminosa dei suoi occhiali.

"A tutta manetta!" urlò Delroy, riversando un pecchero di decibel che gonfiò il capannone fino a farlo diventare quasi sferico, e la struttura scricchiolò e sembrò sul punto di esplodere e volare via, quando tra urli, colpi d'arma da fuoco e scariche elettriche, la musica cessò.

Silenzio.

Vicino a Big Delroy era apparsa la sagoma funesta di Fimicoli, pistola in pugno. Il mixer era crivellato di colpi e i dischi erano polverizzati. Tutto intorno, una selva di poliziorchi e Rosalino che vomitava flashes.

"Fermi tutti!" disse Fimicoli impadronendosi del microfono "dobbiamo controllarvi uno per uno. Ci hanno detto che qua circolano figurine alla droga. Nessuno si muova!"

Seimila persone si bloccarono, alcuni in passo di danza, altri in pose semicoitali. Poi gli strati franarono uno sull'altro, Luana si ritrovò in braccio a Lucifero, Deodato sotto il più obeso dei danzanti, Don Biffero abbracciato a una giaguara di un metro e ottanta. Solo Celeste, come fosse fatta d'aria, attraversò la gehenna e gridò:

"I fumogeni, Big!"

Il disc-jockey non se lo fece ripetere. Azionò al massimo la leva dell'effetto fumo e un geyser di nebbie colorate sibilò per la sala.

"Fermi!" urlò nuovamente Fimicoli, ma in pochi secondi il fumo avvolse tutto. Mentre le pareti del capannone cedevano, i ballerini fuggirono verso la luce dell'alba, invano rincorsi dai poliziorchi. L'unico preso per la sottana fu Don Bracco.

"Fermate i gemelli, i gemelli!" urlava Fimicoli.

Ma intanto Big James Delroy aveva preso per i capelli Alì che prese la mano di Celeste che prese quella di Memorino che afferrò un orecchio di Deodato mentre all'altro orecchio si era attaccato Lucifero che con l'altra mano si tirò dietro i due gemelli, l'ultimo dei quali sfuggì per un pelo a Fimicoli.

In questa formazione gli otto raggiunsero la spiaggia. Di là potevano vedere il capannone fumante di rosa e azzurro e i poliziorchi che cercavano invano di bloccare gli ultimi ravers.

"Grazie, Big Delroy," disse Celeste, come sempre senza neanche un po' di fiatone per la corsa "ci hai salvato, e ci hai fatto trovare i magici gemelli."

I Finezza non sembrarono stupiti e si inchinarono signorilmente.

"Sono io che devo ringraziarvi," disse Big Delroy che si tolse il cilindro, gli occhiali e apparve in tutto il suo splendore.

Era un nero altissimo con capelli a passatelli che arrivavano fino a terra, proseguivano a strascico nuziale per tre metri ed erano legati in fondo a uno skateboard. Indossava uno smoking argentato e come fibbie delle scarpe aveva due dischi d'oro dei Platters.

"Vi ringrazio di cuore," disse commosso "perché stanotte mi avete fatto ritrovare mio figlio."

"Tuo figlio?" dissero in coro tutti meno uno.

"Mio figlio James Junior Delroy Kingston Toussaint Monet 3D X-Speedmaster, da cui fui separato quando aveva solo due mesi, nel naufragio della barca da trecento posti che ci portava in tremila verso la ricca Gladonia... l'ultima volta che lo vidi navigava usando come zattera un quadro del salone di bordo. Ma ora l'ho ritrovato e non lo lascerò mai più. Vieni, James Junior: tua madre, Julia Vonetta Delroy Kingston Davis X-Speedmistress, insegnante di storia della pittura rinascimentale all'università di Jumilia, ti attende."

Ma Alì James Delroy non si mosse. Sembrava paralizzato.

"Beh, che c'è?" disse Celeste. "Adesso che hai finalmente trovato tuo padre stai lì come uno scemo?"

"Credo di capire," disse Memorino. "Ha avuto tante delusioni che vorrebbe una prova."

"Ecco la prova," disse Big Delroy. Prese un ciuffo di capelli di Alì e, estratto un coltellaccio, menò un gran fendente. Il ciuffo rimase intatto e la lama si scheggiò.

"Vedete?" disse Big Delroy, ripetendo l'operazione sui suoi capelli "ecco la prova: la chioma dei veri Delroy Kingston non può essere tagliata neanche col diamante. Anche tu James, quando avrai la mia età, dovrai portare trecce di quattro metri..."

"Papà!" disse Alì, e volò tra le braccia di Big Delroy.

Tutti piansero per quaranta secondi. Alla fine Lucifero fu il primo a parlare.

"Ora basta con queste smancerie. Se ho ben capito, Alì, molli la squadra..."

"Beh," disse Alì "sai com'è, noi ex-orfani..."

"Buona fortuna," disse Memorino. E dopo un breve saluto con lacrime supplementari, padre e figlio si allontanarono.

"Bene," disse Celeste "la Compagnia dei Celestini perde un giocatore ma ne acquista due. Siete Didì e Pelé Finezza?"

I gemelli non risposero. Due poliziorchi in motocicletta stavano puntando su di loro.

"Stanotte, al vecchio Maracaibo abbandonato," fecero in tempo a dire i gemelli, mentre se la svignavano. I nostri li imitarono, ma i poliziorchi guadagnavano terreno. Improvvisamente, da una strada laterale, sbucò una Cadillac gialla con interno verdolone, tagliò la strada ai poliziorchi e li mandò ruote all'aria. Poi sparì, con grande stridore di gomme.

30

Intanto nel capannone il bilancio del blitz guidato da Fimicoli non era esaltante: nessun arresto, sequestrati due dischi di musica bulgara, otto cicche sospette, alcune pasticche che potevano essere sia Extasi sia Falqui. E mentre i poliziorchi erano in azione al rave party, sul lungomare c'erano stati quaranta scippi, novantasei rapimenti d'autoradio e un safari al marocchino.

"Non è stata una grande idea, Fimicoli," disse un poliziorco Tesseraloggia T 45633.

"Fottiti," disse il giornalista guardandosi intorno, alla ricerca di Rosalino. Malgrado lo smacco sembrava eccitatissimo e il suo Misiushi ruotava l'antenna parabolica, segno che stava cercando una comunicazione intercontinentale.

"Rosalino," gridò "dove ti sei cacciato?"

Un lamento dietro il mixer segnalò la presenza del fotografo. Fimicoli seguì il lamento e gli apparve Rosalino riverso a terra con i vestiti stracciati come se fosse stato assalito da una tigre. Sulle sue gambe giaceva, russando indecorosamente, Don Biffero. Don Bracco, lì vicino, raccoglieva indumenti, grani di rosario, obbiettivi fotografici rotti, e pregava a bassa voce. Fimicoli restò interdetto, poi cercò di non ridere.

"Si sono... voglio dire gli ha..."

"Sì," disse Don Bracco "è stato uno spettacolo indecoroso. Don Biffero è stato colto da un ennesimo accesso diabolico mentre danzava, Rosalino gli si è incautamente avvicinato per fotografarlo e Don Biffero ha tentato di abusarne..."

"Rosalino, stai bene?"

"Non so." Il fotografo si chiedeva se ciò che era successo avrebbe incontrato l'approvazione di Westerman.

Proprio in quell'istante Don Biffero si svegliò. Aveva sul viso un'espressione extatica con notevole residuo tartareo.

"Caro Don Bracco," disse "si ricorda quel motivetto che si cantava di nascosto in seminario?

In un chiostro un poco triste
tra le mammole nascoste
la madonna in sottoveste
mi faceva le proposte."

E accennò due passi di mambo. Don Bracco lo addormentò con una manganellata e se lo portò via sulle spalle.

Fimicoli sghignazzava.

"Basta ridere, adesso," disse Rosalino "in fin dei conti è un incidente sul lavoro."

"Non rido per te," disse Fimicoli "rido perché ho fatto il colpo del secolo!"

"La... tua ragazza ha telefonato?"

"Di più! Guarda qui," e mostrò a Rosalino un foglietto sgualcito. "Fotografalo, perché è il primo documento che testimonia l'esistenza di questo leggendario avvenimento, da tutti sempre inseguito ma da nessuno mai visto né tantomeno telediffuso."

Il foglio riportava il:

Regolamento del Campionato di Pallastrada

"Accidenti," disse Rosalino "dove l'hai trovato?"

"L'ho strappato dalla tasca di uno di quei bambini, durante la fuga. Capisci cosa vuol dire?"

In quel momento dall'altare del mixer una scarica azzurra percorse l'aria e lingue di fiamme si alzarono dagli amplificatori. Un gigantesco corto circuito divorava l'impianto.

"Via, qua brucia tutto" urlò un poliziorco.

Don Biffero e Don Bracco scattarono a sottana alzata. Anche Fimicoli era appena corso fuori quando il Misiushi lampeggiò e trillò. Rispose con voce tremante d'emozione.

"Pronto? Sono Fimicoli Tesseraloggia B 036, giornalista di

'Cambiare'. Vorrei essere messo in contatto con l'Egoarca Mussolardi. Sì, lo so che è sull'elicottero, ma è cosa molto urgente. Gli riferisca solo questo: so dove si può vedere quello che nessuno ha mai visto!"

Il capannone bruciò in pochi minuti in un cocktail di fumi assortiti.

31

Il fiume Navone attraversa la pianura di Banessa e avvolge, zanzarizzandola, la periferia est della città. Pur essendo torbido e chemioleso contiene ancora alcuni vetusti esemplari di barbo lutulo e cavedano bovazzino. Per cui, quella sera, nell'ansa che il fiume descrive costeggiando la zona degli orti per anziani, alcuni pensionati avevano fiduciosamente messo a mollo le lenze. Tra essi Mario Zanchetta, campione nazionale di pesca alla mosca negli anni cinquanta, inventore della mosca artificiale a scorrimento twistato e del lancio curvo in seguito denominato "a zanchetta" o "zanquette". Dopo quel periodo felice, ora il campione viveva in miseria, e per mangiare pescava cavedani, li dipingeva ad acquerello e li rivendeva come trote iridate.

Qualcuno ci cascava, e già il Zanchetta pensava a un nuovo bísnes. Voleva prendere una grossa carpa e poi, con lavoro di pennello e con la protesi di uno spiedo, rivenderla come pesce spada. La fame aguzza l'ingegno. Ma ahimè, non c'erano più carpe nel fiume, e dopo tre ore di inutile attesa Zanchetta si addormentò. E (forse) sognò.

Sognò che lungo il fiume avanzava una piroga su cui remavano cinque bambini neri, e un leone timonava con la coda.

"Scusi, signore," disse uno dei negretti "andiamo bene per Banessa?"

"Praticamente ci siete già," disse Zanchetta "dopo quella curva il fiume si restringe e rasenta la tangenziale. Potete sbarcare in qualsiasi punto e siete a mezz'ora dal centro."

"Noi cerchiamo il ponte dell'Autostrada Fantasma..."

"Allora dovete proseguire verso destra e alla terza, anzi quarta curva, c'è una chiusa, e da lì potete vederlo."

"Grazie. Come va la pesca?"

"Male. Il fiume è un letamaio."

"Venga a pescare da noi... qualche pesce ancora c'è."

"Da dove venite?"

"Noi siamo gli Zaire Red Lions, e abbiamo vinto i campionato africani."

"Di pesca?"

"Non proprio. Bene, seguiremo le sue gentili indicazioni."

"Non è lontano. Se foste appena un po' più alti, potreste vedere il ponte anche da qui."

Il negretto si alzò in piedi sulla piroga. Era alto due metri e cinque.

"Tutti così dalle vostre parti?"

"Oh no, io sono alto perché sono tutzo, watusso, come questo mio cugino, mentre loro tre sono pigmei," e indicò gli altri rematori.

"E lui?" disse Zanchetta, indicando il leone.

"Oh, lui... beh, diciamo che non è né alto né basso, è un leone di taglia media come se ne incontrano tutti i giorni."

"Già," disse Zanchetta dandosi un pizzicotto per svegliarsi.

Continuò a pizzicarsi a lungo, ma la piroga non sparì se non dopo un quarto d'ora.

Come spesso accade ai pescatori, non fu creduto.

32

Il vecchio Maracaibo era ancorato all'uscita del porto canale. Era una notte di luna e si vedeva nitidamente la sagoma bianca e slanciata, la torretta del radar, la sfilata di bandierine afflosciate. I nostri eroi si stavano avvicinando su un pedalò, pedalatori Deodato e Memorino, navarco Lucifero. Il mare era calmo, e candide, luminose pance di pesci morti fluttuavano nella luce lunare. Un cespuglio di alghe fulve, come la capigliatura di una sirena, si impigliò al remo e affiorò sgocciolante. Lontano si sentiva il pulsare cardiaco del basso di una discoteca, e il rombo delle moto sul lungomare. Un motoscafo senza luci passò a tutta velocità a pochi metri dal pedalò e si infilò nel porto canale schiantando due o tre gommoni. A bordo tre o quattro fidipà bevevano brut e cantavano hit a squarciagola.

"Che meraviglia," disse Memorino, lasciando filare la mano nell'acqua, mentre guardava turbato il profilo di Celeste, più pallida che mai.

"Senti, riguardo a quel tuo indovinello..."

"Non è il momento," rispose la bambina, e indicò il Maracaibo ormai vicino. Era stato uno dei più bei traghetti del paese, trent'anni prima, e manteneva qualcosa dell'antico splendore, anche se lo scafo era roso dalle cozze, il ponte smerdato dai gabbiani e i ladri avevano portato via quasi tutto l'arredamento, dalle poltrone di velluto al pianoforte che, si dice, una volta aveva accompagnato il grande tenore Del Morro. Attraverso gli oblò si poteva intravvedere il salone da pranzo, decorato con un motivo di cernie baccanti e tonni satiri da Ursus Pelicorti detto il Bisarca. Là dove ora c'era un muro scrostato, un tempo erano incastonate più di mille conchiglie rare, tra cui la grande Callas, la tridacna polinesiana soffiando nella quale si era uditi a miglia di distanza. La Callas veniva usata come sirena nelle notti di nebbia oppure, con un piumino come silenziatore, per chiamare a pranzo gli ospiti.

I gemelli Finezza attendevano i nostri nella cabina del capitano. Era rimasto solo il tek alle pareti e un piccolo tavolo con i piedini a ippocampo. Ma c'era un bel fuoco nella stufa e un pesce arrosto ammiccava sul vassoio d'argento con le scritta "Effesse", Flotta Scandriglio.

"È rimasto solo questo," disse Didì "hanno rubato..."

"... tutto. Viviamo qui da un anno," proseguì Pelé, perché i due parlavano a staffetta "e finché c'è legna da bruciare, resteremo. Questo era uno dei più grandi traghetti del paese."

"E come mai è finito così?"

"Ha seguito l'ascesa e la rovina di Paolino Scandriglio. Se volete ve le racconteremo."

Tra tutte le isole di Gladonia, Limonza era una delle più belle. Mare trasparente, dovizia di piante, tra cui il famoso limone dolce, e sabbia così fine che gli abitanti la mettevano nei cuscini come piumino d'oca. Nei suoi boschi prosperavano funghi e fagiani, nel suo mare abbondavano pesci pregiati e anfore antiche. Un paradiso per i mille abitanti, tra cui il piccolo Paolino Scandriglio, figlio del pescatore Bernardo e della tessitrice Agnese.

Avvenne che, negli anni cinquanta, l'isola di Limonza fu scoperta dal turismo internazionale. Giunse uno yacht e ne scesero diversi nobiluomini. Pare venissero da una terra nordica dove alcuni limonzesi avevano cercato fortuna armati solo di ingegno e limoni surgelati. Uno di questi, divenuto un celebre icekrimmerman, aveva raccontato ai clienti della sua isola paradisiaca. Costoro giunsero in delegazione, guidati da un uomo rotondo e biondo, che arrivò fin sulla riva del mare, misurò la grana della sabbia e la temperatura dell'acqua e poi, palmipedato e armato di tridente, si calò nei fondali. Quando riemerse, i suoi occhi azzurri esprimevano infinito stupore e beatitudine, e sulla cima del tridente agonizzavano tre saraghi, un'intera famiglia distrutta. Intanto gli altri lodavano chi i profumi dell'aria, chi la discrezione delle zanzare. Ci fu un franco e cordiale incontro con gli abitanti del luogo. Un solo nordico barbuto sembrava scettico. Ma un'indigena limonzese con la chioma corvina scese in mare, arrotolò la sottana al florido baricentro, si chinò ed estrasse da uno scoglio una vongola grande come un ventaglio giapponese.

Con un sorriso invitante, la offrì al barbuto. Questi trasse di tasca un prodigioso coltellino tuttofare, dotato anche di cavatappi, lima, forbicine, fresa, cric, forcipe, svuotalimacce e scardinacozze. Con l'apposita lama forzò lo scrigno del vongolone e ne mise a nudo la palpitante preda, la nuda carne pelagica.

"*Pinna nobilis,*" disse con voce grave.

Tutti ammutolirono.

"Voi sapete," aggiunse poi in perfetto limonzese "che questa piccola creatura ha anche lo stomaco e il cuore?"

I presenti guardarono l'indigena come un'assassina. Ma tosto il barbuto, chiamato Eraclitus, sorrise, resecò il bisso ombelicale del vongolone e pappossèlo.

Pappossene poi altre sedici.

In tal modo tutti se ne andarono felici, promettendo di ritornare.

Il destino di Limonza era segnato.

Arrivarono turisti esclusivi dai luoghi più esclusivi, poi il turismo di massa in massa. Nel giro di pochi anni Limonza era un alveare di hotel, pensioni, zimmerfrei, camping, tucúl e búngaloi. La spiaggia non aveva più la vista di una volta perché una barriera di duemilacinquecento natanti, la famosa "barriera camparina" la circondava. Il nome "barriera camparina" derivava dal fatto che vi soggiornavano in continuazione proprietari di barche stanziali con l'aperitivo in mano, e nessuno più nuotava per paura di essere schiacciato tra scafo e scafo, ma tutti passavano da una barca all'altra facendo docce e sorbendo, appunto, aperitivi.

A sera, dalla barriera camparina e dai búngaloi, calava in paese una moltitudine affamata, e in breve i pesci furono decimati e il limone sterminato nei sorbetti. Ma l'economia dell'isola fioriva, e in alta stagione la popolazione passava da mille a centocinquantamila abitanti. Paolino Scandriglio cominciò a lavorare come Caronte, trasportando a riva i turisti del traghetto.

Il vecchio traghetto Tortuga gli sembrava la barca più bella del mondo, e da allora il suo sogno fu di possederne una. Intanto il danaro provocava le prime tensioni tra gli abitanti dell'isola. Filippo Scamandrone, grossista di pesce, volle controllare il mercato dei Caronti: mille lire per ogni turista trasportato. Invano Paolino protestò che lui ne prendeva ottocento. Fu picchiato. Allora suo padre affondò la barca dello Scamandrone. Il giorno dopo fu trovato morto con un polpo in bocca. Quello sfregio voleva dire: troppe mani su un solo affare. Lo zio di Paolino, Cecé Scandriglio, vendicò il fratello strangolando Scamandrone con un grongo, e iniziò a taglieggiare non solo i Caronti, ma tutti i pescatori dell'isola. Voleva la metà di ogni pesce pescato. Infatti fu trovato morto con la metà anteriore di un pesce spada infilata nel posteriore. Era stato Pompeo Scamandrone, figlio del defunto Cecé. Pompeo prese in mano il settore edilizio dell'isola: di lì il detto "Non si alza mattone se non vuole Scamandrone".

Ma la mamma di Paolino, Agnese Cortese, fece uccidere dai suoi fratelli Pompeo Scamandrone incenerendolo in un forno da pizza.

I fratelli Cortese però erano del giro grosso, uno addirittura assessore al traffico di Jumilia, e portarono sull'isola un traffico di cocaina, eroina, gioco d'azzardo e pesce surgelato. Andavano avanti e indietro in gommone tra gli yachts gridando "pesce fresco ero coca bibite ghiacciate" e facevano affari d'oro.

La torta era troppo grossa perché non piombasse dal continente la banda del superboss, l'onorevole Forlò. Ci furono ottanta morti in una settimana, il ministro dell'Interno arrivò in ispezione ma sbagliò isola e tenne un gran pistolotto sulla violenza agli abitanti di Linorio, una tranquilla isoletta attigua dove l'episodio più violento degli ultimi anni era stata una colica renale del parroco. Forlò ottenne il controllo di Limonza, ma a questo punto Paolino, che aveva visto e imparato abbastanza, entrò in azione. Stipulò un contratto con una banca del Nord per il riciclaggio del denaro, assoldò venti killer con un'inserzione sul giornale, penetrò nella villa di Forlò mentre era in corso un meeting su "Cocaina: quale futuro?" e massacrò tutti. Poco dopo il Tortuga colò a picco, stando alla commissione d'inchiesta: "Presumibilmente a causa di un foro di dieci metri sotto la chiglia provocato dall'impatto con un corpo galleggiante, forse una medusa". Vinto, guarda caso, l'appalto, Paolino mise subito in cantiere il nuovo traghetto Maracaibo. Per evitare ogni concorrenza, ammazzò subito tutte le altre famiglie di maestri d'ascia. Poi, girando voce che i ristoratori della zona volevano fornire un servizio di pesce fritto a bordo, li sterminò.

E poiché la maestra delle scuole elementari di Limonza aveva dato il tema "Cosa vorrei fare da grande" e due bambini avevano risposto "l'armatore di traghetti", diede fuoco alla scuola. Nel frattempo il Maracaibo era quasi pronto, bello come un sogno, biancazzurro e con la scritta "Flotta Scandriglio". Una sera qualcuno sparò una fucilata contro la murata dello scafo. Scandriglio fece uccidere tutti i limonzesi possessori di fucile.

Un'altra notte qualcuno scrisse sullo scafo "Paolino ce l'ha piccolino". Scandriglio eliminò tutte le limonzesi coricabili. I vecchi del paese si rifiutarono di spostarsi dalle loro panchine sul molo per far spazio alla biglietteria. Paolino li eliminò personalmente, insieme alle panchine.

Il giorno dell'inaugurazione tutta l'isola era pavesata a festa e tutte le finestre erano spalancate, ma nessuno si affacciava. "Invidiosi!" pensò Scandriglio. Poi, in divisa da ammiraglio, annunciò al megafono:

"Oggi è il primo viaggio del Maracaibo, in sei ore sarete a Rigolone Marina, tutte le comodità, aria condizionata, servizio bar e terrazza panoramica per sole cinquemila lire. Venite tutti!"

A tarda sera non aveva venduto neanche un biglietto. Scoprì così di essere rimasto l'ultimo abitante vivo di Limonza.

Traghettò a Rigolone Marina il traghetto che non poteva traghettare nessuno. Ma naturalmente qui gli dissero: chi vorrà mai essere traghettato su un'isola dove non c'è il tabaccaio nella tabaccheria, il pescivendolo nella pescheria e il farmacista nella farmacia?

"Però è tutto sotto controllo," disse Scandriglio.

Niente da fare. Il traghetto marcì anno dopo anno, come vedete.

"E Scandriglio?"

"Morì di un banale infarto mentre giocava a calcio balilla. Morte indegna di un mafioso. Infatti la chiesa si rifiutò di seppellirlo nel cimitero di Cosa Nostra e lo mise in una fossa comune insieme a onesti di ogni risma."

"Così l'avidità perde chi segue il suo funesto richiamo," disse Memorino.

"Amen," disse Lucifero.

"E adesso raccontateci di voi," disse Celeste.

"Beh, non c'è molto da raccontare: da quella notte terribile vivemmo nascosti ai Cacciacalciatori," disse Didì

"... e dopo lungo peregrinare arrivammo su questa spiaggia," proseguì Pelé "uno dei pochi luoghi dove potevamo giocare a palla senza venire..."

"... scoperti. Poi dovemmo guadagnarci da vivere e inventammo la ball-dance. Così travestiti nessuno finora ci aveva..."

"... riconosciuto, e anche se questo non è perfettamente in regola con le regole della pallastrada penso che saremo..."

"... perdonati," concluse Didì.

"Certamente," disse Memorino "anzi, vi dirò di più: come capitano della Compagnia dei Celestini, squadra scelta per rappresentare il nostro paese ai Mondiali di pallastrada, vi invito a far parte della nostra formazione."

"I Campionati Mondiali!" disse Didì "ma è..."

"...splendido," disse Pelé "e dove si svolgeranno?"

"Un po' qui, un po' là," disse Celeste cantilenando:

In un posto che non conosco
in un bosco nato da un lago,
in un lago nato da un bosco.

33

Il pattino bolinava nella notte verso il Maracaibo. A bordo due sagome nere. A prua Don Bracco, con un fazzolettone in testa, remava vigorosamente mostrando marmorei mutandoni. A poppa Don Biffero, più agitato del solito.

"Vede, Don Bracco, ho ripensato tutt'oggi alla profezia di Santa Celeste e sono arrivato alla conclusione che dobbiamo assolutamente trovare quei bambini. Il campionato di pallastrada può essere una catastrofe per tutta la Chiesa!"

"Non le sembra di esagerare?" sbuffò Don Bracco.

"No, mio stolido Sanmenonita. La profezia ci sta accompagnando passo per passo negli avvenimenti. Vuole che glielo dimostri? La ripeta ad alta voce, anzitutto..."

"Perché non lo fa lei?"

"Perché tutti sanno che il leggere o pronunciare profezie in latino negromantico provoca reazioni inattese da parte del diavolo..."

"Noi Sanmenoniti ce ne freghiamo di queste leggende."

"Allora ripeta."

"Certo," disse Don Bracco:

Erosus hic corrue lo simbolo de Cristo
fugono li insonti de lo loco tristo
et eos conducet anghelo imprevisto
per foco et mare at certame mai visto
in tempo qui spolia speme et folia...

E qui Don Bracco si interruppe perché un'onda anomala alta quattro metri sbucò improvvisamente dal mare, sollevò il pattino e lo ributtò giù con una gran botta.

"Visto?" disse Don Biffero spaventato "questa è opera del diavolo!"

"Macché diavolo," disse Don Bracco "sarà un motoscafo che è passato al largo... comunque la profezia l'ho detta, adesso me la spieghi..."

"Certo: il Cristo è caduto, gli *insonti*, gli innocenti sono fuggiti dal loco tristo e un *anghelo* cioè un annuncio imprevisto, l'annuncio del Sabba della pallastrada, ci conduce attraverso *foco et mare*, il rogo del capannone e il mare che attraversiamo ora, verso chissà quale *certame* pericoloso, quale imprevista prova..."

"Continui..."

"No, continui lei... l'onda le ha tirato su la sottana: mi piace il suo gioco di gambe quando rema."

"Una sfida teologica? accetto!" disse Don Bracco "dunque: il tempo che *spolia speme et folia* è l'autunno, cioè l'attuale stagione, dico bene?"

"È anche la misera stagione del nostro travagliato paese," disse Don Biffero.

"Sì, ma il drago unicorno e i celesti e i diaboloi non li capisco..."

"Lei ha una muscolatura armoniosa, ma in simbologia apocalittica è deboluccio: su, ripeta la seconda parte della profezia."

"Eh no, tocca a lei," disse Don Bracco "una volta per uno."

"Come vuole," disse Don Biffero:

Postremo celestes et diaboloi contendente
venit draco unicornuo de aere candente
candu nocte anticha est disvelata
et nulla anima in civitate restata
versus meus vita tua simul peritura.

"Visto che non è successo niente?" disse Don Bracco.

"Questo lo dice lei," disse Don Biffero con uno strano sorriso. "Il diavolo appare talvolta urlando come un lupo, a volte sussurrando nell'orecchio. Allora le spiegherò che il drago unicorno è per tradizione la cavalcatura del diavolo, la *notte antica* è la prima separazione tra luce e tenebre, tra Cristo e Satana, tra celeste e diabolico... l'inizio della lotta tra il bene e il male, il bene che ci protegge e il male che si annida in noi con spire voluttuose pronto a scatenarsi, come l'unicorno dal corno eretto. Sapeva, vero, che per catturare un unicorno bisogna usare come esca una vergine?"

"Calma, eh!" disse Don Bracco, vedendo che il pattino stava un po' sbandando.

"Ebbene questa lotta sta per giungere al postremo attimo," disse Don Biffero alzandosi in piedi. "Bene e male si affronteranno... e quando l'ultima *anima* sarà uscita dalla città... quando l'ultimo dei giusti, cioè *di noi* sarà cacciato, capisce cosa accadrà?"

"No..."

"Il regno dell'Anticristo! Sommosse, ribellioni, muri riedificati, invasioni barbariche, guerre civili, rivoluzioni..."

"Ma via! Le rivoluzioni sono finite. E poi la sfido a decifrare quell'ultimo verso: *versus meus vita tua...*"

"Quello glielo spiego subito," disse Don Biffero; avanzò verso il Sanmenonita e lo artigliò a una spalla.

"Cosa fa?" disse Don Bracco.

In quel momento un clacson iniziò a suonare sulla spiaggia, e un faro misterioso illuminò il pattino. Don Biffero si rimise a sedere di colpo, come risvegliandosi da una trance.

Il clacson fu udito anche dai ragazzi sul Maracaibo, che però non ci fecero caso.

"Non sappiamo ancora dove avranno luogo le partite," diceva Memorino "sappiamo solo che ci dobbiamo trovare domattina al ponte dell'Autostrada Fantasma, a venti chilometri da Banessa... Era scritto su un foglietto che ho perso nel capannone, ma avevo imparato a memoria. Avevo ordine di non dirvi nulla fino a mezzanotte."

"Finalmente lo sappiamo," disse Lucifero.

"E lo sapete anche voi," disse Celeste ai gemelli "quindi ora siete dei nostri e acqua in bocca."

"Va bene," disse Pelé "ma siamo solo in quattro, dove troveremo... il quinto giocatore?" disse Didì.

"Abbiamo ancora un po' di tempo," disse Lucifero "se non ci beccano prima."

Celeste fece segno di tacere. Il clacson continuava a suonare come se volesse avvertire qualcuno.

Uscirono in coperta. Sulla spiaggia una Cadillac gialla con probabile interno verdolone strombazzava a tutto volume. Di colpo accese gli abbaglianti e illuminò il pattino con i preti malefici, pronti all'abbordaggio...

"Siamo fregati," gridò Memorino "buttiamoci a nuoto!"

"Non sappiamo nuotare," dissero i gemelli.

"Non c'è problema," disse Celeste "voi teneteli impegnati per un po', e io farò partire questo traghetto fantasma."

"Sei anche motorista, adesso?" esclamò Lucifero mentre la bambina spariva nella botola della sala macchine.

Sul ponte, era già in corso la battaglia: dal Maracaibo piovevano pezzi di legno, lische e moschettoni, ma i due preti sembravano fatti di ghisa e cantando un inno guerresco missionario accostarono il pattino alla fiancata. Don Bracco si tolse i lunghi mutandoni, vi legò in cima uno scalmo e lo lanciò come un rampino sulla murata. Da parte sua Don Biffero teneva impegnati i nostri con un fitto lancio di alghe merdoidi. Agilissimo Don Bracco arrotolò il sottanone e iniziò la scalata usando le mutande come corda. Ma in quel momento si udì un muggito portentoso, dal fumaiolo del traghetto uscì un getto nerastro e il Maracaibo, dopo vent'anni di inattività, rientrò trionfalmente in servizio.

"Celeste ce l'ha fatta!" urlò Deodato.

"Urrah!" gridarono gli altri.

Il Maracaibo beccheggiò, Don Bracco fu costretto a mollare la presa e cadde in acqua starnazzando. Don Biffero si avvicinò con vigorose remate, tirò su il collega e lo sostenne tra le braccia. Il traghetto si allontanava veloce.

"Grazie dell'aiuto," disse Don Bracco. "Ora mi lasci pure andare."

"Non ci penso neanche," disse Don Biffero.

Don Bracco, con terrore, notò negli occhi zopilotici una luce già vista prima. Tentò di gridare, ma Don Biffero gli sigillò la bocca con un bacio appassionato, poi gli strappò il fazzolettone e una meravigliosa cascata di capelli biondi proruppe dal cranio di Don Bracco. Ci fu un momento di silenzio interrotto solo dallo sciabordio delle onde e dal respiro affannoso dei due.

"Mi chiedevo perché la sua presenza mi turbasse tanto," disse Don Biffero "poi il diavolo me l'ha svelato: ma come! un Sanmenonita che non sa il latino, che non fa mai vigilia e che porta mutandoni di seta?"

"Sei un maiale," disse l'ex-Don Bracco.

"E lei è una succulenta ghianda, assessore Erminia Beccalosso," disse Don Biffero.

E avvinti in un nuovo interminabile bacio si abbandonarono alla lenta deriva dei sensi e dell'onde.

34

Il policottero su cui l'Egoarca Mussolardi, l'uomo più ricco di Gladonia, passava gran parte della vita, era un modello esclusivo costruito dalla Naton. Dotato di otto punti eliche, dipinto a mano, centoventi metri di lunghezza, era in grado di stare immobile in aria per quattro giorni di seguito. Poiché Mussolardi non voleva sottostare a nessuna delle leggi che governano la gente comune, gli piaceva evadere la legge di gravità, almeno in parte, poiché la maledetta lo seguiva ovunque. Per questo passava mesi e mesi sospeso: dal policottero presiedeva le riunioni e guardava le partite della sua squadra, sul tetto del policottero prendeva il sole ai Caraibi e scalava le montagne, sul policottero dava feste, teneva il Gran Consiglio della Loggia di cui era uno dei Supremi Maestri e invitava le sue numerose amanti, anche se i maligni dicevano che Mussolardi amava tanto il policottero perché ormai era l'unica cosa sua che si alzava.

Mussolardi era un uomo ben tenuto che dimostrava meno dei suoi quarantasei anni, specialmente dopo che un recente trapianto di capelli lo aveva reinserito nella schiera dei peluti. Gli erano stati conficcati nella chierica, mediante ago laser, tremila capelli naturali di bambino slavo, perfetti salvo la tendenza a drizzarsi di paura ogni volta che sentivano parlar di guerra, evidente retaggio genetico delle testoline di appartenenza. Era perennemente abbronzato e con un sorriso sintetico.

Teneva in mano il suo celebre ventaglio conversatore: un'opera d'arte costruita in Giappone non già dai maestri pittori di

Kyoto, ma dai tecnici della Misiushi, un prodigio cibernetico in confronto al quale il Milleusi di Fimicoli era una clava.

Il ventaglio era in realtà un sottilissimo schermo a cristalli liquidi, collegato a un computer. Sventolandolo con quattro diverse frequenze, si accedeva ai seguenti programmi:

a) aforismi, battute, gag, barzellette,
b) frasi filosofiche, topiche e di profondo significato,
c) poesie d'amore e complimenti per fanciulle,
d) archivio calcistico degli ultimi cinquant'anni.

Quando in una conversazione Mussolardi aveva bisogno di fare bella figura, bastava che sventolasse il ventaglio pronunciando la parola chiave, ad esempio "corna", ed ecco che iniziavano a sfilare sullo schermo decine di battute sui cornuti scelte da una équipe di comici con lungo e meticoloso lavoro. Così per gli aforismi filosofici, i complimenti amorosi e i risultati calcistici del passato. Ormai tutti sapevano cosa accadeva quando Mussolardi sventagliava: ma l'ammirazione per la sua potenza tecnologica sovrastava di gran lunga le riserve per il trucco. Quindi Mussolardi era ritenuto uomo spiritoso, galante, esperto di calcio e profondo conversatore. Inoltre era sempre breve e sintetico. Quale comico o filosofo poteva competere con il ventaglio magico?

L'Egoarca accolse Fimicoli con un soave sbadiglio e disse:

"Io sono uno che bando ai preamboli, dottor Fimicoli: mi dica subito perché è qui."

Fimicoli, che in presenza di un potente aveva la sindrome del tartufo e si riduceva del quaranta per cento, si aggrappò con le manine alla scrivania e balbettò:

"Non so se si ricorda di me".

"Mi ricordo, sì: lei è quel giornalista che in tivù parla sempre bene della Jumilia, anche se è facile parlarne bene. Lei invece," e si rivolse a Rosalino "è un terrorista pentito."

"Troppo buono," disse Rosalino arrossendo.

"Conosco ogni mio collaboratore," disse Mussolardi, e subito diede ordini al telefono interno. "Comandante, si alzi di un centinaio di metri, fuori dalle intercettazioni... e poi dica al cuoco che oggi voglio mangiare al Condor d'oro... che provveda a far salire, oltre al mio, almeno otto tavoli con clienti annessi... detesto mangiare da solo. Ebbene Fimicoli, da questo momento le concedo cinque minuti: in cinque minuti si possono distruggere due imperi e segnare tre gol."

"Ho in mano l'affare del secolo," disse Fimicoli.

"Ah sì? Lei è il terzo che l'ha in mano, stamattina," sorrise Mussolardi.

"Io non bluffo," disse Fimicoli "guardi questo foglio."

Mussolardi si mise gli occhiali platinati e lesse:

REGOLAMENTO UNICO E SEGRETO DEL CAMPIONATO MONDIALE
DI PALLASTRADA

Anche se non era nel suo stile, gli scappò un mezzocàz di stupore. Ma riprese subito un'aria regalmente disinvolta.

"Ho sentito spesso parlare di questo misterioso e selvatico sport," disse "che nessuno però ha mai visto, se non qualche bambino o qualche pezzente."

"Sì," disse Fimicoli "ma dove si dice che giochino talenti mostruosi, e in una sola partita si provino più emozioni che in dieci partite delle nostre."

"Ho sentito anche questo, ma siamo pratici: primo, chi ci dice che questo regolamento è quello autentico, secondo chi ci dice dove si giocherà, perché si sa che questo selvatico pseudosport è segretissimo e clandestino."

"Primo," disse Fimicoli "se lei consulta i suoi giornali di questi giorni vedrà che bande di ragazzini, tutte di cinque elementi (e la pallastrada si gioca in cinque!) stanno arrivando con ogni mezzo da ogni parte del mondo, inafferrabili..."

"Vada avanti..."

"Inoltre, che questo regolamento sia vero, è confermato dalla firma del Grande Bastardo in persona: l'ho confrontata con quella del Comunicato Numero Uno, quando al povero Michael Jackson..."

"So cosa accadde. Prosegua."

"Per finire, io le porterò da qui tra breve due dei partecipanti al campionato, due bambini che si sono messi in contatto con me e sono disposti a tradire..."

"A tradire? bene!" disse Mussolardi sventagliando "*corruptio optimi pessima*! E cosa vogliono in cambio?"

"Uno stadio."

"Prego?"

"Uno stadio tutto per loro. In fondo lei ne ha trenta."

"Va bene, ma sanno dove si giocherà?"

"Lo sapranno presto. E c'è dell'altro. La profezia di Santa Celestina."

Fimicoli capì di aver segnato un gol. Era nota la propensione di Mussolardi per le pratiche esoteriche, e si sapeva che non faceva mai nulla senza consultare Madame X, la sua cartomante, una donna che nessuno aveva mai visto e che viveva sempre con lui.

"Torno subito," disse Mussolardi, e sparì dietro una porta blindata.

Quando si ripresentò, un minuto dopo, sembrava molto eccitato. Prese il telefono e si mise a dare ordini:

"Entro due ore voglio qui tutti i miei registi, le troupes speciali di ripresa rapida, i teleincursori, i miei architetti, i copy, gli account, i promotion, gli scoopers, i vip-hunters, l'ufficio stampa, il corpo segreto P 24, il servizio d'ordine e tutti, dico tutti i nostri sponsor e inserzionisti".

"È fatta," disse Fimicoli, dando di gómito a Rosalino. In quel momento il Misiushi trillò.

"Adesso non ho tempo, troia," disse il giornalista con un sorriso di trionfo.

35.

La Cadillac gialla con interno verdolone procedeva lentamente sull'Autostrada Fantasma. Ogni tanto doveva fermarsi perché l'asfalto era franato o ingoiato dai rovi. L'autostrada era chiusa da vent'anni, dopo il celebre ingorgo del 12 agosto. Era infatti accaduto che dopo la sua inaugurazione si erano succeduti ventuno ministri ai Lavori Pubblici. Ognuno di essi aveva costruito uno svincolo per la città natale, o per il feudo elettorale, o per il paese dove aveva amanti o parenti, e si era creato un impressionante intrico di raddoppi, viadotti, sottovie, trigallerie, tangenziali e riporti. Il ventiduesimo ministro, poco prima di quell'agosto, aveva aggiunto un'uscita per il paese dove la sorella aveva aperto un ristorante. Ma la deviazione aveva a tal punto incasinato il traffico che, in un giorno di punta, un milione di macchine erano rimaste bloccate e neanche gli elicotteri o la polizia stradale erano riusciti a districarle. S'era creato un circuito interno autobloccante. Dopo giorni di tentativi, le persone furono evacuate a piedi e si costruì una seconda autostrada parallela, su cui, sei anni dopo, le auto furono trasportate con un ponte aereo.

Ora la Cadillac si trovava in un punto dove un cartello rugginoso diceva: Banessa km 12. Sulla destra, tra buche e sterpaglie era ancora visibile l'insegna di un benzinaio, e una colonnina gialla si ergeva come un soldato superstite. Improvvisamente dal fondo del rettilineo si profilò un oggetto non identificato.

Viaggiava in senso inverso nella stessa corsia della Cadillac, a più di centosessanta all'ora, e non accennava a rallentare. Quando fu a qualche centinaio di metri, svelò di essere una DKW, una

173

vecchia moto nazista con cinque persone a bordo, due sui sedili e tre sul sidecar. Portavano occhialoni ed elmetti da guerra, e sull'antenna sventolava la bandiera del Reich. La Cadillac fece appena in tempo a sterzare, finendo in un fosso. La DKW passò come un missile senza preoccuparsi dell'accaduto.

Si fermò tre chilometri dopo con una brusca frenata, perché l'autostrada terminava di colpo. Era crollata per quaranta metri tra le arcate di un ponte: sotto le ruote della moto si spalancava un abisso in fondo al quale si sentiva gorgogliare un torrente. Dalla moto scesero quattro bambini e una bambina. Quello che era alla guida si tolse il giaccone di cuoio. Aveva le braccia completamente tatuate di svastiche, dragoni e pugnali. La bambina aveva una treccia bionda fermata in fondo da un braccialetto chiodato. Sul giaccone una spilla col ritratto del cantante dei Todeskampf e un "Sieg Heil" di perline.

"Credo che siamo arrivati, Lothar," disse.

"Sì, Siglinde. Il punto di ritrovo deve essere dall'altra parte di questo maledetto buco."

Dal sidecar gli altri tre, che stavano bevendo birra con la cannuccia, annuirono ruttando.

"E come ci arriviamo di là, capo?" disse il più grande, uno spilungone con chioma biondastra.

Per tutta risposta Lothar gli spiaccicò una lattina di birra sull'elmetto.

"Per qualificarci abbiamo battuto le squadre più toste di Pannonia, Renania, Westfalia e Magdeburgo. Abbiamo attraversato mezza Europa, abbiamo saccheggiato centosei bar e raso al suolo dieci distributori di benzina, combattuto con i poliziorchi di sette stati, pestato dodici negri e otto razzisti, bruciato un Tir che non ci dava strada e adesso tu Bertold chiedi: come faremo a passare di là?"

"Già, come faremo?" dissero i gemelli Hans e Peter.

"Con la moto, naturalmente," disse Siglinde accendendo un sigaro.

"Ma c'è un salto di quaranta metri!" disse Bertold.

"Pacifista imbelle, capitalista pasciuto, fighetto da Bundesbank," disse Lothar sputando per terra. "Avanti, formazione di volo e prendiamo una bella rincorsa."

La moto tornò indietro e fece un'inversione a U.

Lothar era alla guida, Siglinde in piedi sul sedile col giaccone spalancato, nel sidecar Hans stava inclinato a sinistra, Peter a destra e in mezzo, con i piedi sulle spalle dei gemelli, si ergeva Bertold con la bandiera tenuta a paracadute. La DKW rombò, accelerò e si lanciò ai centottanta in direzione dell'abisso. I cinque urlarono tutti insieme: la moto volò nell'aria, ci rimase i secondi occorrenti e atterrò dall'altra parte del ponte.

"E adesso," disse Siglinde "andiamo a conquistare il mondo. Siamo o non siamo, i BAD, Berliner Aas Devils?"

Dal Libro del Grande Bastardo, *capitolo 56*

In quei tempi il complesso più amato dai giovani era gli *XXTT145, complesso di fastfù-dance cui si devono brani memorabili quali* ailaikìt, duyulaikìt, ailaiktudéns *e* duyulaiktudéns?*. Ma i gruppi "cult" erano certamente i Todeskampf e i Mamma Mettimi Giù.*

I Todeskampf era un gruppo assai violento in scena e fuori. Erano dei veri ribelli e avevano spaccato, nella loro carriera, undici Sheraton e ventisei Hilton.

I Mamma Mettimi Giù era un gruppo assai politicizzato e misterioso, mai apparso in pubblico. Di loro si sapeva soltanto che erano giovanissimi, dai sei ai dodici anni, e che ogni volta che usciva un loro disco, a Capodanno, un componente si uccideva. Poiché i MMG avevano già fatto sei dischi, secondo alcuni il gruppo era estinto, per altri ne restavano ancora in vita due o tre, compresa la leggendaria cantante Million Kiss. I massimi successi dei due gruppi erano:

ADOLF WAS A GOOD MAN
(*Todeskampf*
dall'album Mullwagen)

La storia questo ci insegna:
che dalla storia nessuno ha imparato

dei delitti che abbiam catalogato
il nostro è nuovo e diverso.

Hitler era un gran brav'uomo
ma soffriva di forte emicrania
più grande era il dolore
più grande voleva la Germania.

Così non chiedermi perché
colleziono divise e pugnali
sono diversi, colorati e rari:
i morti sono tutti uguali.

La storia questo ci insegna:
che dalla storia nessuno ha imparato
il teschio che sul braccio ho tatuato
un uomo non è mai stato.

LADY LAMPADINA
(*Mamma Mettimi Giù
dall'album* Edgar Allan Disney)

Lei beveva sangue di Drago in una vampa elettrica
quando entrai nel bar, fuori pioveva e tuonava.
Il barista era un orco, e l'orchestra dormiva
russando un mambo, immobile sotto un telo nero.

Lei mi chiese chi ero, e come ero arrivato lì
sorrideva & aveva morbidi gesti da gatto
mi sfiorò con la mano e cancellò il dolore
mi disse: ragazzo, non stare da solo la notte.

E da sotto il telo vennero due note di sassofono
che si allacciarono in una nenia triste
e mentre ballavamo, disegnammo sul soffitto
un cartoon di ombre per bambini lupo.

Mi disse: scorda tutto, anche i sogni migliori
c'è un motel qua vicino, tra la città e il deserto

tra una spiaggia di neon & un mare di luna
e non tornerai più a casa, ragazzo, mai più.

Entrò un uomo, volto atzeco & sorriso viola
un vestito da ballerino & undici tacche sulla pistola
mi guardò ridendo, come se mi conoscesse.
Non temere, è un amico, lei disse.

Scorda tutto, anche i sogni migliori
sarà come un disco che sfuma lontano
sarà un sorso breve, e ti terrò la mano.
E non tornerai più a casa, ragazzo
non tornerai più a casa, mai più.

PARTE SETTIMA

Dove un grande pericolo incombe sul campionato,
viene smascherato un infame tradimento
e la Compagnia dei Celestini deve cambiar formazione

36

Pioveva forte quella mattina. Anche se tutte le canzoni di Gladonia parlavano di sole e cieli limpidi, il clima del paese era ogni anno più fosco e umido, e invano i meteorologi si affannavano a indicare i colpevoli: un anticiclone schizoide, un vulcano petomane, i gas di una guerra lontana, gli ematomi nella stratosfera, o forse nubi di malvagità che salivano dai cervelli e dai sogni dei gladoniani. Sotto un cielo nero il fiume Navone era gonfio e fangoso, e ingoiava fulmini. Fortunatamente il luogo di ritrovo era al coperto, sotto i piloni del Ponte dell'Autostrada. Qui le erbe selvatiche e i rampicanti erano cresciuti a dismisura, e si erano abbarbicati ai piloni formando festoni e ombrelli di vegetazione. Perciò, anche se il ponte era crollato in diversi punti, si stava perfettamente al riparo sotto quelle arcate da cui si era ritirato il lavoro degli uomini, ma non la clorofilliana onestà delle cooperative vegetali.

Alcune squadre erano già arrivate.

I Fjällrävar lapponi dormivano nei sacchi a pelo, stanchi per la lunga sciata. Gli irlandesi dei Gallion Braes erano andati a cercare un pub. I Manakoko Wallabies si erano mimetizzati nella boscaglia e col boomerang rubavano merende a chilometri di distanza. I Dragons cinesi si stavano allenando sull'erba bagnata. Gli africani riparavano la piroga mentre il leone, che si era qualificato come allenatore, faceva ripassare gli schemi tattici. Dopo aver risalito un tratto di fiume col Maracaibo, arrivarono infine i

Celestini, zuppi ed emozionati. Videro in mezzo all'edera una vecchia roulotte con la scritta "reception" e dissero la parola d'ordine segreta:

PERMESSO?

Li accolse una donna coi capelli grigi e l'aria gentile, su una sedia a rotelle. Teneva in grembo un volpino bianco dormiente e dipingeva. Vedendoli, depose i pennelli.

"Siamo la squadra dei Celestini," disse Memorino.

"Benvenuti. Sono Iris Pelicorti detta la Siribilla, del comitato organizzatore."

Memorino non era un esperto d'arte come Alì, ma riconobbe subito la più giovane dei nove fratelli, conosciuta per le sue doti di paesaggista e non solo per quelle. Paralizzata alle gambe, Iris Pelicorti aveva infatti la misteriosa capacità di ritrarre i paesaggi dipingendoli come sarebbero stati l'anno dopo. Ad esempio dipingeva solo la metà di un albero di ciliegio e l'anno dopo il ciliegio era stato potato esattamente in quel modo. In mezzo alle case sullo sfondo, ne aggiungeva una che sarebbe invariabilmente spuntata.

Questa sua concezione pittorico-medianica si estendeva a tutti gli elementi del paesaggio. Il suo quadro più conosciuto, la "Merenda sulla sabbia" che è conservato al Museo Comunale di Benommenheit, ne è un esempio tipico. Il quadro, dipinto nell'agosto del 1951, raffigura una famiglia che fa colazione sulla spiaggia. Il padre ha una gamba ingessata, perché l'anno dopo se la ruppe cadendo da una scala, la madre è bionda tinta mentre originariamente era bruna, il figlio è dieci centimetri più alto. Vicino a loro sta lo scheletro di un cane, il povero Nerino che infatti morì nel luglio 1952 investito da un'auto. Sullo sfondo c'è un gigantesco albergo che nel 1951 non era ancora stato costruito. Anche le figure sullo sfondo sottostanno alla legge della Siribilla. La bagnina Pierina è visibilmente incinta, e a niente le valse, dopo aver visto il quadro, prendere tutte le precauzioni. In riva al mare c'è una misteriosa figura di vecchio col binocolo che l'agosto dopo fu visto aggirarsi proprio lì. All'orizzonte passa il traghetto che prese servizio nel '52, e così via.

"Un nostro amico ex orfano è un suo grande ammiratore," disse Memorino "e ci ha parlato spesso di lei, signora Siribilla."

"Oh beh, faccio qualche disegnino, ecco tutto," disse la donna, e mise via il quadro che stava dipingendo, ma Memorino fece in tempo a vedere che ritraeva un deserto.

"Ora mancano solo i Pivetes e i BAD, ma dalle notizie sui giornali sappiamo che stanno arrivando... La tassa d'iscrizione è di duemila lire. Ci siete tutti?"

"C'è un problema: abbiamo perso un giocatore per strada."

"Uhm... vediamo il regolamento, allora: M, *Maglie da gioco*, *Muro*, uso del muro di sponda, *Naso*, pugni sul, *Nebbia*, gioco nella. Ecco: *Numero*, legale giocatori: per iscrivervi dovete obbligatoriamente essere in cinque."

"Nessun problema," disse Celeste "posso iscrivermi io."

"Sei una pallastradista? Hai sempre creduto nel Grande Bastardo? Sei strana e splendida?" disse la Siribilla.

"Prova a immaginarmi tra un anno."

La Siribilla fece un giro di sedia a rotelle intorno alla bimba ed emise un fischio di ammirazione.

"Soggetto interessantissimo," disse.

"Veramente," disse Lucifero "non so se è il caso..."

"Ragazzi miei," disse la Siribilla tirando fuori un registro "l'iscrizione della signorina è perfettamente regolare... allora: nome della squadra?"

"Compagnia dei Celestini dell'orfanotrofio omonimo."

"Colori sociali..."

"Canottiera bianca con un buco sulla sinistra a forma di 'O' che sta per 'Orfani'."

"Elenco giocatori?"

"Memorino Messolì, capitano,
Didì Finezza
Pelé Finezza,
Celeste Marisella Beccaccia Torresana Riffler Bumerlo..."

"Alt! siete già in nove!"

"No, gli ultimi sei sono una persona sola."

"Allora siete in quattro e ne manca uno."

"Sono io," disse Lucifero "Luciano Diotallevi detto..."

"Alt!" disse la Siribilla. "C'è qualcosa che non mi convince nel tuo cognome."

"Veramente," disse Lucifero "mi sono sempre chiamato così."

"Fermi!" disse una voce conosciuta. Una Cadillac gialla con interno verdolone si presentò con gran guaito di freni e sbandata nel fango. Ne scese il re del Famburger Barbablù, alias Anatole Passabrodet.

"Ecco chi c'era in quella macchina!" disse Deodato.

"Sì, proprio io," disse Passabrodet scendendo dalla Cadillac "quando siete fuggiti dalla Famburger House vi ho seguito: ho capito che eravate in pericolo. Sono stato io a impedire ai poliziorchi in moto di raggiungervi, e ad avvisarvi dell'arrivo dei preti abbordatori."

"E perché lo ha fatto? Ancora per espiare?" disse Memorino.

"Per un motivo privatissimo... ho ritrovato mio nipote, carne della mia carne, ketchup del mio ketchup e mai più voglio perderlo..."

"E chi sarebbe il fortunato?"

"Tu, sei proprio tu, Lucien," disse Passabrodet, con un supplemento di lacrime agli occhi.

"Lui?" dissero in coro i presenti, compresi i lapponi dai sacchi a pelo e gli australiani dai cespugli.

"Sei tu, Lucien Magret de Passabrodet. Non ho avuto il coraggio di dirtelo subito, ma la voce del sangue urge: sei il ritratto sputato di tua nonna, i capelli, le sopracciglia a freccia e soprattutto il terrificante carattere..."

"Non ci credo," disse Lucifero, turbato anzichenò.

"Te lo giuro. Quando ero giovane e malvagio, alle dipendenze del conte, ebbi una relazione con una sua operaia, la bella strega Lupinzia. Quando lei fu licenziata, aspettava una bambina, e io non lo sapevo. Giustamente adirata perché non l'avevo difesa dalla prepotenza del conte, non volle mai mostrarmi la figlia. Seppi poi che si chiamava Luperina, ma non feci nulla per trovarla fino alla notte, alla terribile notte in cui..."

"Tagli corto," disse la Siribilla "i miei fratelli erano pittori nel palazzo del conte e conosciamo la storia..."

"Dopo quella notte, pentito, cercai Luperina ovunque... ignoro se sia viva o che fine abbia fatto, ma ora so che ha avuto un figlio e che sarebbe felice se io potessi dare a lui gli agi e la ricchezza che non ho potuto dare a lei..."

"Ha detto agi e ricchezza?" disse Lucifero.

"Sì, nipote mio. Diventerai proprietario di venti Famburger House, tremila distributori automatici di bibite, una catena di gelaterie a Singapore, garages un po' ovunque, cinque Cadillac gialle, la più grande collezione di animaletti di porcellana del paese, centomila piante di kiwi, un jet personale, un intero zoo safari, il controllo del venti per cento dei cibi per cani Ossobon e della scuderia di cavalli da corsa Sainedda, duemila Spatsches rari..."

"Che culo!" disse Deodato.

"Un momento," disse Memorino. "Non può portarcelo via adesso che sta per giocare nel campionato mondiale! È un'occasione unica per lui."

"Non posso più attendere," disse Passabrodet, prendendo per mano Lucifero.

"Beh," disse Lucien Magret "questa non me l'aspettavo... il campionato mondiale è raro, ogni quattro anni... ma un nonno miliardario è ancor più raro... però..."

Era chiaro che il povero bambino era in preda a una crisi di coscienza e nel suo cuore si scontravano emozioni contrastanti, tanto che ebbe la consueta reazione viscerale, una nota di oboe en élargissant.

"Vi toglierò io dall'impaccio," disse la Siribilla "non potete più iscrivere Lucifero Lucien, perché la vostra squadra deve essere formata da orfani soli e indigenti. E Lucifero ha addirittura un nonno miliardario, e questo è contro tutte le regole della pallastrada."

"Nonno!" gridò Lucifero.

"Nipote!" gridò Passabrodet. Si abbracciarono.

Questa volta i pianti furono sobri. Poi Lucifero si mise al volante della Cadillac, indossò guanti e occhiali neri e facendo agli amici un cenno di saluto col dito medio rivolto verso l'alto, si involò sgommando con nonno a fianco.

"E adesso?" disse Memorino sconsolato.

"Le iscrizioni chiudono domani a mezzogiorno, datevi da fare. Ma perché non iscrivete il ragazzino con gli occhiali?"

"Vuole vedere perché?" disse Deodato. "Mi dia un pallone."

Gli fu consegnato. Deodato calciò con forza. La scarpa destra volò in grembo alla Siribilla disperdendo gli acquerelli, la sinistra colpì nei denti un lappone, la caviglia destra restò impigliata a un filo spinato, cadendo Deodato si aggrappò a Celeste e le stracciò mezzo vestito, Celeste cadde a sua volta tirando giù la Siribilla e tutta la sedia a rotelle, la palla volò in un cespuglio, centrò uno scroto Aranda, rimbalzò in testa all'unico cinese con gli occhiali polverizzandoli, e con l'ultimo rimbalzo atterrò su uno zaino irlandese contenente sette chili di tritolo.

L'esplosione oscurò il cielo.

"Vede?" disse Deodato "questo per un calcio solo. Col pallone la mia sfiga diventa contagiosa. Si immagina se scendo in campo, cosa può succedere in questo mondiale?"

"Non voglio neanche pensarci," disse la Siribilla. "Vi aspetto domani col quinto giocatore. Solo allora potrò iscrivervi e dirvi dov'è il campo di gioco."

"Ventiquattr'ore! Ma lei pensa davvero che un giocatore di pallastrada si possa trovare in così poco tempo?"

"Non lo so, io vedo solo di anno in anno," disse la Siribilla, chiuse la porta della roulotte e lasciò i nostri eroi pensosi, mentre la pioggia era cessata, e nel cielo brillavano le prime stelle.

Memorino intonò nella notte, con voce dolente, il blues dei Celestini:

Solo come un fungo nella nebbia
l'orfano sta
senza mamma e papà
suora, o suora
fammi uscire di qua.

37

Il Motel Tuamuà era uno dei posti più brutti del pianeta. Un bunker livido in mezzo alla nebbia suburbana e alle polluzioni industriali, con centoquaranta camere tutte uguali, foderate di moquette viola ematoma, il cui orrore era moltiplicato da specchi in posizione pornoscopica, e una sontuosa hall con vetri neri, poltrone salmonate e lampadari a filamenti spermatici.

Eppure aveva avuto i suoi momenti di gloria. Ai tempi del Grande Benessere, quando industriosi commercianti calavano a Banessa per la Fiera del Mocassino, la Mostra dell'Erpice e il Pistone Show, il Motel si riempiva di signorine con abiti aderenti e colorati, la hall pareva una scatola di cioccolatini, e sbocciavano amori a prima vista, appena velati da dettagli mercantili, e nel volutabro delle lenzuola peccaminose e croccanti le vite si accendevano di una notte diversa. E nella sala da pranzo, in dolci tête-à-tête, il calzaturista del Nord e l'unità da svago del Sud, il pollicultore centrale e il travesto isolano dimenticavano campanili e leghismi davanti ai famosi piatti afrodisiaci dello chef, gamberoni al corri, pizze al peperoncino, spaghetti alla puttanesca, aragosta alla paprica, astice al mastice, il tutto innaffiato dal peggior spumante del globo.

Eppure, rispetto alla desolazione prossima ventura, cioè la Grande Recessione, quelli parevano ora tempi splendidi, da favola. La sala da pranzo adesso era vuota e i camerieri stavano ore e ore inoperosi a scommettere in quale occhio di quale cadavere di pesce sarebbe calata una mosca e quando la mano dell'unico cliente si sarebbe decisa a esplorare sotto il tavolo le referenze dell'unica battona attiva. E dove erano ora le coppie clandestine? Quelle che salivano in camera direttamente dal garage tramite ascensori piccolissimi, spesso consumando il loro desiderio tra primo e secondo piano, e passavano davanti alla reception con baveri rialzati e sciarpe a turbante? Dove erano gli amori di una volta? Ne era rimasto uno solo, alla camera 405: protagonisti Don Biffero e l'assessore al Malessere Sociale, Erminia Beccalosso.

Stava la bella distesa in posa evia e giovereccia, inguainata in un baby-troll color pesca, e fumava assorta dopo l'ennesimo assalto di Don Biffero. Il quale, nudo con calzini neri, pregava, perché dopo ogni amplesso gli erano necessari venti minuti di contrizione. Erminia si versò una coppa di Papurtùt, un frizzantino composto da un solo chicco d'uva e 99 parti di paracetoglicometanolo. Il Papurtùt traboccò sibilando dal bicchiere fin sul petto carenato di Don Biffero e la maliarda leccò tutto con grandi arrotolamenti dell'apice linguale. Don Biffero gemeva e piangeva.

"Sono così disperato. E così felice," disse.

"Anch'io," disse Erminia.

"Chi poteva pensare che sarebbe finita così la prima volta che ti vidi? Venisti in visita all'orfanotrofio, mangiavi le mie provviste, palpeggiavi i miei orfani e recitavi quelle odiose banalità sul tessuto rieducativo e io pensavo: però, com'è grintosa, e com'è bella."

"Anch'io ti notai, così cadaverico, represso. Chissà che sogni fa di notte, pensai. E quando sfiorai la tua mano viscida, confesso che restai sconvolta. Quando fui informata dalla nostra spia interna, il sagrestano Moreno..."

"Maledetto," sibilò Don Biffero.

"Ci informa da vent'anni su tutti gli orfanotrofi regionali, gli abbiamo piazzato sei nipoti in banca. Ci disse che erano scappati tre orfanelli. Pensai che sarebbe stato un grave scandalo anche per me, che avrebbero attaccato il mio assessorato, il mio partito. Dovevamo ritrovarli... e così venimmo a sapere della missione di Don Bracco e io mi sostituii a lui... da giovane ho fatto l'attrice. Quanto al fiuto, ero collegata al partito via cellulare, erano loro a darmi tutte le informazioni..."

"Seducente mentitrice. E il vero Don Bracco?"

"È prigioniero e bendato nella nostra sede. Crede di essere stato rapito da pastori. Dobbiamo far passare due pecore nel corridoio ogni ora."

"Canaglie," disse Don Biffero amorosamente "ne ho confessati tanti di voi e ho sempre pensato che ci assomigliamo."

La Beccalosso accese la filodiffusione e tosto si filodiffuse nell'aria una triste nenia gladonica le cui parole sottolineavano la difficoltà e necessità dell'amore.

L'amore è un veleno da bere piano
l'amore è un treno che passa lontano
l'amore è tutto ma a volte è un po' meno
l'amore è strano
l'amore è un coniglio, l'amore è un caimano.
(Mamma Mettimi Giù, dall'LP *Edgar Allan Disney*)

E Don Biffero, trascinato dalla musica, intonò:

"Vorrei come te dire frasi indignate
su ciò che va cambiato in fretta e subito
e subito scordare queste parole
e ricordare la musica soltanto
su cui cantare nuove frasi indignate
su nuove cose che van cambiate subito
sopra un'auto blu elegante
ai dibattiti catodici, in un bel ristorante
tra Vip e vipere a una festa danzante
scordare i negri e gli immigrati
e l'annoso problema degli alloggi
qui, chiuso nel mio confessionale
nella mia cella triste e fredda
vorrei il tuo laico paradiso, amore
ora che per i peggiori è il tempo migliore".

E la Beccalosso con voce da Biancaneve intonò:

"Vorrei conquistare voti e masse
rotolarmi in tivù ore e ore
conoscere monarchi, spompinar dittatori
vorrei andare a Hollywood
là ci sono gli unici negri
che vorrei davvero conoscere
vorrei che nessuno mi chiedesse più
se assomiglio alle mie idee

invece di star qui a mendicare
un quorum comunale o nazionale
vorrei ritirarmi davvero
alle Maldive in un monastero
e da lì giudicare amore
ora che per i peggiori è il mondo migliore

(*tutti e due insieme*)

Saremo i re di un paese piovoso
dei morti agghindati i re saremo
disegneremo sogni in serie
per chi sogni non vuole avere
e se un giorno ci vergogneremo
diremo: non eravamo noi
tempi assassini e ridicoli erano
ma noi non lo sapevamo
perché ci amavamo".

38

Il policottero di Mussolardi stava immobile a duemilacinquecento metri sul livello del mare, ma a non più di cinquanta dalle piste di sci, che infatti sotto l'azione delle eliche erano spazzate da una bufera di neve, con gran centrifuga di slalomisti. Mussolardi poteva permettersi questo e altro.

Sopra il tetto del policottero c'era un solarium e l'Egoarca, con una giacca a vento in piumino di colibrì, si rosolava insieme alle attrici Dorina Pedaglio e Valda Krautz, recentemente premiate al festival di San Leonzio come migliori attrici non protagoniste, nel senso che non avevano ancora girato un solo film. Poi c'era il braccio destro di Mussolardi per lo spettacolo, il comico Cris Caramella. Cris Caramella era un comico incredibilmente trasgressivo, caustico e pungente. Aveva una Porsche giallonera a pungiglione d'ape, e abitava in una villa con piscina a forma di culo. Nella villa aveva una sala piena di tutti i premi trasgressivi che aveva vinto: zanzaroni, penoni, tarantole d'oro e pardiballe di corallo. Quando entrava in uno studio televisivo, i presentatori facevano finta di spaventarsi, le vallette si lasciavano palpare con finti gridolini, il regista mandava in sovraimpressione la scritta: *Oddio, cosa dirà!* La sua imitazione del Primo Ministro Caprone era così esilarante che il Ministro lo invitava a cena tutti i giorni, ma Caramella era trasgressivo e ogni giorno gli lasciava uno stronzo di gomma sotto il tovagliolo. Aveva anche scritto il libro *Le duemila battute più belle di Cris Caramella* che aveva venduto mille copie a battuta, per cui ne stava preparando uno di dodicimila battute. Le sue vignette erano incorniciate nello studio di tutti i maggiori statisti e il suo pupazzo Capitan Scuràza, che premuto sulla pancia spetezzava, era uno degli optional preferiti degli automobilisti di Gladonia. Ma malgrado il successo, Cris Caramella era rimasto semplice e trasgressivo, e anche quel giorno era vestito con una giacca color maiale e una cravatta a ricciolo, proprio come un codino. Vedendo che Rosalino stava fotografando le due attrici, disse:

"Vedo che le sta fotografando in tutti i *tettagli*!"

E siccome Rosalino non rise, gli sputò l'aperitivo in faccia. Li divisero a fatica.

Chiuso l'incidente, piombò Fimicoli, più eccitato che mai. Aveva un foglio di appunti che sventolò davanti a Mussolardi.

"Finalmente, dopo lunghe esitazioni e ridicoli ammonimenti," disse "Don Biffero mi ha consegnato copia della profezia di Santa Celestina, e credo di aver trovato la chiave d'interpretazione: perché non pensarla rivolta a un solo uomo, all'uomo più importante di questo tempo, e cioè a lei, Mussolardi?"

"Questo non è un ruffiano," disse sottovoce Dorina a Valda "è un serial sulla ruffianeria."

"Ascolti la mia interpretazione: roso cade il simbolo del Cristo, ciò che separava il mondo religioso dall'ateismo, il muro di Berlino, e tutti fuggono dal *loco tristo*, l'orribile realtà dell'Est, verso l'*anghelo imprevisto*, l'inattesa luce del benessere occidentale. Poi c'è un *certame per foco et mare*, evidente allusione all'ultima guerra in cui le armi defolianti e chirurgiche della Mussolardi-Wartime hanno cancellato la *speme* nemica..."

"Attenzione," disse una voce al videocitofono "oggetto misterioso in avvicinamento."

"Cosa può essere?" disse Mussolardi.

"Lasci che continui," disse Fimicoli, esagitato "alla fine restano in campo i *celesti e i diavoli*, forse i due maggiori partiti di governo, oppure gli azzurri della Sudoria e i rossi della Torlonia, suoi avversari in campionato, finché piomba a spazzarli via il drago unicorno, stemma del suo impero..."

"Io veramente ho una emme d'oro su scudo bianco..."

"La profezia non solo profetizza ma suggerisce anche idee promozionali... e poi consideri il seguito: *la notte antica sarà svelata*: ciò che è stato oscuro verrà mostrato, il campionato di pallastrada sarà per la prima volta teletrasmesso. E *nessuna anima resterà in città*! nessuno per le strade, tutti in casa davanti al piccolo schermo, un'audience totale, inimmaginabile!"

"E l'ultima frase, come la interpreta?"

"Beh, quella...," disse Fimicoli, e si interruppe.

Una nube nera e gracchiante si stava avvicinando all'elicottero. Era uno stormo di corvi, quale mai si era visto a quell'altezza.

"Al riparo!" gridò Mussolardi buttandosi sotto una sdraio. Ma era tardi. Il misterioso branco sorvolò il policottero e i corvi, tutti insieme, scaricarono il digerito su un unico bersaglio, cioè Fimicoli, che ne risultò completamente glassato.

"Questa diavoleria non l'avevo mai vista," rise Mussolardi.

"Come dicevo, in quanto all'ultimo verso...," balbettò Fimicoli.

"Vada a fare una doccia!" intimò l'Egoarca.

Fimicoli si allontanò tristemente e Rosalino pigliò la palla al balzo:

"Se permette, Egoarca, su quel verso ho io un'idea: credo voglia dire: *col mio linguaggio, la tua vita non sarà più la stessa*".

"Sia più chiaro..."

"Trasposti finalmente da Lei nella lingua universale dei Media gli orfani usciranno dall'oblio; la loro misera vita precedente sarà cancellata. Non solo il campionato di pallastrada diventerà un grande spettacolo, ma loro ne saranno i protagonisti: bimbi tristi, storpi, pezzenti, e la gente piangerà delle loro scarpe sfondate, dei loro visi sudici, agonismo e commozione, violenza e pietà, pallone e magone, niente nella storia dello spettacolo è stato così nuovo e sconvolgente dai tempi di Westerman..."

"Potrebbe essere," disse Mussolardi "ma come faremo a riprendere le partite, dato che non si svolgono in stadi? Dove metteremo le telecamere, gli spettatori, le tribune Vip, gli spogliatoi per le interviste negli spogliatoi?"

"Da tempo," disse Rosalino "l'immagine ha respinto il ricatto produttivo dello sguardo, cioè chi riprende non è più 'altro' rispetto al ripreso, ma coabita la terra invisibile del rapporto filmico nella quale la finzione non è più corollario o cornice ma frame, virus, unico oggetto interno circoscritto 'in fabula'."

"In poche parole?"

"Costruiremo stadi intorno al luogo dove si giocherà."

"L'idea mi piace," disse Mussolardi "e credo piacerà anche agli sponsor... l'ecologia non fa più vendere un'econulla, l'Amazzonia ha stufato, le industrie di detersivi non salvano più i delfini e viceversa. Il lusso non paga più in tempi di recessione: sento che potrebbe nascere un nuovo Verbo pubblicitario: 'Siamo tutti poveri, siamo tutti orfani'."

"Metti una pezza alla tua vita!" disse ilare Caramella.

"Lei, Rosalino, da questo momento è il responsabile della campagna promozionale *Orfano è bello*; Caramella, lei è licenziato," disse Mussolardi.

Fimicoli, che era appena tornato, addentò il Misiushi per la rabbia.

"Mi ricorderò anche di lei, Fimicoli," lo rassicurò l'Egoarca. "Però se dobbiamo avviare questa campagna non ci bastano le poche ore di ripresa delle partite. Ci vogliono interviste, partite di beneficenza, partite contro squadre vere, talk-show, diari, instant-book *Da orfano a campione* eccetera. Anche i giocatori dovranno collaborare: sposarsi, tradirsi, fare figli per le nostre copertine."

"Temo," disse Rosalino "che questo sia in contrasto con i principi della pallastrada."

"Balle," disse Fimicoli "qua sull'elicottero ci sono due pallastradisti. Sono loro ad avermi contattato. Li faccio salire subito."

Orrore! Sul tetto dell'elicottero apparvero i gemelli Finezza, col muso ancora imbrattato di cioccolata, primo acconto del loro tradimento.

"Cari nuovi collaboratori," trillò Mussolardi "che informazioni avete?"

"Alcune squadre sono già nei pressi di Banessa," disse Didì.

"E domani," disse Pelé "quando anche noi saremo iscritti, ci verrà comunicato il campo segreto di gioco."

"Molto bene," disse Mussolardi "pulitevi la faccia e tornate subito a Banessa."

"Però c'è un problema. Non possiamo iscriverci perché ci manca un giocatore..."

"Problema, problema," disse Mussolardi sventagliando, "*non esistono problemi, esistono solo soluzioni.*"

"Io ce l'ho," disse Rosalino "qual è il giocatore più basso della Jumilia?"

"Bravo!" disse Mussolardi. "Stia attento Fimicoli, che il suo amico la frega."

Fimicoli borbottò qualcosa di iroso. L'elicottero si mosse e il vento freddo convinse tutti a rientrare. Fimicoli, col bavero della giacca rialzato, restò a guardare le montagne e i ghiacciai. Rosalino gli rivolse uno sguardo interrogativo.

"Che c'è Fimicoli? Ce l'hai con me? Ti senti scavalcato?"

"Oh no, Rosalino," disse il giornalista. "Ma vedi, tra queste montagne io ci sono nato... ero diverso allora, un bambino ingenuo che sognava di diventare un semplice maestro di sci. E mio padre, il vecchio taglialegna..."

Era forse una lacrima, quella che segnava una gota del celebre, cinico giornalista?

"Non sapevo questo di te," disse Rosalino, turbato.

"Infatti è una bugia, stronzo," disse Fimicoli. "E quella troia non ha più richiamato."

39

Mancava un'ora alla chiusura delle iscrizioni quando arrivò la sesta squadra, i Berliner Aas Devils. Erano così ubriachi che bisognò tirarli fuori uno alla volta dal sidecar. Siglinde si era legata al manubrio con la treccia, per non volare via.

"Allora ragazzi, abbiamo fatto festa?" disse la Siribilla.

"Due o tre birrette," disse Siglinde "in fondo siamo in vacanza."

"Fuori le duemila lire e iscrivetevi: nome della squadra?"

"BAD, Berliner Aas Devils."

"Colori sociali?"

"Elmetto nazista verde con stella rossa, teschio e segno alchemico runico."

"Un po' di confusione, eh?"

"Si faccia i cazzi suoi."

"Giocatori..."

"Lothar 'Sputo' Dorfmann,
Siglinde 'Veleno' Brunnen,
Hans 'Sturm' Fritzwalter,
Peter 'Stuka' Fritzwalter,
Bertold 'Coniglio' Pappelmann."

"Allora," disse Peter con un rutto lungo come il Parsifal "ci dice dove si giocherà?"

"Ai giardini d'Inverno," disse la Siribilla.

"Wow! Terreno duro. Chi manca ancora?"

"I Celestini e i Pelorinho Pivetes."

"I Celestini li conosciamo poco," disse Siglinde "sembra che abbiano due gemelli molto forti. Nei Pivetes gioca Policinho."

"È in gamba?" chiese Bertold.

"In gamba? È uno dei più forti del mondo!"

Proprio in quel momento, pesti e stravolti, su due tricicli rubati arrivarono i sudamericani.

"Siete quasi gli ultimi," disse la Siribilla.

"Ragazzi," disse Camarinho "nel nostro paese ci linciano per strada, ci danno fuoco mentre dormiamo, ci sparano per uno scippo. Ma il nostro è un paese molto, molto povero. Qua siete ricchi ma fate circa le stesse cose... abbiamo avuto un sacco di problemi."

"Mi dispiace," disse Iris "avete i soldi per iscrivervi?"

"Possiamo pagare in orologi?"

"Come volete. Allora: nome della squadra?"

"Pelorinho Pivetes Bahia."

"Colori sociali..."

"Un calzettone giallo e verde alla gamba destra."

"Giocatori..."

"Edson Manuel Sereia do Mar detto Camarinho,
Luis Miguel Zangueza detto Zanguezinho,
Mario Terencio Arantes do Alecrim detto Torpinho,
Carlos Drummond de Gargalhadas detto Orvalho,
Nestor Roberto de Loiras detto Isadora."

"Questa è la formazione?" disse Siglinde. "Siete sicuri?"

"Lo so cosa stai pensando," disse Isadora "manca Policinho. Vuoi sapere perché?"

STORIA DI POLICINHO

Le stelle di Bahia sono famose per la loro scintillante bellezza.

Guardando quelle stelle, noi pivetes ci sentiamo per un attimo consolati delle nostre miserie e speriamo in un futuro migliore. Per un attimo. Dopodiché ricominciamo a rubare, se no chi mangia? Policinho era uno di noi. Era il ladro più veloce di tutta Rio. Questo in virtù della sua statura: sessanta centimetri.

Policinho si nascondeva nelle borse, si faceva trasportare e sceglieva con cura cosa fregare. Policinho entrava e usciva dai finestrini delle auto mentre erano ferme ai semafori. Policinho rubava i portafogli passandoti in mezzo alle gambe, ti sfilava l'orologio coi denti e ti rubava le mutande sull'autobus, sentivi solo un leggero solletico. E dopo ogni furto era imprendibile, perché poteva nascondersi ovunque: dietro un cocomero del mercato, in una cassetta della posta, sotto una lambretta.

Il colpo più straordinario lo mise a segno in un cinema: passando sotto le poltroncine fila per fila, rubò ottocento paia di scarpe. Ma quando le portò al ricettatore "Pega" Galvanes, ebbe in cambio solo cinque cruzeiros e un'arachide. Capì che con quel mestiere non sarebbe mai diventato ricco: e quando seppe quanto guadagnavano i calciatori, decise di imparare a giocare al calcio.

Il giorno che si presentò al nostro campo ci mettemmo a ridere. Dopo, rise lui. Policinho iniziò a dribblarci passandoci tra le gambe. Era quasi impossibile vederlo. Colpiva di testa arrampicandosi sulle spalle altrui, quando era stanco si aggrappava alla gamba dell'avversario come un koala, riposava un po' e poi gli rubava la palla. Quando tirava in porta, lui puntava da una parte e la palla dall'altra, cosicché il portiere, vedendo due oggetti di uguale misura venirgli incontro, spesso parava Policinho e la palla entrava. Aveva due piedi piccolissimi in grado di dare alla palla effetti da biliardo, nonché dei polmoncini straordinari.

Arrivò subito el señor Migliardo, un Cacciacalciatori che trattava affari anche in Europa. Propose a Policinho un contratto col Flamengo. Ma Policinho aveva già giurato al Grande Bastardo di rispettare la sacra regola della pallastrada: no al professionismo.

Ebbene, la crudeltà degli uomini è tale che per piccolo che tu sia, ti scoverà. Un ricchissimo barone di Belém, Gerardo Friumes Torresana, aveva un figlio, Pinochel Friumes, e sognava per lui un grande avvenire. Ma Pinochel sapeva fare ben poco: era grasso, pigro e passava il tempo a mangiare gelati di cocco. Non voleva fare il dittatore, né il comandante di squadre della morte, né il latifondista, nessuno dei mestieri, insomma, che avevano coperto di gloria il casato dei Friumes. A otto anni pesava ottanta chili e non si muoveva mai dalla sua poltrona, tanto che gli amici lo avevano soprannominato "almofada", cuscino.

Il barone chiamò allora in aiuto il generale Picaretes, suo cugino, uomo di grande sensibilità psicologica. Egli affrontò il piccolo Pinochel e gli disse: o ti decidi a combinare qualcosa, o ti faccio fare la fine degli altri. Il generale non specificava mai quale

fosse la fine e chi fossero gli altri, ma tutti si squagliavano di terrore sentendo questa frase. E anche il piccolo Pinochel tremò,
vomitò una cascata di gelato di cocco e disse:

"Ma io non so fare niente..."

"Ma c'è qualcosa che ti piacerebbe fare, almofada di lardo?"

"Mi piacerebbe essere un campione di football," disse Pinochel, che era collezionista di figurine di calciatori.

Di stadi, Picaretes se ne intendeva, avendo lavorato in tre o
quattro golpe, ma di calcio poco. Però capì subito che Pinochel
non aveva propriamente un fisico da sportivo.

Chiese allora aiuto al suo amico Camillo Cortas, esperto in
"ristrutturazione funzionale di benestanti": prendeva organi sani
da bambini poveri e li trapiantava su bambini ricchi e malaticci.

"Per un bambino povero," diceva "il fegato è solo una sofferenza, con le porcherie che dovrà mangiare. Per il ricco, è utile e
indispensabile."

Camillo Cortas si rivolse alle banche di organi più famose del
Sudamerica, il *Banco de Figado e Baco* di San Paolo, il *Credito
Commercial Organico* di Santiago, il *Corazon de Americas* del Pa-
raguay. Trovò organi in buono stato, ma nessuno apparteneva a
un fuoriclasse del calcio, poiché un fuoriclasse del calcio non è
mai povero. Già si pensava di uccidere in un agguato un nazionale brasiliano e trapiantare gambe e cuore su Pinochel, quando
uno degli informatori di Cortas disse che in un rione di Bahia c'e-
ra un fenomenale e poverissimo bambino che giocava a pallone
meglio di un professionista.

Detto fatto: una notte Policinho fu rapito e portato nella clinica di Cortas, dove fu anestetizzato e gli furono segate le gambe. Ma mentre Cortas si stava preparando alla seconda fase del-
l'operazione, cioè l'espianto del cuore e dei polmoni, gli vennero a dire che sul tavolo operatorio non c'era più traccia del
bambino.

Cos'era accaduto? L'anestesia non aveva avuto alcun effetto
su Policinho, che come tutti noi pivetes respira ogni mattina mezzo litro di etere al posto del cappuccino. Policinho aveva finto di
essere addormentato, aveva sopportato il dolore e al momento
buono se l'era svignata, camminando sulle mani. Era arrivato fino
alla gamboteca della clinica e qui aveva rubato due lunghissime
gambe, se l'era montate ed era scappato.

Ora Policinho è alto un metro e novanta ed è campione paulista di beach-volley col nome di Garcinho, perché tiene "pernas de garca", gambe di airone.

In quanto a Pinochel, provarono a montargli le gambe di Policinho, ma la prima volta che scese in campo le caviglie non riuscirono a sostenere il peso di tutta quella ciccia e cedettero come stecchini. Finalmente Pinochel poté vivere felice e statico, mangiando gelati. Non è facile fregare un pivetes.

40

Non era difficile capire, dalla faccia dei nostri, che la loro ricerca era stata infruttuosa. Non avevano trovato un autentico e genuino giocatore di pallastrada in tutta la città. Avevano cercato nei vecchi vicoli, nei campetti di stoppie della periferia, sopra i terrazzi tra bucato e bucato. Invano! Dei vecchi amici di Deodato, nessuno era disponibile. Bill il pazzo si era fratturato in una gara di carriolino, Amanda era diventata testimonial di una crema antibrufoli. Persino Anselmo Testadiferro, che non mancava mai a una partita, era diventato giocatore di videogame e da tre anni parlava solo con sibili.

"Anche la più coraggiosa filosofia," disse Memorino "deve dunque arrendersi alla sfacciata imprevedibilità della fortuna, e senza più viveri né morale le truppe lasciano l'assedio della città agognata."

"Forse è colpa mia, sto diventando contagioso," disse Deodato.

"Non può finire così!" esclamò Celeste "ho aspettato tanto chiusa in quelle cantine, dobbiamo farcela."

"Cara Celeste," disse Memorino "comunque finisca, conoscerti è stata un'esperienza indimenticabile."

"Guardate!" disse Deodato, indicando i gemelli che arrivavano di buon passo "forse siamo salvi!"

Didì e Pelé portavano con sé un bambinone con gambe muscolose e collo taurino, vestito da marinaretto.

"Ehilà!" dissero i gemelli "ecco il nostro uomo. Si chiama Sandrino Sansa, detto Sansone..."

"... lo abbiamo trovato che giocava in un parcheggio. Ci sa fare!"

"Uhm...," chiese la Siribilla "è un vero giocatore di pallastrada?"

"Garantiamo noi. Siamo o non siamo i leggendari gemelli Finezza?"

"Se lo dite voi," disse la Siribilla "allora, iscriviamo questo quinto giocatore. Ora posso dirvi che il luogo prescelto per la prima partita è..."

"Fermi tutti!" dissi una voce conosciuta.

Chi altri si ripresentava in scena se non Alessio Finezza in tuta da aviatore, occhialoni da alta quota e un sacco in spalla?

"Zitto lei," disse Iris "se ha qualcosa da dire, lo dica dopo. Mancano solo cinque minuti alla chiusura delle iscrizioni."

"Farò in tempo, dato che un lettore medio può leggere ciò che dirò in meno di quattro minuti."

IL RACCONTO DI ALESSIO

Quando siete venuti al capannone, non vi ho detto la verità! Ho taciuto, perché avevo giurato a mio fratello Spartaco, mentre spirava tra le mie braccia, che mai più avrei parlato dei suoi figli. Era l'unica possibilità di farli dimenticare ai loro persecutori. Ma gli avvenimenti di questi giorni mi obbligano a parlare. Dunque, quella notte non morirono affatto due dei gemelli Finezza. *Tutti e quattro* si salvarono!

Due li videro tutti, gli altri due no, perché scapparono nudi attraverso il camino, nascosti dal fumo. Trovando i loro vestiti bruciati, tutti credettero che Djalma e Nilton fossero morti.

E noi confermammo la notizia: così sarebbero stati al sicuro. Ma c'è un'altra cosa che nessuno sa: i gemelli non erano affatto uguali nel carattere: Djalma e Nilton Santos erano spregiudicati e avidi. Erano stati sì campioni di pallastrada, ma avevano rinnegato il loro giuramento, e pensavano un giorno di diventare professionisti, e di avere uno stadio tutto per loro. Ebbene, quando ieri sono stato informato dalle mie figlie Tatiana e Luana di ciò che è successo al rave party, ho capito. I due ballerini erano Nilton e Djalma, non Didì e Pelé che non avrebbero mai accettato un soldo per la loro arte. Perciò i due gemelli qui presenti sono impostori, e sicuramente sveleranno a qualcuno il luogo segreto in cambio di onori e danaro, poiché questa è l'occasione che aspettano da anni.

"È pazzo," disse Didì (?).
"È ubriaco," disse Pelé (?).
"Le prove sono evidenti. Anzitutto quel finto bambinone che avete portato con voi. Io sono tifoso della Jumilia e mi piange il cuore nel vedere coinvolto in questo squallido imbroglio il mio giocatore preferito, Pecorini, scelto solo perché è alto un metro e quaranta."

A queste parole Pecorini si stracciò la maglietta, rivelando un torace villoso, e disse:
"Lo sapevo che non funzionava".
"E va bene," disse Didì (?) "era un trucco, ma lo abbiamo fatto per salvare la squadra."
"Noi siamo i gemelli buoni, Alessio non ha prove...," disse Pelé (?).
"Ah no?" disse Alessio "e allora guardate qua!"

Aprì il sacco e ne uscirono altri due gemelli ovviamente identici ai primi due, se non per i capelli un po' più lunghi.
"Ecco i veri Didì e Pelé, che hanno sempre vissuto con me, nascosti nel capannone," disse Alessio.

Il primo dei nuovi gemelli disse al primo dei vecchi gemelli:
"Allora Nilton, non sei cambiato. Sempre a caccia di soldi, vero?"
"Io sono Didì," rispose l'altro "non fare il furbo, Nilton."
"Beh, non c'è problema," disse Celeste "fate una gara di palleggio: tutti sanno che Didì e Pelé erano i migliori. Noi crederemo ai migliori. Allora?"
I due vecchi gemelli stettero un attimo incerti se chiedere perdono o scappare. Poi scapparono. Pecorini disse:
"Posso andare?"
"Sì, basta che domenica segni per farti perdonare," disse Alessio. I veri Didì e Pelé abbracciarono cordialmente Memorino, Celeste e Deodato, complimentandosi per lo scampato pericolo.
"Tutto è bene quel che finisce e basta," disse la Siribilla "ma manca un minuto alla fine delle iscrizioni e voi siete sempre in quattro."
"Non è finita," disse Alessio "ho un'ultima rivelazione da fare. I gemelli vivi non erano quattro ma cinque. Il quinto, Vavà,

cadde dalla culla da piccolo, ma non morì, come si è sempre creduto. In realtà, cadde dalla culla ogni notte per i primi sei mesi di vita. Non solo, ma una volta al giorno si strozzava col biberon, le sue coliche erano le più lunghe e dolorose a memoria di pediatra, e appena fu in grado di camminare gattoni prese tanti di quegli spigoli, gambe di sedie, pisciate di cane e pedate in faccia che bisognò mettergli il casco.

Sotto il casco si infilò subito un'ape. Allora decisero che era meglio fingere la sua morte e affidarlo a un'orfanotrofio. Perché era così sfigato, così totalmente sfigato, che sarebbe stato il primo a cadere nelle mani dei Cacciacalciatori. Ma anche il quinto gemello Finezza, nonostante la sua sfiga, è geneticamente un campione e badate, non appena entra in un campo di pallastrada, la sua sfiga non solo finisce, ma si trasforma in fortuna. È inutile dirvi che il quinto gemello è qui tra noi, e potete iscriverlo senza paura: Deodato, sei tu quello!"

"Non è possibile," disse Deodato "non ci credo... il mio passato è così confuso."

"Mostrate il segno," disse Alessio ai gemelli "i Finezza hanno tutti una voglia a forma di volpino sul polpaccio destro, ce l'ha Didì, ce l'ha Pelé, e come si può vedere tra una crosta e l'altra ce l'hai anche tu, Deodato. Anzi d'ora in poi ti chiamerai col tuo vero nome: Vavà Finezza!"

"Molto bene," disse l'Iris "allora vi dichiaro iscritti al campionato con la seguente formazione: Memorino Messolì, Celeste Marisella eccetera, Didì, Vavà e Pelé Finezza. Appuntamento domani alle ore 16 ai Giardini d'Inverno. Vinca il migliore. Viva il Grande Bastardo!"

Neve su neve, onde luminose di neve nel sole di mezzogiorno. Una distesa bianca in cui spuntavano piccoli abeti che erano in realtà le cime di alberi altissimi sepolti. La tribù uscì dall'ombra della montagna e si fermò a guardare quel nuovo paesaggio.

"Il paese è lì sotto," disse il vecchio.

"Impossibile," disse la vecchia "si dovrebbe vedere almeno la cima del campanile."

"Il campanile era crollato, se ricordo bene," disse l'uomo allegro.

"Sì, era crollato e sotto c'era la mia casa," disse l'uomo nero.

"E dov'è questa casa grande che dobbiamo cercare?" disse il bambino.

"Mio padre lo sapeva," disse la bambina.

"Anch'io lo so," disse il matto "è esattamente dove cade l'ombra del picco a mezzogiorno."

"Allora è lì," disse la donna pallida "cominciamo a scavare."

Tirarono fuori i badili. Anche i bambini aiutavano.

"Qui sotto c'è qualcosa," disse a un tratto la donna grossa.

"Un camino? Un tetto?" chiese l'uomo grosso.

"No," disse il vecchio "è uno scheletro. Uno del nostro popolo. Chissà quanti ne troveremo ancora."

Scavarono fino a sera, ma non trovarono che scheletri. Fecero una montagna di scheletri, bianca nella neve bianca. I bambini costruirono un pupazzo di neve con un teschio come testa.

"Allo scheletro non dispiacerà," disse il vecchio.

Trovarono anche qualche lapide, schegge di bombe e un'insegna di fornaio.

"Questa la prendo io," disse la donna grossa.

"Ehi," gridò lo storpio "ho trovato qualcosa!"

Era proprio un camino. Tutti si radunarono intorno. Il vecchio lo esaminò con cura.

"È il camino della casa grande," disse. "L'abbiamo trovata."

"Accidenti," disse l'uomo allegro "per tirarla fuori ci vorrà un sacco di tempo, se il tempo sta in un sacco. Forse è meglio riposarsi e ricominciare domattina."

"No," disse la vecchia "deve essere pronta prima che si può."

"Ho un'idea," disse il matto "trovate della legna, io mi calerò nel camino e accenderò un gran fuoco: la casa si scalderà e scioglierà la neve tutto intorno."

"È un'idea da matto," disse l'uomo nero.

"È una buona idea," disse l'allegro.

"Andiamo a far legna," disse il vecchio.

Quando ebbero raccolto abbastanza ciocchi e fascine, legarono il matto a una corda e lo calarono giù.

"C'è buio qua dentro," disse il matto "voglio una candela!"

Gliela buttarono giù. Poco dopo il matto si mise a gridare:

"C'è tutto, c'è tutto! Sedie, tavoli, libri sui tavoli, la pentola nel camino, è tutto come l'avevano lasciato. Passatemi la legna!"

Poco dopo dal camino uscì un filo di fumo che si ingrossò poco alla volta. Il matto bruciò due alberi interi, la neve cominciò a sciogliersi, e apparve il tetto. Sopra c'erano due gatti congelati che ripresero vita, e scapparono miagolando un po' rochi.

Tutti si misero a scavare con grande energia. La casa bruciava di calore e la neve fumava.

Apparve l'ultimo piano, col granaio. Dentro c'erano due mele, un topo e un veliero di ragnatele.

Apparve il primo piano con tanti letti, una radio, libri, un pitale. Poi apparve il piano inferiore col camino, e la grande casa fu tutta visibile, dentro una caverna fumante nella neve.

L'allegro cominciò a farsi una stradina davanti.

Il nero faceva altra legna.

La grossa cucinava.

Il matto dipingeva l'uscio.

La pallida cercava di far andare la radio.

I bambini dormivano, meno Occhio-di-gatto, un bambino con un occhio nero e uno azzurro, che dormiva di giorno. La vecchia prese il vecchio sottobraccio e disse:

"*Sono contenta di aver trovato la casa, anche se risveglia tanti ricordi dolorosi. Come diceva quella canzone?*"

Il vecchio cantò:

Le parole mi hanno ferito
le parole mi hanno guarito.

Quella notte tutte le finestre della casa erano illuminate. I gatti si corteggiavano raccontandosi anni di sogni, e Occhio-di-gatto ascoltava.

PARTE OTTAVA

*Dove nonostante tutto inizia il Campionato Mondiale
con le prodezze di Ragnhilda, una partita zen,
un match tra stregoni, e si preparano a scendere in campo
i Celestini*

41

La cena era stata ottima perché Mussolardi, anche nei momenti di cattivo umore, era un gourmet. Spaghetti alle olive e salmone, bianco-nero-rosa in omaggio ai colori della Jumilia, quaglie incappucciate al prosciutto in onore della Loggia, torta ai dodici frutti in onore delle dodici televisioni del Gruppo.

Peccato che una turbolenza in alta quota avesse alquanto agitato la tavola, rovesciando bicchieri, porzioni e stomaci. Don Biffero era color kiwi, i gemelli avevano vomitato simultaneamente, evento fotografato da Rosalino, e anche l'assessore Beccalosso, sotto l'intonacatura di fard, denunciava pallori intermittenti. Solo Mussolardi e Fimicoli restavano impassibili, come è proprio dei veri uomini.

"Dunque cari amici," disse Mussolardi pulendosi i denti con uno stecchino alla fibra di carbonio "abbiamo sottomano l'affare del secolo. L'esclusiva tivù del primo Campionato Mondiale di Pallastrada. Ci sono già contratti con centosedici paesi e altrettanti sponsor. Duemila giornalisti, politici e Vip sono già stati invitati, e altrettanti si stanno sbranando per un invito. Tutto è pronto salvo un piccolissimo particolare. Non sappiamo dove si giocherà questo maledetto campionato!"

Ciò detto Mussolardi imprecò e tirò un pugno sul tavolo fracassando ulteriori porcellane.

"Si calmi," disse la Beccalosso. "Abbiamo ancora un po' di tempo. Come assessore al Malessere Generale ho dato l'ordine di cercare in tutti i posti adatti a questo sport, nato nel malessere. Ma non sarà facile."

"Possiamo parlare?" dissero Djalma e Nilton.

"Solo se è utile, stronzi," disse Fimicoli "è colpa vostra se non abbiamo le informazioni."

"Chi poteva pensare che zio Alessio si sarebbe messo tra le balle? Sappiamo però due cose importanti: primo, il campionato dovrà concludersi entro la mezzanotte del 17, essendo..."

"...un punto d'onore della pallastrada finire *sempre puntualmente*, perché questo sport è nato in luoghi (vicoli, strade, parcheggi) dove non si sa mai quando e per quanto si potrà giocare. Inoltre, sappiamo quali posti escludere dalla ricerca."

"E cioè?"

"I campi da calcio veri."

"Capirai che notizia," disse Mussolardi "intanto sotto quel ponte non c'è più nessuno: i bambini sono spariti nel nulla..."

"Ricordi la profezia," ammonì Don Biffero "c'è qualcosa di diabolico che li guida."

"Pensi al suo, di diavolo," disse Fimicoli. "Siamo razionali: dobbiamo semplicemente individuare un posto dove ci siano bambini, tanti bambini del tipo... ecco, che nessuno metterebbe in una pubblicità."

"Il mio orfanotrofio andrebbe benissimo," sospirò Don Biffero.

"L'esercito!" gridò Mussolardi. "Ora che ricordo, il generale John Buonommo ha delle tecnologie molto sofisticate al riguardo... me ne parlò dopo l'ultima guerra, alla consegna del premio Telebombardiere dell'anno."

"Forse l'esercito è troppo," disse Don Biffero.

"Troppo? *Tutto è buono quando è eccessivo*, diceva il generale De Sade," disse Mussolardi sventagliandosi e impugnando un cellulare "scommettiamo che in meno di dieci minuti lo ingaggio?"

"Lei ha una linea diretta col Pentagono?" chiese la Beccalosso.

"Il Pentagono? Che c'entra il Pentagono?" ghignò Mussolardi. "Il generale non lavora più lì."

"Ma come?" chiese Don Biffero. "Lei parla di Buonommo il Conquistatore del Deserto, la Spada dell'Occidente, il Domatore della Rivolta dei Ghetti, il Grilletto di Dio?"

"Proprio lui," precisò Fimicoli "il generale Buonommo, essendo ormai al culmine della carriera, ha deciso di monetizzare la sua fama ed esperienza militare. E qual è lo stato con la maggior espansione e organizzazione bellica e soprattutto più dotato di capitali liquidi?"

"La Cina? la Svizzera? l'Australia?"

"No, signori," disse Mussolardi "Cosa Nostra."

"Dio mio," disse Don Biffero.

"Sì! Il generale aveva già buoni rapporti con Cosa Nostra avendo svolto insieme a lei, quando lavorava nei servizi segreti, alcune operazioni 'strategiche' nel nostro paese... e di fronte a una favolosa offerta (si parla del tre per cento sul fatturato!) ha accettato di diventarne capo militare, con un esercito completamente rimodernato, battaglioni e caserme ovunque. Il Pentagono ha abbozzato: almeno, dicono, è uno che conosciamo. I mercenari di Cosa Nostra sono fidatissimi e come ultimo vantaggio, Buonommo non corre più il rischio di saltare in aria in operazioni antimafia."

"Incredibile," disse la Beccalosso "e lei come farà a contattarlo? Ha dei canali segreti?"

"Pronto," disse Mussolardi al cellulare "Hotel Bellaspiaggia? Vorrei parlare con Quattro Stagioni. Gli dica che è Margherita."

Ciò detto Mussolardi si allontanò per non più di cinque minuti. Al ritorno sorrideva raggiante.

"Buonommo è nostro per un anno intero!"

E tutti sorrisero. Poiché una piccola debolezza di quel paese era l'ossequio ai potenti, fossero essi collaudati benefattori statali o grandi famiglie mafiose. E dopo ogni cratere di bomba e spasmo di indignazione si scatenava l'asta per i diritti cinematografici, dopo ogni grido di orrore la corsa per intervistare lo scannatore, e dopo l'abbraccio ai parenti il pensiero più o meno espresso che la vittima se l'era un po' cercata. E si correva a lavorare per il noto chiacchierato, per il riciclatore, per l'implicato, per l'amico di, e per il mafioso sì, ma tanto popolare.

42

I Giardini d'Inverno, molti anni fa, erano un rigoglioso orto botanico. Tutte le domeniche i cittadini di Banessa li riempivano di gaia confusione e allegre cartacce. C'era il bar all'aperto, il trenino per i bambini, i cavallini per trasportarli, le altalene per orbitarli e i giringiro per farli vomitare, c'era l'uomo dello zucchero filato e quello dei palloncini, i pedofili e i pedalatori, lunghi viali di tigli per gli allergici, panchine e cespugli per gli innamorati, prati per i cani e statue di poeti per i piccioni.

Al centro dei giardini c'era il laghetto delle ninfee, limnobio multirazziale dove meticci di carpa e carasso, ingozzati di mollica dal pubblico, assumevano dimensioni da otaria. Dove nuotavano timide tartarughine e anatre ciarliere, e si poteva andare in barca e vedere, oltre le chiome dei salici, la rassicurante mole dei grattacieli: natura e civiltà.

Ma ben presto la zona dei Giardini d'Inverno fu adibita a area industriale. L'aria si fece viziata, le piante morirono. I cittadini di Banessa scelsero per la passeggiata domenicale luoghi più salubri come le catacombe di negozi sotterranei. I giardini decaddero rapidamente. Il bar chiuse, i cavallini furono bisteccati, l'uomo dello zucchero filato passò al settore cocaina, i lunghi viali languivano deserti, in un angolo ombroso si annoiava l'ultimo guardone e le statue dei poeti erano state martellate da un vandalo che si era portato via tutti i nasi. Gran parte degli alberi era stata colpita da un parassita, la cimice spugnola, che li rodeva dall'interno, cosicché si disfacevano come la cenere di una sigaretta. Per ultimo fu prosciugato il lago. Le anatre e la tartarughe emigrarono al Sud, mentre sul fondo restarono tonnellate di pesci rossi agonizzanti, il novantanove per cento dei quali finì inscatolato in cibo per gatti, mentre il restante uno per cento, si dice, ebbe commercio con cagne, e ne nacquero botoli rossi con occhi sporgenti e code bilobate.

Ciononostante da qualche anno alcuni alberi avevano ripreso a buttar gemme, la pioggia aveva nuovamente riempito una parte del lago e l'erba cresceva quasi verde a dispetto dell'assedio chimico. In quella notte di luna, nella parte asciutta del lago, erano visibili molte piccole figure, e nel punto ove un tempo gaie mani di fanciulli nutrivano i pesci, il Grande Bastardo apparve, sotto forma di un ponte giapponese, e disse:

"Parlano di noi. I giornali oggi parlano di noi e di un nuovo sport che diventerà il più grande spettacolo del mondo. Non sanno i nostri nomi, non conoscono le nostre facce né le nostre storie, non sanno come siamo arrivati qui, però parlano di noi.

Non sono cambiati. Da tempo l'angelo non si siede più con loro. Ringrazio tutti coloro che sono venuti, giocatori e spettatori, che hanno saputo trovare il luogo segreto guidati da segni, presagi e anche da un po' di culo. Ringrazio Madame Siribilla e gli altri organizzatori che hanno trovato questo splendido terreno di gioco. Qui si alternano banchise durissime e chiazze di fanghiglia, erbe selvatiche e ciottoli lavici, buche infide, radici sporgenti e altre sorprese. Ringrazio anche il nostro sponsor, il solfanaio Amleto che ci ha fornito ottanta vecchi palloni bernoccoluti nella vera tradizione della pallastrada. Detto ciò io, Grande Bastardo principe della Soglia della Notte, Angelo Fuoristrada, Barone di Algos e Custode della Disobbedienza Cosmica, dichiaro ufficialmente aperto il campionato. Inizieremo in anticipo sull'orario stabilito, alla luce della luna, per non essere scoperti. Vi auguro buona fortuna perché ne abbiamo bisogno e vi invito a un silenzioso applauso di mignolo".

Si sentì un grande minuscolo applauso, come il volo di mille farfalle. Poi Iris Pelicorti a bassa voce annunciò:
"Dalle fredde distese del Nord dove splende l'aurora boreale e saltella la renna, ecco a voi le volpi delle nevi, l'unica squadra al mondo capace di giocare su un lastrone di ghiaccio alla deriva: col berretto di lana rossogialloblu, le Yokkmokk Fiällrävar nella seguente formazione:

217

in porta: Karen Yokka,
difensori: Ole Martinsson e Ola Pukko,
attaccanti: Hakan Dormosidonvottirsson e Ragnhilda Sål".

Un mormorio di stupore accolse i piccoli lapponi, quando al chiarore lunare si scoprì che Ragnhilda era una splendida foca grigia.

"Dalle baracche di Bahia," proseguì Iris "reduci da una tournée di scampati linciaggi, ecco la squadra in confronto alla quale i Reds del Bronx sono chierichetti: i funamboli della palla e del coltello, con il calzettone gialloverde, i Pelorinho Pivetes così schierati:

in porta: chi capita,
all'attacco: Camarinho, Isadora, Zanguezinho, Torpinho,
in agguato da qualche parte: Orvalho."

Furono suonati gli inni nazionali: *A tirei o pau no gato / mais o gato no morreu* per i Pivetes e *Åj Nåjd Åj Nåjd* per i lapponi.

E la prima partita cominciò.

LA CRONACA

L'inizio è favorevole alle Fiällrävar perché, abituate alla notte artica, ci vedono meglio al buio, mentre i Pivetes inciampano nelle radici. Ragnhilda è la protagonista assoluta: lanciata dai compagni come una slitta e tenendo la palla in equilibrio sul naso, percorre tutto il campo e segna: uno a zero.

Al 25′ la svolta della partita: Isadora, fino ad allora in ombra, si impossessa del pallone e parte tacchettando sulla destra inseguita da Hakan. "È fuori campo!" protestano i lapponi. Ma secondo il regolamento della pallastrada la palla è buona finché non incontra (a) un abisso, (b) un filo spinato, (c) l'oceano, (d) un poliziorco. Isadora si allontana dal campo inseguita da Hakan. Dopo dieci minuti Ole li va a cercare ma non li trova. Aggiungiamo un particolare: Hakan è un oriundo islandese biondo e robusto, del genere preferito da Isadora. I lapponi perdono il loro centravanti.

Al 40′ Orvalho ruba palla a centrocampo, Zanguezinho ruba le bretelle a Ole che inciampa nei pantaloni, Camarinho tiene per una pinna Ragnhilda e Torpinho ruba i pali della porta, permettendo a Orvalho di pareggiare: uno a uno.

Secondo tempo: sparisce Orvalho. I lapponi sfiorano più volte il gol con Ragnhilda che al 30′ si esibisce in una splendida rovesciata di coda. Il pallone sta per infilarsi in rete ma Camarinho lo sgonfia con un colpo di pistola. È rigore. Mentre Ragnhilda si accinge a tirare, qualcuno le lancia un pesce rosso grasso come un maialetto. Ragnhilda esita: è calciatrice sì, ma anche foca. Alla fine decide, balza sul pesce e fallisce il tiro.

La partita sembra avviata al pari, quando entra in campo un arbitro in elegante divisa nera. Fischia la fine e si fa dare il pallone. Trucco! È Orvalho che si toglie il travestimento e va a segnare il gol della vittoria. Tutta Bahia festeggia in strada. I lapponi la prendono con filosofia: Ragnhilda viene premiata come miglior giocatrice in campo e vince una coppa piena di gianchetti.

E già si prepara il secondo incontro: i mastini tedeschi del BAD contro i pazienti cinesi. Da ogni angolo della notte, misteriosamente richiamati, arrivano nuovi spettatori.

43

Il rombo degli elicotteri solcò il cielo di Gladonia con un minaccioso crescendo. Uno ad uno si alzarono dai punti previsti dell'operazione Streetball e confluirono nel punto Alfa. In testa alla formazione volava il policottero di Mussolardi, con tutti i personaggi di nostra conoscenza. Alla sua destra volava un elicottero nero, panciuto, un calabrone dell'aria con dodici zampe. Era il Bombo 402 Supersearcher, l'elicottero in grado di spiare tutto quello che c'è a terra, dal numero dei bunker nemici alla disposizione dei lettini nelle loro camerate. Alla sinistra volava il Phantom, l'elicottero invisibile. Il realtà il Phantom non esisteva: ne erano stati costruiti solo due esemplari che, essendo invisibili, si erano scontrati tra loro. Da allora, tutte le volte che si alzava una missione speciale, si diceva che al suo fianco volasse l'elicottero invisibile. Questo rinvigoriva il morale dello Stormo. Nelle camerate dei piloti c'era anche una branda per il pilota invisibile, e quando era ora di dormire, vedendo il letto vuoto, tutti dicevano rassicurati:

"C'è anche stasera".

In seconda linea volavano gli elibombardieri con bombe luminose, al napalm, defolianti, bombe Enne e altre cose che è sempre meglio portarsi dietro per ogni evenienza. La terza fila dello schieramento era formata da elijumbo da carico. Alcuni portavano studi televisivi, altri un intero stadio in scatola di montaggio, altri ancora i Vip invitati. Seguiva uno stormo di elicam, piccole telecamere volanti pronte a inquadrare qualsiasi obiettivo. Il tutto era completato da elicotteri rifornitori di carburante, elicotteri rifornitori dei rifornitori e da un elifreezer per le aragoste. Dietro a tutti, staccato di molte miglia, un silenziosissimo oggetto volante non identificato.

Nella sala comando del Bombo, al cospetto di Mussolardi, c'era la Leggenda in persona, John VAC Buonommo. Il generale doveva il soprannome "VAC" (aspirapolvere) all'estrema pulizia e raffinatezza delle sue operazioni militari, al termine delle quali non si trovava né un brandello di cadavere, né una goccia di sangue nemico.

Buonommo era 189 di altezza per 142 di torace e 124 chili di peso. Indossava una tuta mimetica e aveva dipinti sul volto segni mimetici verdi e neri che lo rendevano invisibile nella boscaglia ma assai individuabile al ristorante. Portava occhiali scuri color petrolio greggio e un berretto sponsorizzato Stracola. Il volto maschio, abbronzato dai ponti delle portaerei, era solcato da tre cicatrici: una forbiciata della terza moglie, una molla del tagliaerba e una caduta dal seggiolone di un videogame. Il suo odore era quello di un militare moderno: scatolette di tonno, napalm, cuoio lucidato e terrore. Quando parlava guardava sempre diritto negli occhi e spesso accompagnava le sue parole con un affondo di dito indice nello sterno dell'interlocutore. Ora con orgoglio paterno stava illustrando a Mussolardi le doti dei suoi sistemi d'arma.

"Vede questo computer?" spiegò "esso aziona i sensori montati sulle zampe del Bombo e analizza i loro dati. Abbiamo sensori a raggi DYN, in grado di fotografare di notte le difese nemiche, sensori a odore in grado di calcolare la qualità dei loro pasti, rilevatori sonori capaci di segnalare, dal rumore del respiro, quanti nemici stanno dormendo e in che situazione psicologica. Abbiamo rilevatori di calore e vibrazione. Abbiamo microfoni direzionali che possono captare una conversazione intima, e spie ottiche capaci di leggere un libro da un'altezza di tremila metri. Grazie a una di loro vincemmo la guerra contro Khalif Feisal. Scoprimmo che ogni notte il tiranno, non riuscendo a dormire, forse per il rimorso, forse per le bombe che tiravamo ogni sette secondi, faceva le parole crociate, ed era fermo da tempo a: 6 *orizzontale: il vero cognome di Buffalo Bill.*

Questo teneva costantemente attizzato il suo odio nei confronti del nostro paese. Nella notte gli mandammo dal cielo un messaggio subliminale ultrasonico che ripeteva: 'Cody, Cody'. Avuta, come lui disse poi 'la soluzione dal Profeta', il tiranno si calmò e capitolò in pochi giorni. Oggi è un nostro fedele sostenitore e grande acquirente di missili. Abbiamo rilevatori capaci di scoprire il punto debole di un bunker o di un'auto blindata e infilarci dentro un laser di pochi millimetri. Possiamo calcolare il numero dei nemici morti dalla putrescina nell'atmosfera, e far esplodere le loro sale chirurgiche durante gli interventi con bombe cerca-anestetico. Possiamo fare biopsie e autopsie a distanza. Possiamo deviare monsoni e togliere il tappo a vulcani nell'altro emisfero. Possiamo praticamente fare la guerra senza parteciparvi. Altre domande?"

"E i bambini?"

"Per loro c'è l'RMG 50. Ma lo useremo soltanto in caso di necessità. Intanto il computer sta già ricercando tutti i possibili livelli di target che gli avete segnalato, e cioè:

1) assembramento di gente di piccola statura,
2) quasi immobile ai lati, in movimento al centro,
3) in luogo isolato.

E inoltre segnalerà oggetti rotondi e saltellanti, rumori di gente entusiasta e delusa, crepitio di pop-corn. È impossibile che ci sfuggano. Altre domande?"

"Certo per lei sarà uno scherzo," disse Mussolardi.

Il generale Buonommo gli puntò un colossale dito contro il petto:

"In tutta la mia vita, sia che si trattasse di radere al suolo un'intera città sia che dovessi far saltare in aria una semplice stazione ferroviaria, sia che avessi il compito di distruggere il quarto esercito del mondo o riscuotere il pizzo da una pescheria, far fuori un potentissimo satrapo o un miserabile sindacalista, ho avuto un solo motto:

Tutto quello che fai, fallo sul serio.

Questo è il segreto di un militare: e farò sul serio anche con quei mocciosi! Basta domande".

44

C'erano più stelle e più pubblico. Molti bambini erano arrivati in pigiama, altri avvolti in una coperta, altri cavalcando cani.

Nel silenzio la voce della Siribilla bisbigliò:

"Per il secondo incontro, ecco dalla Cina i campioni asiatici. Hanno camminato a lungo per arrivare qui. La loro pallastrada è quanto di più spirituale esista, ma sanno anche mollare dei bei calcioni. Con la fascia rossa sulla testa, i Chumatien Shaolin Little Dragons che scenderanno in campo così:

in porta: Fun Yen,
alfieri: Yen Chu, Fu Long,
cavallo: Zen Yun,
torre: Chu Fung.

Contro di loro, la squadra che nessuno vorrebbe incontrare: l'unica squadra al mondo che dopo ogni incontro aspetta il suo pubblico per picchiarlo. Con l'elmetto del Reich con stella rossa, ecco i BAD, Berliner Aas Devils nella seguente formazione:

in porta: Bertold Pappelmann,
retrovie: Hans e Peter Fritzwalter,
linea di sfondamento: Lothar Dorfmann e Siglinde Brunnen".

Furono suonati gli inni: *Der Mopse kamm in die kuche* per i tedeschi e *Verde è il ricordo delle colline in Szechuan* per i cinesi. Poi ebbe inizio la partita.

Avvenne dunque un giorno che in una città straniera gli uomini del maestro Fun Yen affrontassero dei forti avversari, e già
al primo minuto questi si avventassero all'attacco passando in
vantaggio. Allora Fun Yen si rivolse al loro capitano, di nome
Lothar, e disse:

"Dunque tu sei qui per vincere..."

"Naturalmente," disse Lothar "tutti siamo qui per vincere."

"In ciò è l'errore," disse Fun Yen "non siamo tutti qui per
vincere, è necessario che alcuni perdano, perché altri vincano."

Colpita dalla frase del Maestro, una giovane di nome Siglinde, che stava strozzando con la treccia Yen Chu, disse:

"Ma se io vincerò, Yen Chu, è vero che tu perderai?"

"Forse che una tazza di tè perde la sua natura se riempiono
di tè un'altra tazza?" rispose Yen Chu.

Il detto di Yen Chu turbò fortemente Peter Stuka, che smise
di pestare Zen Yun e gli chiese:

"Ma, o saggio Zen Yun, io devo bere tè o birra per placare la
mia sete, come per la mia sete di vittoria devo vincere..."

"E così," disse Zen Yun "in breve resterai senza più birra, e
senza vittoria."

Udendolo, Hans Sturm disse a Fu Long:

"Ciò significa quindi che se vogliamo vincere dobbiamo lasciare a voi la vittoria?"

"Non puoi lasciare ciò che vuoi tenere per te," rispose Fu
Long.

A quel punto Bertold Pappelmann grandemente perplesso
disse:

"È pur vero che la palla è rotonda".

A lui rispose Chu Fung:

"Se è rotonda, dimmi: qual è il suo inizio e qual è la sua
fine?"

Così finì il primo tempo.

All'inizio del secondo tempo Lothar si rivolse a Fun Yen:
"Maestro, eppure la vittoria esiste: se ad esempio io ti taglio la testa con la spada, forse che tu non sarai vinto?"
"Tagliamela," disse Fun Yen "e solo allora ti dirò che hai vinto."

"E se io do alle fiamme la tua casa, non avrai perso?" disse Siglinde.
"Avrò perso una casa, non una vittoria," rispose Yen Chu.

"Ma se nessuno vince e nessuno perde, chi vincerà?" disse Peter Stuka sudando copiosamente.
"Tu l'hai detto: nessuno," rispose Zen Yun.

"Però se nessuno perde, allora noi abbiamo vinto," disse Hans Sturm.
"Contro chi?" disse Fu Long.

"Io ho ben considerato la cosa," disse Bertold ansimando "e debbo dire che nella palla non c'è un inizio né una fine, perciò essa non esiste."
"Forse," disse Yen Chu "perché tu hai cercato due volte ciò che è uno."

"Capo," disse Bertold disperato "cosa devo fare?"
"Nulla," disse Lothar con la testa tra le mani "la palla non esiste, non possiamo né vincere né perdere, non possiamo bere birra perché tanto finisce, siamo perduti," e scoppiò in singhiozzi.
Così l'incontro si concluse con il trionfo dei cinesi che persero zero a uno, e invano i BAD protestarono che il loro gol non era valido, che ai cinesi erano stati negati tre rigori e che l'arbitraggio era stato scandalosamente filotedesco. A capo chino, uscirono vittoriosi dal campo.

45

L'eliflotta si trovava ormai a mezz'ora di volo da Banessa. Nella sala riunioni del policottero erano presenti i più famosi giornalisti sportivi del mondo. C'era René Laballe, i cui giudizi potevano sgretolare una mischia di rugby. C'era Arthur Bounce, il più grande esperto americano di basket, che già da come un giocatore impostava il primo tiro sapeva non solo se avrebbe fatto canestro, ma anche quale sarebbe stato il risultato finale, tanto che guardava solo il primo minuto delle partite. Poi Vim Van der Vlier, che era in grado di vedere una volata di centotrenta ciclisti e scrivere l'ordine d'arrivo a memoria senza sbagliare un nome. C'era Amedeo Doccia, il mago dell'intervista, che riuscì a intervistare il portiere Manolo nei venti secondi prima del rigore che decise la Coppa dei Campioni 1980. C'era Grandabelli, il prestigioso intellettuale che aveva lasciato gli studi aristotelici per gli studi televisivi folgorato dal concetto di "tempo supplementare".

Tra loro era in corso un dibattito: come scrivere di uno sport che non si conosce e non si è mai visto? Secondo alcuni bisognava usare un tono epico. Ma come tenere un tono epico senza eroi? Per altri ci voleva oggettività: dati, percentuali, classifiche. Ma come averli, dato che non si conosceva un solo risultato? Per altri ci voleva colore: pettegolezzi, litigi e voci di spogliatoio. Ma come trovare lo spogliatoio se non si sapeva dov'era il campo?

"Allora," disse Grandabelli "la nostra opinione basterà."

Ci fu un mormorio di approvazione che si trasformò presto in un grugnito ostile. Stavano entrando altri giornalisti e si sa che tra stampa sportiva e stampa sedentaria non corre buon sangue.

Guidati da Mussolardi e Fimicoli entrarono celebri firme: corsivisti, pastonisti, elzeviristi, biografi di ministri, rivalutatori di nazisti, trasgressori a pila, conduttoresse, donnologi, maschiologhe, imbecilli con licenza di rissa televisiva e imbecilli che gliela davano, sociologi, sessuologi, infantologi, massmediologi, dietrologi, futurologi, politologi, esperti militari tankologi e bazookologi, valvassini, spie, velinari, faxari e i più richiesti del momento, i recessionologi. E ognuno prese posto.

"Cari signori," disse Mussolardi con un sorriso radioso "sono lieto di avervi qui per presentarvi non solo il primo Tivumondiale di Pallastrada, ma anche la futura politica del nostro Gruppo. Sono lieto di incontrarvi in un'occasione sportiva perché lo sport affratella ogni quattro e talvolta ogni due anni. Lo sport è uno dei due linguaggi interclassisti interrazziali e internazionali. L'altro è il danaro. In questa occasione io li unirò, e ho grandi idee e grandi progetti. Conto perciò sulla vostra collaborazione. Perché le idee (sventagliata) *sono come le tette; se non sono abbastanza grandi si possono sempre gonfiare* (risate). Cedo ora la parola al nuovo audience-hunter del settore informazione, il dottor Giulio Fimicoli" (mormorio, bave alla bocca).

"Cari colleghi," disse Fimicoli "prendendo spunto da questo sport, la pallastrada, considerato fino a ieri telefobico e ribelle, e che da domani diventerà fonte di polemica e scontro, album di figurine, carburante per dibattiti e delizia di sponsor, abbiamo impostato la nuova linea ideologico-finanziaria del gruppo Mussolardi:

Esci dalla massa, detta tu la norma
sii bello sii in forma
afferra il successo
sii il lusso di te stesso.

Questo slogan che accompagna la pubblicità di un noto settimanale Mussolardi, è un esempio del messaggio che da anni facciamo colare sul Paese come una melassa a presa rapida. Abbiamo arruolato migliaia di fotomodelli e fotomodelle, nidiate di bambini radiosi, ospizi di nonni ilari e greggi di cani vaporosi. Li abbiamo usati promiscuamente per pubblicizzare automobili, spumanti, cerotti, deodoranti, sturacessi, birre, mozzarelle, senza che mai sudassero e si sciupassero un capello. Abbiamo creato una delle più melense e ripetitive recite della storia del Costume. Un giorno rideremo di tutto questo più ancora che dei costumi da bagno dell'Ottocento e delle ginnastiche naziste. Ma ha funzionato, e tanto basta! Non possiamo però continuare così. Un'orda di sieropositivi, accattoni, tossici, zingaroidi, boat-people e soprattutto badate bene, di disoccupati e affamati, ci accerchia. Non possiamo più confinarli nei telegiornali e negli special. Il nostro fegato non può sopportare ulteriori buffet di beneficenza, il nostro stomaco non può reggere nuove esibizioni di scheletrini denutriti. Sono troppi! Come possiamo respingere il loro assedio? Solo con una svolta nell'immaginario collettivo. Spiegando che la loro sorte è felice e pianificata. Dilapidammo bilanci, ma per svegliarli dal torpore del benessere. Abbiamo perciò pronta una nuova parola d'ordine:

Esci dalla massa, diventa povero.

(Mormorii, reazioni contrastanti).

Lo so, suona strano. Ma pensate che per anni abbiamo con tranquillità sostenuto che la libertà era un'automobile, la famiglia una spaghettata, l'aria buona una mentina e così via. Ebbene, chi ci impedirà di far entrare nella testa della gente che dopo la razza eletta che pubblicizzava ogni branca del bevibile, del commestibile e del vendibile, non siano oggi i barboni, i defedati, i pezzenti e i morti di fame a costituire l'immagine vincente del duemila? Povero è bello! È nobile patire la fame, è emozionante soffrire il freddo. Glielo ficcheremo in testa! Poveri nei talk-show, bambini pallastradisti e cantastorie con l'enfisema, bag-ladies ed ergastolani, presentatori alcolisti, vallette con lo scorbuto. Esemplifichiamo, poiché vi vedo perplessi. Ecco due nuovi spot girati in tempo record dal nostro nuovo promotion-pitcher dottor Gilberto Rosalino: buio in sala!"

PRIMO SPOT
(*Musica:* Jingle bells; *scena, l'esterno di un grande magazzino Mussolardi*). Nevica. Un uomo con la barba lunga, un cappottaccio foderato di giornali, aspetta. Arriva una vecchia sdentata con un fiasco in mano, pedule sfondate. Entrano nel Grande Magazzino, smanacciano tutto, sputano per terra, rovesciano scatolame, si provano mutande tra i sorrisi dei commessi. Se ne vanno.

Voce fuori campo: *Cosa c'è di più bello che non comprare nulla nei magazzini Mussolardi?*

SECONDO SPOT
(*Musica:* Les feuilles mortes; *scena, l'interno di una casa mise-*

randa). Primo piano di uno scarafaggio zampe all'aria, pila di piatti sporchi, un frigo spalancato, vuoto. Una madre in vestaglia e ciabatte, un bimbo foruncoloso che piange flebilmente. Il padre, in mutande, sonnecchia su una poltrona sfondata.

Donna   "Quando mio marito aveva un lavoro, usciva tutte le sere. Adesso me lo posso godere."

Uomo   "Prima di diventare alcolizzata, mia moglie voleva sempre aver ragione. Adesso con mezza birra la faccio star zitta."

Bimbo (*fievole*) "... ho fame."

Donna (*carezzandolo*) "Da quando mangia ogni due giorni è molto più calmo."

Si sorridono, un gatto rognoso salta in grembo al padre e inizia a grattarsi furiosamente.

Voce fuori campo: *Dove c'è disoccupazione, c'è famiglia.*

Scritta: *Campagna nazionale per il licenziamento volontario.*

Scoppiò un applauso di approvazione. Don Biffero, entusiasta, commentò: "Bellissimo! È una nostra vecchia tesi: la serenità è nella miseria. Torniamo all'antico, alle case gelide, ai tozzi di pane, ai sani geloni, al colera, alla tubercolosi..."

"C'è però il rischio di diseguaglianze," protestò la Beccalosso "chi garantisce che tutti avranno pari opportunità di miseria e non ci saranno favoritismi?"

"Non sarà la vecchia povertà," obiettò Rosalino "non più povertà come emarginazione, ma povertà come scelta estetica conforme al gusto del tempo. Anche i ricchi si adegueranno, vedo già poor-parties e cocktails coll'amaro Tombolino."

"Nei nostri magazzini è già pronta la linea Cucina Povera," disse Mussolardi. "Il Minestrone del Barbone, la Pagnotta Sottoilponte, le Zampe di Gallina della Nonna, i Biscotti del Fornaio Zozzo... e poi reparti speciali di toppe adesive, scarpe sfondate e creme corruganti. E dalle affamate lande panslave ai vicoli indiani, dai deserti africani alle favelas, generazioni di poveri si sentiranno ascoltati e apprezzati."

"Cristo era povero!" urlò Don Biffero.

"Io ho toccato centinaia di poveri," disse la Beccalosso.

"Noi siamo poveri orfani," gridarono i gemelli.

"Mi sono spesso vestito con capi usati!" esclamò Rosalino.

"Mio padre era il cronista meno pagato del suo giornale!" disse Fimicoli.

"Io ho cominciato come modesto riciclatore di soldi sporchi," disse Mussolardi, poi tossicchiò e si corresse "voglio dire, nel senso di banconote molto usate."

Notando un lieve imbarazzo schioccò le dita, e con uno dei suoi famosi coup-de-théâtre fece entrare dieci scheletriche modelle vestite da zingare. Ognuna portava un bidone della spazzatura da cui fuoriuscirono centinaia di panini alla mortadella rancida.

"Il menù del muratorino," esclamò Mussolardi. "E adesso, champagne!" Stava alzando il calice per brindare, quando la linea diretta con Buonommo squillò.

"Presto," disse una voce concitata "il generale la vuole sul Bombo!"

"Cosa succede?"

"Abbiamo rilevato qualcosa di interessante nel settore undici di Banessa."

46

Alle tre di notte alcune nuvole nere coprirono la luna. Il pubblico era salito a un migliaio di persone, e nel freddo i venditori di patatine fritte facevano affari d'oro. Scesero in campo le squadre del terzo quarto di finale.

"Ecco a voi," disse la Siribilla "dalla lontana Oceania, la squadra più misteriosa. Dalle strade di Brisbane al deserto dei canguri, appaiono e scompaiono col loro modulo di gioco a boomerang. Con i sacri segni bianchi e neri dipinti sul corpo, i Manakoko Wallabies, così schierati:

portiere: Jimmy Kaluha Zahu,
difensori: Tommy Otaloha e Wakiki Katahanna Zahu,
attaccanti: Willie Redbush e Wincott Mukrull Zahu.

Contro di loro, i campioni dell'emergente pallastrada africana: watussi e pigmei abituati a giocare nella tentacolare Kinshasa e nella sconfinata savana, agili come antilopi e forti come leoni, e per l'appunto da un leone, il famoso Simbalee, allenati. Con le megamutande bianche dono della Croce Rossa Internazionale, ecco a voi gli Zaire Red Lions nella seguente formazione:

portiere: Sim Mutombo,
terzini: Willie, Charlie e Sam Gumba,
attaccante: Long John Mutombo."

Vennero suonati gli inni nazionali: *Moo* (un'unica nota di conchiglia gigante) per i Wallabies e *C'est pas facile la vie, c'est pas facile l'amour* per gli zairoti.

Il gioco fu appassionante fin dal primo minuto. La palla era di vecchio cuoio bugnato, così gonfia che ogni rimbalzo era imprevedibile e altissimo, e le squadre si sfidavano nel gioco aereo.

I lunghissimi watussi, da soli o con i pigmei sulle spalle, si passavano la palla di testa, ma i Wallabies con balzi acrobatici li contrastavano. Andarono in vantaggio gli africani con Long John che tirò la palla di sponda contro un albero, raccolse il rimbalzo stratosferico e segnò di testa. Ma due minuti dopo Tom Otaloha, saltando come un canguro sul terreno pieno di buche, dribblò tutti e si presentò davanti al portiere Sim Mutombo. Mutombo spalancò le lunghe braccia e coprì interamente lo specchio dei sei metri della porta. Ma Wincott Mukrull puntò il dito contro il sasso che faceva da palo, e il sasso levitò tre metri a destra. Così Otaloha ebbe spazio per segnare.

"Non vale," protestò l'allenatore africano Simbalee "fallo di magia!"

Fu consultato il presidente della commissione reclami, un bimbo svizzero che stabilì che il reclamo di magia era respinto in quanto presentato da un leone parlante.

Il gioco riprese, e le stranezze si moltiplicarono: un tiro di Redbush fu respinto da un palo invisibile, e un altro di Long John tornò indietro come un boomerang.

Il pubblico era eccitatissimo. Il primo tempo finì sull'uno a uno.

Nel secondo tempo, dopo che furono udite nenie misteriose, Wincott Zahu tornò in campo con la testa da zebra, mentre Long John Mutombo si era ridotto a sedici centimetri. La commissione controllo ordinò che i due giocatori riprendessero immediatamente l'aspetto iniziale e assegnò cinque minuti di recupero e due rigori per uso scorretto di magia.

I Wallabies segnarono il loro, non così gli africani perché Sam Gumba, al momento di esplodere il suo potentissimo tiro, vide apparire sul pallone due occhietti supplichevoli, e sentì una vocina gridare: "Pietà!". Un'allucinazione? Una magia zahu? Fatto sta che Sam calciò debolmente fuori. Gli africani si buttarono avanti alla ricerca del pareggio. Il tempo regolamentare era abbondantemente scaduto quando Willie Gumba sgusciò tra le gambe del suo terzino e crossò in area. Long John Mutombo si librò in volo a un'altezza di almeno quattro metri, e invano gli australiani salirono uno sull'altro per contrastarlo. Ma proprio quando Long John stava per colpire di testa a colpo sicuro, si trasformò in un airone nero, forò la palla col becco e cadde starnazzando oltre la linea di porta.

"Accidenti a te, stregone!" dissero gli africani, rivolti al leone, che intanto si era trasformato in un grosso negro con un tutù di code di scimmia.

"Mi avevate detto di fare una magia che durasse novanta minuti, non mi avevate detto che c'era anche il recupero," si difese Simbalee.

Fu deciso che l'incontro era finito due a due, ma erano qualificati i Wallabies perché il pareggio africano era stato segnato in "fuorigioco esoterico". Un grande, silenzioso applauso accompagnò l'uscita delle due squadre.

E ora toccava ai nostri.

I fratelli Finezza, tranquilli, palleggiavano. Deodato faceva flessioni.

"È vero," disse "da quando ho la canottiera della squadra, non sono più sfortu..."

Si fermò di colpo, bloccato dal colpo della strega.

"Vacci piano," disse Celeste "aspetta di essere sul campo." E si levò l'abitino.

Memorino, vedendo la nudità della bionda, ebbe una violenta capriola ormonale che lo proiettò per sempre fuori dall'adolescenza.

"Cos'è quella faccia?" disse Celeste, indossando la canottiera di Lucifero che le arrivava fin sotto le ginocchia "hai visto un fantasma?"

"No," disse Memorino "ti trovo bellissima. Ma perché ti stai mettendo quella maglia?"

"Sono o non sono il quinto giocatore?"

"Ma noi pensavamo di giocare in quattro... ti abbiamo iscritta per pura formalità..."

"Ascolta, imbecille," disse Celeste con occhi di fuoco "non è per pura formalità che mi son fatta un culo così dietro a te e ai tuoi amici, ho rischiato di essere picchiata e arrestata e di saltare in aria resuscitando il motore di quel traghetto. Voglio giocare anch'io: starò in porta, e avrai delle sorprese."

La voce di Iris interruppe lo sfogo della contessina. I Celestini strinsero la mano agli irlandesi.

"Campo duro, eh?" disse Memorino alla capitana Sinead.

"In Irlanda piove sempre," disse la bambina "avremmo preferito un terreno lento."

In quel momento ci fu un'esplosione al centro della pozza d'acqua e il fango si sparse per tutto il campo di gioco. Sinead guardò Memorino con aria innocente.

"Ultimo incontro delle qualificazioni," disse la Siribilla "avete appena avuto un saggio dell'esplosiva tattica irlandese. Sono nati in mezzo alla guerra di strada e si vede. Ma sono leali e la loro pallastrada è ricca di tecnica. Da Belfast, con la sciarpa verde con l'edera, gli Slaiv Gallion Braes nella seguente formazione:

portiere: Paddy Walsh,

terzini: Michael Haggarty e Brian O'Brady,

attaccanti: Irina O'Rourke e Sinead O'Connaught."

Si udì un ovattato botto di petardo, poi Iris proseguì:

"Ed ecco i più attesi, non perché gli altri siano da meno, ma perché sono la squadra di casa, campioni della nostra impoverita e corrotta Gladonia, cinque orfani orfici che giocano una pallastrada fantasiosa e inventiva, imbattuti in trentasei parrocchie e quaranta Case del Popolo.

Con la canottiera bianca col buco, la Compagnía dei Celestini nella seguente formazione:

portiere: Celeste Marisella Beccaccia Riffler Bumerlo,

difensore: Vavà Finezza,

regista: Memorino Messolì,

attaccanti: Didì e Pelé Finezza."

Il momento tanto atteso era giunto. Il momento sognato nelle lunghe e tristi notti dell'orfanotrofio, nei risvegli senza carezze, nelle ore sempre uguali scandite dall'implacabile campana del refettorio. Memorino pensò ad Alì, a Lucifero, li immaginò lontani e felici. Era rimasto solo lui. Ma aveva trovato nuovi amici. Al suo fianco Deodato Vavà scalpitava con un'espressione guerresca sul viso. I gemelli Finezza masticavano gomma, con calma rassicurante. Si voltò indietro e vide Celeste, che nella lunga canottiera bianca sembrava un angelo accattone. I capelli biondi ondeggiavano nell'aria. Ma non c'era vento. La bambina guardava in alto, e sembrava in attesa di qualcosa.

Mentre dava il calcio d'inizio, Memorino capì.

"Saluta la Signora!" gridò, e al suo urlo di guerra i Celestini si lanciarono all'attacco.

Quel giorno la tribù si svegliò presto, e mentre alcuni pulivano la casa grande, un gruppo guidato dall'uomo allegro si mise alla ricerca del forno, sotto il mare di neve.

La donna grossa e l'uomo nero spalavano per dieci. Estrassero una slitta, uno scheletro d'asino, due orecchini di corallo e un muro pieno di fori.

"Quello è il muro del forno," disse la vecchia. "Lì c'è stata l'esecuzione."

"Cosa vuole dire 'esecuzione'?" disse la bambina.

Il forno fu riportato alla luce tutto intero, ma mancava la piastra per chiuderlo.

"Come faremo a scaldarlo?" disse l'uomo storpio.

"Ho un'idea," disse il matto "mettiamo l'uomo grosso sull'imboccatura, così lo chiuderà."

"Fossi matto!" protestò l'uomo grosso.

"Allora mettiamoci le lapidi," disse il piccolo Occhio-di-gatto.

"Non è rispettoso per i morti," disse la donna pallida.

"Io credo che a loro non dispiacerebbe," disse il vecchio.

Così chiusero il forno con due belle lapidi di coniugi, scaldarono e fecero il pane: richiamati dall'odore arrivarono uccelli da tutta la valle. I bambini si divertirono a tirare le briciole e l'uomo grosso senza farsi vedere catturò un uccello più grosso degli altri per arrostirlo.

"A lui non dispiacerà," disse.

Scavando ancora, riemerse una piccola piazza con una fontana d'ametista.

Intanto la neve aveva ripreso a cadere.

"E se copre tutto di nuovo?" disse la donna grossa.

"Scaveremo ancora," disse la donna pallida.

A tarda sera apparve la cima del campanile, col gallo segnaven-to e una grossa campana. Ma era senza batacchio.

"Ho un'idea," disse il matto "c'è ancora il gancio a cui era appe-so il batacchio: tenetela sollevata, io ci vado dentro e sentirete che musica."

"È una buona idea," disse il vecchio.

Appesero la campana, il matto ci si infilò dentro, dondolò e tirò calci e la fece suonare così forte che dalla montagna scesero due cer-vi incuriositi. Uno era così vecchio che le ramature delle corna si erano intrecciate tra loro formando un alfabeto inestricabile.

"Quel cervo lo conosco," disse il vecchio "fu il primo a uscire dal bosco e ad avvertirci che arrivavano."

"Bisogna tener pronte coperte, tante coperte," disse la vecchia guardando il cielo "potrebbero arrivare in molti."

Le donne si misero a rammendare coperte vecchie. I bambini giocavano con una palla di stracci. Giocarono fino a tarda notte, finché si addormentarono uno nelle braccia dell'altro. Occhio-di-gatto era sveglio e cercava di sintonizzare la radio per ascoltare le canzoni dei Mamma Lasciami Stare, o qualcosa di simile. La radio fischiava; friniva, barriva, friggeva, gnaulava, ma musica niente. Al-lora la vecchia cantò una canzone più vecchia di lei.

Nel cibo diviso
si siede l'angelo.

Venne caldo di colpo, il sole era ardente, la neve si scioglieva e mandava fumi, l'acqua formava rivoli e torrenti, e ai loro lati spun-tavano agavi dalle braccia di polpo e ricini rossi con foglie di fiam-ma e semi velenosi, dove strisciò la biscia cieca e si nascose l'argida assassina. Ma questo era un sogno del vecchio, che si era addormen-tato e rivedeva la sua vecchia terra.

PARTE NONA

*Dove i Celestini giocano una gran partita, ma Buonommo
e il Remagio giocano duro, qualcuno ci lascia le penne
e sulla cima della montagna succede qualcosa di strano*

47

"Questa è la termofotografia scattata nel settore undici," disse il generale Buonommo "come vede, ci sono almeno tre-quattromila fonti di calore. Acquistano intensità, la perdono gradatamente, poi di nuovo la riprendono. Altre domande?"

"Potrebbero essere accendini o cerini accesi dal pubblico di un concerto?" disse Mussolardi.

"Non c'è uno stadio in quella zona, non sono previsti concerti a Banessa e sono le tre e mezza di notte. Altre ipotesi?"

"Forse tre o quattromila fumatori insonni?"

"Stiamo per raggiungere la zona e presto potremo vedere se ci sono presenze umane vicino a quelle fonti di calore... ma non sono cerini, il loro spettro termico è diverso. Ho già visto qualcosa di simile... sì, quando bombardammo lo Sheraton di quella città araba, si ricorda sergente Ferrone?"

"Se mi permette," disse il sergente computerista "non era una città araba, era Miami."

"Ah già... nell'hotel c'era una riunione della commissione antidroga... un bel lavoretto... e le fonti di calore erano sigari!"

"Non credo che sia il nostro caso," disse Mussolardi.

"Allora è stato quando abbiamo bombardato il bunker di Don Costanzo perché non voleva pagarci il venti per cento sulla cocaina... o era il bunker di Ramirez in Colombia, quando non voleva darci il sedici per cento sul crack? Cazzo, Ferrone, mi aiuti, lei sa che ho dietro le spalle dodicimila operazioni..."

"Credo che fosse quando abbiamo bombardato quel luna-park scambiandolo per una base missilistica..."

"Ah già, è vero... beh, tutte quelle astronavi armate, quegli ottovolanti, quei bunker dell'orrore... si può sbagliare in certi casi... e se ben ricordo le fonti di calore erano..."

"Patatine!" disse il sergente. "Patatine fritte. Perdono calore quando si raffreddano, poi vengono mangiate e la loro traccia scompare, ma ne vengono fritte altre. Anche in quel punto di Banessa, secondo me, c'è una gran compravendita di patatine fritte."

John 'VAC' Buonommo si mise a fare il verso che gli era abituale quando si stava avvicinando a un obiettivo militare, una specie di uggiolare canino.

"Cominciano a prudermi i portelli dei bombardieri," disse.

"Ci vada piano," disse Mussolardi "li vogliamo vivi."

"Dicono tutti così all'inizio," ghignò Buonommo.

"Ci siamo," disse il sergente Ferrone "abbiamo la prima foto a raggi YNA della zona: in questo punto, che potrebbe essere un parco abbandonato, ci sono circa millecinquecento presenze. Sono immobili ai lati, mentre al centro ci sono alcune figure in movimento... e questa traccia a filamento è un piccolo oggetto che si muove rapidamente, che vola..."

"Una palla!" disse Buonommo. "Altre domande?"

"Muovere sull'obiettivo," disse Mussolardi, e tutti i capelli trapiantati si drizzarono in aria.

48

Diva Dispalla, tu che governi le sponde e gli spigoli, tu che con sghemba e beffarda mano fai impazzire le traiettorie e sbilenchi le parabole, tu che fai dei piedi un micidiale impaccio, che annebbi la vista ai portieri e appanni i riflessi ai difensori, che annodi le gambe all'ala in fuga e restringi la rete davanti al centravanti, tu che hai come inno boati di dileggio e urla di delusione, tu che spalmi il pallone di veleni e lo rendi complice dei più sesquipedali svarioni e dei lisci più vergognosi, tu che fai sbagliare gol già fatti e ordisci congiure di autogol, tu che puoi trasformare il pallone più docile in un indomabile folletto tu, o Dispalla, aiutami a cantare le gesta dell'incontro che seguirà, poiché della pallastrada sei Musa ispiratrice, e al tuo volere ogni polpaccio si inchina, anche quelli del calcio maggiore, che si finge adoratore di Eupalla, ma sa che da un momento all'altro il tuo potere può sconvolgere la squadra più blasonata, il campione più collaudato.

Nel nome di Dispalla, l'incontro tra Celestini e Gallion Braes iniziò in un lago di fango. Scivoloni, cadute, slittate, tuffi. La palla viscida sembrava dotata di una sua anima: si nascondeva, si immergeva nelle pozzanghere e riemergeva alcuni metri più in là. E i giocatori, simili ai guerrieri di fango di Shuan Ti, si battevano furiosamente. Gli irlandesi si lanciavano in tackles maschi, specialmente le due ragazze, sgarrettando i gemelli Finezza, mentre Paddy, Michael e Brian difendevano la porta come mastini, e ogni volta che il pallone capitava nella loro area lo respingevano con cannonate gaeliche.

Ma i Celestini non erano da meno. Didì e Pelé, visto che il terreno non consentiva troppe finezze, si misero a giocare al volo. Memorino cercava di fare il regista, e fermava la palla per dare istruzioni ai compagni, ma dal fondo del campo partiva Sinead in scivolata e falciava insieme gambe e pallone impedendo al regista di girare anche un solo ciack. Ma le grandi rivelazioni erano Vavà e Celeste. L'ex-Deodato era irriconoscibile: il timido bambino occhialuto era diventato una specie di bull-terrier che si attaccava alle costole dell'avversario e con calci, gomitate, morsi e pestoni, ne impediva ogni azione. Ed era sempre l'avversario a farsi male, mentre Deodato ne usciva senza un graffio.

Celeste, invece, chiamata a due o tre parate difficili, volò come se non avesse peso e catturò la palla con un balzo che lasciò tutti senza fiato.

Dopo mezz'ora di lotta i giocatori avevano seminato il fango tutto attorno, e il campo era quasi asciutto. Allora la tecnica dei Finezza rifulse. Didì stoppò la palla col destro, scavalcò l'avversario con un pallonetto e di sinistro lanciò Pelé, che con una sforbiciata al volo segnò l'uno a zero.

Anche gli irlandesi applaudirono. Ma la loro reazione fu furente: dai piedi di Brian e Sinead iniziarono a partire veri colpi di mortaio.

Deodato però era sempre in mezzo e con la nuca, con la coscia, con la chiappa e con l'acromio impattava le traiettorie. E quando non era Deodato era Memorino a intervenire con raziocinio e tempismo, e se non era Memorino era Celeste che su colpo di testa di Sinead si librò in aria e bloccò la palla restando sospesa una decina di secondi finché, vedendo la faccia stupita di Deodato, si decise a scendere.

"Ebbene sì, sono molto agile," disse.

Era il quarantesimo minuto e Deodato partì alla ricerca dell'azione personale. Davanti a lui gli avversari inciampavano uno dopo l'altro come spinti da una mano invisibile. Deodato, ebbro della sua inedita fortuna, si trovò di fronte la porta spalancata, ma si vide accanto una figura coperta di fango che diceva: "passamela, passamela, segno io". Generosamente cedette la palla, ma sotto il fango non c'era un Celestino, ma l'astuta Sinead O'Connaught che partì in contropiede e segnò con un rasoterra imprendibile.

A questo punto i Celestini tirarono fuori tutta la loro grinta di orfani. Lancio di Celeste a Memorino che sapientemente smista a Didì che fa un doppio tunnel a Brian & Paddy passando a Pelé che con un triplo dribbling a gassa d'amante si libera di Irina & Sinead e passa a Deodato solo davanti al portiere. Deodato tira, la palla centra il portiere in fronte, rimbalza su tutti e otto gli altri giocatori e dopo aver descritto un giro completo del campo, torna nella porta irlandese, fermandosi proprio sulla linea. Da sottoterra sbuca uno scarabeo stercorario. Vedendo la palla fangosa, la scambia per un meraviglioso gomitolo di merda e, come è nella sua natura, la spinge quei pochi centimetri sufficienti per segnare il gol. Due a uno per i Celestini. Un primo tempo fantastico.

"Siamo stati fortunati," disse Celeste togliendosi le scaglie di fango "ma non possiamo contare solo sulla fortuna di Vavà. Siamo più bravi, dimostriamolo!"

"Sono forti, ma abbiamo più classe," disse Didì.

"Spacchiamogli le ossa," disse Vavà sputando per terra.

"Bisogna stare attenti a quello schema che libera Sinead sulla destra," disse Memorino.

"Hai una rana in testa," disse Pelé.

"Sono più tosti di quello che credevo," disse Brian, scolandosi la fiaschetta del whisky.

"La ragazza sta troppo in aria, ne ho vista qualcuna come lei nei nostri boschi," disse Sinead.

"Sì," disse Irina "e quel Deodato deve essere un troll."

"Forse se usassimo un po' di dinamite..." disse Michael.

"No, ragazzi," disse Paddy "ricordatevi le raccomandazioni di padre James: dappertutto, ma non in campo."

"Sento rumore di elicotteri," disse Sinead "è un rumore che conosco bene."

Celeste guardò in su.

"Tutti via!" gridò.

Il primo ad atterrare fu il Bombo, il calabrone nero, sollevando con le eliche un tornado di polvere e foglie. Ne scesero un centinaio di soldati dei battaglioni Gambino e Anastasia con reti e fucili soporiferi. Seguì il policottero di Mussolardi, poi due elijumbo che si spalancarono lateralmente mostrando le poltroncine su cui erano già comodamente disposti gli invitati. Dieci elicamere ronzanti iniziarono a prendere posizione. Il tutto non richiese più di un minuto e mezzo. Ma quando di colpo furono accese le luci, sul campo non c'era nessuno. Né un giocatore, né uno spettatore di pallastrada.

"Dove sono andati?" disse Mussolardi a Fimicoli e viceversa.

Gli invitati cominciarono a fischiare e qualcuno gridò: "Cos'è questa buffonata?"

"Di là, stanno scappando," gridò un soldato. Da un buco della rete di recinzione metà dei bambini se l'era già svignata, l'altra metà si apprestava a farlo.

"Prendeteli!" urlò Mussolardi "almeno dieci, da fare una partita! Almeno cinque, da fare una foto! Almeno uno da fare un'intervista!"

"Vado subito," disse Buonommo.

"No!" lo bloccò Mussolardi. "Prima lo sponsor."

Il generale, sbuffando, rientrò nel policottero.

Intanto Fimicoli, col microfono in mano, non sapeva cosa fare, sotto l'occhio di sei elicamere affamate di diretta.

"Regia? Regia?" chiamava affannosamente. "Chiedo istruzioni..."

"La pubblicità è già andata," disse la voce di Rosalino in cuffia "devi iniziare il collegamento."

"Ma cosa cazzo dico, non c'è nessuno in campo..."

"Vai, sei in onda..."

"Gentili telespettatori buonasera dai giardini abbandonati di Banessa. È proprio vero che la pallastrada è lo sport più spettacolare del mondo. Già nella prima partita c'è stata una gigantesca rissa che le forze dell'ordine stanno cercando di sedare... vedete una cinquantina di soldati che stanno fronteggiando alcuni bambini... sono loro! Sì, sono i piccoli mitici giocatori di pallastrada! Lasciatemi dire che questo è un momento storico e siamo felici di poterlo dividere con voi... ecco un bambino sparuto... guardate il piccolo viso sparuto, gli occhietti sparuti... ora punta scherzosamente verso la telecamera una rudimentale, innocua fionda... e ora vedete la luna... le nuvole... è un bellissimo totale del cielo che il regista ci regala... ma gli chiediamo di tornare ai nostri piccoli giocatori."

"Non possiamo, per il momento," comunicarono dalla cabina di regia "il cameraman ha preso una fiondata in testa ed è steso a terra con la telecamera."

"Colpi di scena, uno dopo l'altro!" balbettò Fimicoli.

La Dromedar, la famosa jeep sponsor del generale Buonommo, sfrecciò sullo sfondo. Dall'elicottero al punto degli scontri c'erano meno di cento metri, ma per i contratti firmati Buonommo dovette fare tre giri in tondo, prima di raggiungere i suoi uomini.

La scena era quella di un impari fronteggiamento. Da una parte cinquanta Speciali, armati di tutto punto, dall'altra un gruppo di ragazzini che, schierati davanti al buco nella rete, proteggevano la fuga dei compagni. C'erano anche due pivetes, due irlandesi, un cinese, un africano. Buonommo arrivò in piedi sulla jeep, con un lungo binocolo in mano; sembrava la torretta di un tank. Puntò il binocolo, anche quello sponsorizzato e disse:

"Li vedo".

"Anch'io," disse il sergente Spotter "sono a tre metri."

"Le telecamere ci stanno inquadrando?"

"No."

"Allora posso scendere da questa fottuta jeep e mettere via questo binocolo di merda," disse Buonommo. Mosse verso il punto caldo con la famosa camminata del deserto, un po' affondata sui talloni, che aveva ispirato nel suo paese il dune-walk e la VAC-dance.

"Beh, ragazzini," disse "lo scherzo è durato abbastanza. Vi do trenta secondi per arrendervi. Tanto vi prenderemo, voi e i vostri amici."

Per tutta risposta un colpo di pistola di Camarinho gli sgonfiò la gomma della jeep.

"Ora basta," disse Buonommo "sbrighiamo la faccenda."

"Non può," disse il sergente Spotter "le telecamere stanno riprendendo, ricordi il contratto: dobbiamo star fermi almeno due minuti perché la gente legga la sigla dello sponsor sui berretti e sui fucili."

"Cazzo," disse Buonommo "quanto manca?"

"Meno di un minuto," disse il sergente Spotter "le consiglio di non stare a braccia conserte. Copre la sigla della bibita sul giubbotto antiproiettile."

In quel preciso momento Rosalino, che si trovava dietro i soldati, vedendo il fronteggiamento ricordò le sue antiche origini barricadere e decise che non poteva assistere alla scena senza fotografarla. Avendo notato, sul retro della jeep, una grossa macchina fotografica di marca sconosciuta, con macrobbiettivo a cannocchiale, la prese, e strisciando di lato cercò l'inquadratura giusta. Trovatala, scattò. Un razzo di fuoco partì dall'obbiettivo e centrò un soldato. Rosalino fu subito mitragliato.

"Ci ha sparato addosso! Ma... è uno degli uomini di Mussolardi," disse il sergente Spotter mentre Rosalino cercava di fotografare, secondo le direttive di Westerman, la propria agonia, sparandosi così il colpo di grazia.

"Peggio per lui," disse Buonommo "così impara a usare la nostra finta macchina fotografica per scontri di piazza."

Ma l'incidente innervosì gli uomini. Uno di loro, colpito da un sasso sull'elmetto, sparò tra i piedi di Sinead.

"Non li tengo più," disse Buonommo soddisfatto. "Fuoco!"

La raffica di colpi, tutti col silenziatore, fu molto delicata, come uno scorrere di polpastrelli su un mazzo di carte. I bambini caddero regolarmente.

"Molto bene," disse Mussolardi "quando si riprenderanno?"

"Oh," disse Buonommo "tra un minutino. Voglio avere il piacere di svegliarli io a ceffoni."

Ma i ceffoni di Buonommo non ebbero effetto alcuno. Prese

un braccio del piccolo Fun Yen, gli tastò il polso e lo lasciò cadere.

"Che cazzo di proiettili al sonnifero avete usato?"

"Quelli dell'ultima operazione, generale," disse il capitano.

"L'ultima operazione? Quando abbiamo rapito gli elefanti sacri del rajah di Lampuda per convincerlo a venderci i suoi campi di oppio?"

"Esattamente," disse il capitano.

"Oh merda," disse Buonommo. "Abbiamo almeno i sacchi di plastica della misura small?"

"Certamente. Ne teniamo sempre una buona scorta."

"Finalmente una buona notizia," disse Buonommo, risalendo sulla jeep.

50

Don Biffero uscì dalla doccia. L'impatto tra il bagnoschiuma e il cavolo diavolo aveva prodotto vapori micidiali quali si riscontrano solo in certe alghe putrescenti e in formaggi per veri uomini. Emerse con un asciugamano che a malapena conteneva le chiappe e lasciava scoperta una considerevole pancia con lumachetta pendula.

"Dove sei, amore?" disse, aspettando in risposta il trillo della Beccalosso. Ma udì invece un singhiozzare soffocato. La Beccalosso stava radunando in una borsa le sue povere cose, e irrigava di lacrime gli slip di pizzo, le giarrettiere rossoblu, le minimogonne e il reggiseno extralarge, che sfuggiva come un polpo a qualsiasi tentativo di invaligiamento.

"Cosa stai facendo, amore?"

"Me ne vado," disse l'assessore "posso sopportare tutto, e il mio tutto non è poco. Ho preso tangenti anche sulle tangenti. Ma non posso passare sopra dei bambini sonniferati a morte."

"Si è trattato di un incidente..."

"E quando lo verrà a sapere la stampa? Cosa diranno di me? È così che tutelo gli inermi?"

"Amore," disse Don Biffero "quando dici 'stampa' comincia con l'escludere la stampa di Mussolardi, e vedrai cosa resta. Secondo, ci sono casi in cui la violenza è necessaria per evitare altra violenza. Questi bambini costituiscono un esempio pericoloso. Hai visto che alcuni di loro erano armati? Cristo disse: lasciate che i pargoli vengano a me. Non disse: lasciate che i pargoli vadano in giro armati. Lo disse per affidare a noi, suoi pastori, un preciso compito di rastrellamento: radunare i bambini, controllarli e tenerli in luoghi chiusi, o perlomeno recintati, e impartire loro un'adeguata istruzione ideologica, sessuale e religiosa."

"Non posso accettare quello che è successo. Mi dimetterò."

"E cosa farai? Hai sempre fatto solo politica."

"Oh non so. Ho messo un po' di soldi da parte per la vecchiaia. Mi ritirerò a fare il sindaco in qualche paesino di campagna dove il problema più grosso sarà tassare la seconda mucca, far partorire un cappone, decidere in quale stagione vendemmiare l'uva e dove la sera al bar, davanti a un bicchiere di vino, ci si siede al tavolo a vedere i vecchietti che giocano a bridge."

"Ma vedresti alla televisione il tuo capo che parla al congresso, e avresti notizia di colossali spartizioni e ti verrebbe nostalgia dei dibattiti catodici, degli spaghetti di mezzanotte e dei tuoi simili..."

"No, me ne vado. Non puoi far nulla per trattenermi."

"Oh cara. Ti ricordi la prima notte sul pattino?"

"Sì, la ricordo. Ma non attacca..."

"Ti ricordi quando al Tuamuà mi hai fatto lo strip al ritmo dei *Carmina Burana*?"

"Sì, ma cosa c'entra?"

"Ti ricordi che stanotte mentre dormivi ignuda tra le mie braccia hai chiesto: cos'è tutta questa luce, e io ho risposto, forse sono i riflettori degli elicotteri."

"E allora?"

"Non erano elicotteri. Ti ho scattato delle polaroid col flash. Vuoi che le mandi a qualche giornale?"

"Ciò non è cristiano."

"Dipende dal giornale a cui le mando."

51

La fila di bambini si allungava sul sentiero di montagna. Pioveva forte, e torrenti di fango scendevano a valle. I bambini si erano protetti con sacchi neri da spazzatura e sembravano una processione di formiche. Davanti a tutti camminava Celeste, con la consueta energia. La loro meta era un fitto bosco in cima alla montagna, il bosco del Lagosecco, così detto perché nato nel bacino di un lago prosciugatosi misteriosamente. Sotto il sentiero si stendeva la valle di Banessa con le fertili pianure e le operose città. Un oceano di nuvole nere la sovrastava spostandosi lentamente, come in una ripresa al rallentatore, e rimbombò un tuono lungo e inatteso, perché non c'era stato alcun fulmine premonitore. Non si trattava di un tuono, ma di una fabbrica di fuochi artificiali che clandestinamente deflagrava in località pedemontana. Celeste si fermò a considerare la situazione dall'alto. Memorino le si avvicinò.

"Che grandioso e terribile spettacolo," disse. "Certo, vedendo tutto ciò anche a un laico quale io sono viene da pensare alla regia di una mente giusta e superiore."

In quel momento, proprio nel nuvolone sovrastante Memorino, due sottonuvole rissose, spintonandosi, crearono quella situazione di malessere elettrico che spesso prelude a improvvisi fenomeni quali saette o fulmini ramificati.

Contemporaneamente in una modesta casa della periferia di Banessa, la signora Ovolina, donna di generosità e mitezza senza eguali, era riuscita dopo anni di vani tentativi a prendere la linea per partecipare al gioco televisivo *Indovina il sorriso* che consisteva nell'indovinare a quale personaggio famoso appartenesse l'impronta dentaria telemostrata. L'Ovolina sapeva la risposta e stava per vincere il primo premio della sua vita, nella fattispecie una cucina da otto milioni con forno autopulente e spiedo a cinque marce.

"Allora, signora Ovolina, sa dirci a chi appartiene questo sorriso?" disse il presentatore Mazzapone.

"Sì, il sorriso è quello di Mussola..."

In quell'istante un fulmine, nato nelle condizioni dianzi descritte, segnò il grigio del cielo con un graffio rosso corallo e dopo aver un istante esitato sull'obiettivo da colpire, scelse una casina rosa con gerani alle finestre e una piccola antenna televisiva, scivolò giù per l'antenna, traforò la televisione e incenerì la signora Ovolina, lasciando sul tappeto solo tre etti di scorie.

"Mi dispiace, ma lei doveva dirci il nome completo," disse Mazzapone, e passò a un altro concorrente, un pluriomicida agli arresti domiciliari che vinse la cucina.

Questa manifestazione di una mente giusta e superiore non venne però avvertita dai nostri eroi, che dall'alto della montagna accompagnarono il fulmine con un "oooh" di stupore e ammirazione.

La pioggia scrosciò più forte.

"Fermiamoci un po'," disse Memorino "non ce la faccio più."

"Dobbiamo proseguire," disse Celeste "se vogliamo riprendere a giocare stasera..."

Guardarono giù. Lungo il sentiero tortuoso saliva un centinaio di bambini. Riconobbero Deodato, che inciampava a ogni passo. Riconobbero i piccoli brasiliani che portavano sotto un ombrello delle candele accese, in ricordo dei loro amici. Sentirono lontano il canto d'addio gaelico, i campanelli cinesi e i tamburi africani.

Un altro fulmine fragoroso centrò un grosso albero, abbattendolo proprio in mezzo al sentiero. La strada era bloccata.

"Questa non ci voleva," disse la Siribilla che procedeva con la carrozzella a marcia indietro per avere più potenza.

"Chiamiamo il nostro parco stregoni," disse Memorino "forse si può fare qualche piccola magia."

"Siamo tutti troppo stanchi," disse Celeste.

Wincott Mukrull provò a fare il sortilegio del gancio invisibile, con cui guadagnava qualche soldo spostando le macchine nei parcheggi di Sidney. Ma non riuscì a sollevare l'albero di un millimetro.

Lo stregone Simbalee eseguì la danza magica per far alzare gli ippopotami seduti in mezzo alla strada, ma non ebbe altro effetto che far cadere una raffica di marroni dagli alberi circostanti.

"Niente da fare," disse "neanche un verbljud ce la farebbe, neanche un mago baol, neanche un Algos occhio-di-gatto."

"Siamo bloccati," disse Memorino "i rami sono troppo fitti per passare, e il sentiero sta franando."

"Finché dura questo maltempo gli elicotteri non si alzeranno a cercarci, ma dopo..." disse Celeste.

La fila si era fermata. Molti crollarono a terra, stremati. Qualcuno si lamentava per la fame. Ed ecco che dal fondo della fila iniziò a risalire, correndo, un volpino bianco. Passò davanti a Memorino e lo guardò: aveva un occhio azzurro e uno nero. Si arrestò davanti all'ostacolo, poi abbaiò e si infilò nel bosco, verso la cima del monte.

"Ehi," disse Celeste "c'è un altro sentiero qui. Il cane conosce la strada... seguiamolo."

"Dove?"

"In un posto che non conosco
in un bosco nato da un lago
in un lago nato da un bosco."

"Siamo stanchi e abbiamo fame..."

"In cima c'è un bellissimo albergo con self-service."

Le credettero e ripartirono.

52

Ore 15: Policottero, studio privato di Mussolardi. L'Egoarca era seduto a una scrivania di marmo nero e rosa e aveva alle spalle due quadri della sua famosissima collezione, opera di Ares Pelicorti detto il Retrino, noto per dipingere i grandi capolavori visti da dietro. I quadri posseduti dal Mussolardi erano due dei più celebri: la "Schiena della Gioconda" e il "Ciel de Nimpheas", le ninfee di Monet viste da sott'acqua, un quadro per cui Ares aveva contratto una polmonite che l'aveva minato per sempre.

"Cosa scrivono i nostri di noi?" disse Mussolardi.

"In genere accreditano la nostra versione," disse Fimicoli, sfogliando i giornali. "Scontri tra ultrà e polizia a un incontro di pallastrada; versione violenta del calcio, pochi isolati teppisti, episodi vergognosi di cui non vorremmo più parlare, eccetera..."

"Forse dovremo modificare il nostro slogan... non più sport dei poveri ma sport dei rivoltosi...," disse Mussolardi "per quanto, riferito a dei bambini..."

"Macché bambini," disse Buonommo "un bambino armato è un guerrigliero e basta. Nella mafia, puoi diventare sottotenente a nove anni."

"Sì, ma ci vada piano la prossima volta," disse Fimicoli "ne ha fatti secchi dieci."

"Ah la morte!" disse Mussolardi sventagliando deciso "*o mort, vieux capitain! omnes una manet nox! chi poco pensa, molto erra.*"

Fimicoli guardò interrogativamente l'Egoarca che dava dei

colpetti irosi al ventaglio in panne. Buonommo tirò un pugno sul muro.

"Io non posso combattere," disse alterato "se ho intorno gente che mi fa la morale e se devo preoccuparmi di mostrare la scritta sul berretto."

"Ma non è lei che teneva i briefing per la stampa con dodici lattine di Stracola alla cintura come bombe?"

"Nel deserto ci si disidrata. Altre domande? Comunque mi sono rotto: la situazione mi autorizza a usare il sistema RMG 450: seguitemi."

Si trasferirono all'ultimo piano del Bombo dove li attendeva una sala comandi da astronave.

"Questo che vedete non è il solito computer rilevatore," disse Buonommo "è un sistema assai più sofisticato che si chiama RMG 450 'Remagio', cioè cercatore di bambini. Serve per sapere quanti bambini ci sono in una città, se ci sono bambini tra gli ostaggi del nemico, se ci sono bambini in un obiettivo militare."

"E poi?"

"E poi si decide: se l'obiettivo dell'operazione è risparmiare i bambini, si cercherà di risparmiarli. Se è tirare nel mucchio, si tirerà nel mucchio. Se è ammazzare solo i bambini, lo si farà. Altre domande?"

"Inaudito. E quando mai è successo?"

"Vuole l'elenco dei paesi che l'hanno fatto nel dopoguerra? È assai lungo. Niente come la morte prematura dei futuri soldati deprime il morale di una nazione. Comunque, per ora, noi ci limiteremo a un uso parapacifico del Remagio. Dobbiamo scoprire dove si nasconde questo gruppo di piccoli target. Sappiamo che sono usciti dalla città, ma ne abbiamo perso le tracce. Sono assai abili, non mi stupirei se fossero stati addestrati in qualche campo solare paramilitare. Ma per ritrovarli abbiamo ora gli elementi VO, FA e PA.

VO sta per VOCE. La voce dei bambini è evidentemente diversa da quella degli adulti e ha uno spettro sonoro particolare.

FA sta per FAME. Siamo in grado di captare ogni sintomo di quella reazione chimica e neurologica che passa sotto il nome di fame. Quando un bambino ha fame, ha una fame mesozoica, da notte dei tempi, e il suo stomaco lancia poderosi segnali.

Ma il dato più importante è PA: la PAURA, questa cara compagna dell'infanzia. Un bambino inseguito perde in fretta la naturale incoscienza dell'età. Se la paura si impadronisce di lui, è paura allo stato puro, scevra da desideri di vendetta e substrati ideologici. Una paura tanto più grande, quanto più ciò che la provoca gli è incomprensibile. Anche i bambini addestrati alla guerra alla fine ci cascano, ed emettono vibrazioni clamorose. Noi possiamo avvertire questa paura a dieci miglia di distanza. Un esempio del metodo Remagio?"

"Con piacere," disse Mussolardi.

"Vede questo grafico computerizzato? È una rilevazione fatta in una scuola elementare. I picchi più alti della linea PA si hanno quando gli insegnanti stanno per interrogare... questa è la linea FA, che sale per le prime due ore, poi c'è la merenda e, come vedete, scende di colpo. E alla fine questi ghirigori della linea VO, sono le grida di gioia al suono della campanella."

"Fantastico," disse Fimicoli.

"Questo invece è il grafico di un'operazione di ordine pubblico: un gruppo di giovanissimi ultrà all'ultimo derby di calcio. Un elicottero li segue dall'alto, e come vedete la linea VO è altissima, gridano, ruttano, maledicono, lanciano slogan, mentre la linea FA è piatta, bevono birra e gli basta, ecco la linea PA, bassissima, sembra non abbiano paura di nulla: ma quando i miei uomini partono all'attacco, guardate che bella impennata!"

"Sì, ma dopo torna piatta."

"Con la testa rotta passa la paura," sorrise Buonommo. "Ma queste sono quisquilie. Ecco una vera operazione militare condotta dai nostri battaglioni Gotti, Luciano e Badalamenti.

In un ospedale di una città non distante da qui, viene ricoverato un giudice che ci ha sempre rotto i coglioni. È l'occasione che da tanto aspettiamo: l'ospedale non è blindato. Ma ci coglie il dubbio che magari, oltre alla scorta, ci sia anche qualche civile. E infatti ecco il grafico del Remagio: stabiliamo che nell'ospedale ci sono duecentododici persone, mediamente ciarliere e affamate, ma abbastanza impaurite, come è logico, essendo alcune di loro ammalate gravemente. E di queste la metà sono bambini. Bombardiamo ed ecco il risultato dell'operazione: dalle macerie vengono estratti 1 giudice, 139 adulti e 68 bambini, più 3 novantenni che, si sa, sono come bambini. Totale 211!"

"Sì, ma perché avete bombardato?"

"Per amore della scienza: dovevamo pur controllare la rilevazione: ed era precisa al novantanove per cento. Altre domande?"

"Una precisione commovente," disse Fimicoli.

"Sì," disse Buonommo "quando si vedono sistemi d'arma come questo, si recupera un po' di fiducia in questo mondo sporco e violento." Guardò fuori dal finestrino dell'elicottero e il suo sguardo sembrò quasi intenerito, mentre scorgeva un timido sole forare le nubi.

"Possiamo decollare, ora," disse.

53

Nella grande radura in mezzo al bosco, gli alberi erano incurvati come le arcate di una cattedrale, e dalla volta di foglie un raggio di sole disegnava un cerchio sfavillante di verde al cui centro stava, invisibile, il Grande Bastardo. La sua voce tremava di emozione:

"Ricordiamo gli amici caduti per noi. Onore all'amico Camarinho. In tutta Bahia nessuno aveva la sua grazia nello sfilare un portafogli. La sua mano correva leggera come una lucertola per pantaloni e cappotti. Furapuddas, dio protettore dei ladri di strada, lo guidi in un paradiso di angeli ricchi e distratti, in un perpetuo Natale di portafogli pasciuti.

Onore all'amico Torpinho. Nessuno rubava auto come lui. Così veloce era il suo tocco che sovente il proprietario chiudeva lo sportello e solo allora, non sentendo alcun rumore, si accorgeva che la sua auto era sparita. Rattogratto, dio protettore dei topi d'auto, lo guidi al grande parcheggio celeste dove l'auto più modesta è una Bentley d'argento.

Onore all'amica Sinead. Nessuna sapeva cantare una vecchia ballata irlandese come lei, nessuna sapeva preparare una torta alla dinamite così efficace. Beato chi può, da bambino, giocare con le bambole: le bambole di Sinead facevano tic-tac. Che le fate del bosco di Galwanny la accolgano nei loro girotondi.

Onore all'amico Brian. Sapeva colpire una moneta da un penny a cento metri. Per questo, dalle sue parti, bisognava affrettarsi a prendere il resto. Che il troll del bosco Lyllabrandet lo prenda con sé, a lanciar frecce agli innamorati.

Onore all'amico Lun Yen. La sua maestria negli scacchi era riconosciuta in tutta Pechino. Quando i carri armati invasero la Piazza del Cielo, egli non si scompose e si limitò a muovere l'alfiere. Che i dodici saggi lo accolgano sulla loro stella, a giocare con loro in simultanea.

Onore all'amico Sam Gumbo. Con la stessa velocità e successo inseguiva l'agile pecari e le borsette di coccodrillo delle turiste. Che Amoko, il dio Giaguaro, lo porti con sé nel Grande Deserto Celeste, dove ci sono grandi alberghi per neri, e bianchi in costume tipico ogni notte ballano il twist per loro.

Sono caduti per difendere il nostro campionato, una delle poche libere gioie che ci restano. In nome loro abbiamo il dovere di proseguire".

Ciò detto il Grande Bastardo scomparve, cosa che sapeva fare in modo del tutto naturale, essendo invisibile. E la Siribilla annunciò:

"Purtroppo gli avvenimenti di stanotte ci costringono a cambiare il programma. La semifinale tra i BAD e i Pivetes non avrà luogo, per la scomparsa di due giocatori brasiliani. I BAD passano direttamente alla finalissima. Per lo stesso motivo non avrà luogo il secondo tempo dell'incontro tra i Celestini e i Gallion Braes. I Celestini incontreranno in semifinale i Manakoko Wallabies".

Così fu.

Poiché i giocatori erano molto stanchi e affamati, si decise di giocare la partita secondo una variante propria della pallastrada, e cioè il "Facciamo". Il "Facciamo" si pratica quando i giocatori non hanno un campo adeguato: ad esempio sono immobilizzati a letto in ospedale, o in galera. Si può giocare tra due squadre complete ma anche con due soli giocatori. I contendenti si dispongono uno di fronte all'altro e il primo dice: "Facciamo che io tiravo" e l'altro "Facciamo che io però paravo" e così via immaginando. Gli inventori del "Facciamo" furono due bambini rinchiusi nel lazzaretto di Firenze durante la peste del 1348, e la partita fu vinta dai Seicento Balestrieri Neri, immaginati dal piccolo Guittone, contro i Tre Giganti di Certaldo inventati dal piccolo Bernardo.

In questa particolare versione del gioco occorrono grandi doti di prontezza metalogica e fantamobilità, oltre che una buona resistenza fisica.

Memorino diede il calcio d'inizio dicendo:

"Facciamo che noi eravamo i Celestini e voi i Wallabies e il vostro campo era in salita e noi giocavamo in discesa".

Jimmy Kaluha rispose prontamente: "Facciamo che era finito il primo tempo zero a zero e si cambiava campo".

Celeste disse: "Facciamo che viene il terremoto che pareggia il campo e si apre un crepaccio e voi ci cadete dentro e io sto per fare gol".

Tom Otaloha replicò: "Facciamo che dal fondo del crepaccio viene su un geyser di vapore che a noi ci solleva in alto e a te ti bagna tutta così non puoi più fare gol".

Deodato disse: "Facciamo che voi rimanete in cima al getto del geyser e non tornate più giù".

Wakiki rispose: "Facciamo che è venuto l'inverno e il geyser ghiaccia e noi scivoliamo giù e tiriamo in porta così forte che nessun essere umano o animale esistente può parare".

Pelé disse: "Facciamo che dal crepaccio nella crosta terrestre esce uno pterodattilo e para la palla col becco e vola verso la vostra porta".

Willie Redbush disse: "Facciamo che esce anche uno stegosauro che mangia il vostro pterodattilo e va verso la vostra porta col pallone in bocca".

Didì disse: "Facciamo che arriva un tirannosauro e fa un culo così al vostro stegosauro e molla un tirannotiro imparabile".

"Facciamo che no!" disse Wincott "perché esce un piudituttisauro che è più forte del tirannosauro e para."

"Reclamo!" disse Celeste "il piudituttisauro non esiste."

La commissione di fantacontrollo si riunì e dopo breve seduta stabilì:

"Facciamo che il piudituttisauro esiste, ma in porta è una schiappa, quindi i Celestini sono in vantaggio uno a zero".

"Bene," disse Wincott "facciamo che voi vincevate uno a zero e festeggiavate con panini e salsicce e birra e diventavate così grassi che non vi muovevate più, e noi attaccavamo."

Pelé rispose: "Facciamo che eravamo grassi, ma così grassi che vi passavamo sopra come bocce sui birilli e vi stendevamo".

"Facciamo che il campo è in discesa," disse Willie Redbush "e voi rotolate giù dalla scarpata per dieci chilometri e finite in mare."

"Facciamo," disse Didì "che però ci siamo portati dietro il pallone e quindi il gioco è sospeso finché non siamo tornati."

"Facciamo," disse Wakiki "che noi intanto eravamo andati a comprare un'altra palla."

"Facciamo," disse Deodato "che era domenica e i negozi erano chiusi e non avete trovato la palla."

Tom Otaloha col fiatone disse: "Facciamo che noi siamo andati al supermarket dell'autostrada che è aperto anche di domenica e abbiamo trovato la palla".

Celeste strinse i denti e replicò: "Facciamo che tornando indietro sull'autostrada siete finiti in un grande ingorgo e non avete fatto in tempo ad arrivare prima di noi".

Jimmy Kaluha con le ultime forze disse: "Facciamo che tornavamo insieme, riprendevamo il gioco e noi segnavamo ottantanove gol e mancavano dieci secondi alla fine".

Tutti trattennero il fiato. Ottantanove gol in dieci secondi sono impossibili da rimontare anche in una partita di "Facciamo". Ma Memorino con l'ultima briciola d'energia disse: "Facciamo che era una partita a perdere per cui avete vinto e siete eliminati," e crollò esausto.

"Reclamo!" disse Jimmy Kaluha "nella pallastrada non esistono partite a perdere."

La commissione controllo esaminò il reclamo e un quarto d'ora dopo sentenziò:

"Questa commissione, nel comunicare il proprio apprezzamento per la fantasia e l'abilità dei giocatori, che hanno messo a dura prova il nostro spirito di equità, consultati tutti i regolamenti, nonché i testi *Vertigologica del Facciamo* di E.H.Vondervotteimittis, la *Storia del Facciamo* del professor Eraclitus Mac Orlan Norvell e le *Mille grandi partite di Facciamo* a cura di Anatoli Bessonov e Juri Timiatin, decide quanto segue:

a) non esistono nella pallastrada partite a perdere;

b) non è mai comparso in una partita di pallastrada un piudituttisauro;

c) non avendo i giocatori specificato dove avvenga l'incontro, è difficile stabilire se vi siano nei pressi, e quanto distanti siano, autogrill con cartolerie aperti la domenica;

d) non sono mai stati segnati, neanche in un incontro di Facciamo, ottantanove gol in dieci secondi.

Considerando comunque validi i punti *b, c* e *d*, ne consegue anche che è valido il punto *a*, e quindi i Wallabies vincono ottananove a uno ma sono eliminati".

"Reclamo!" urlarono i Wallabies.

"Però," concluse la commissione "segnando ottantanove gol i Wallabies vincono la classifica marcatori e hanno diritto a ottantanove cioccolate in tazza."

"Reclamo ritirato," dissero i Wallabies.

"Facciamo," disse Celeste "che si sente in cielo il rumore degli elicotteri e che bisogna trovare un modo per svignarsela in fretta."

E tutti videro lo stormo minaccioso che si avvicinava.

54

Questa volta la manovra fu un vero capolavoro di arte militare. Individuato l'obiettivo gli elicotteri lo accerchiarono. La radura fu ripulita da due elicotteri dentisti che con enormi tenaglie sradicarono gli alberi eccedenti. Dal cielo calarono quattro tribune, due dritte e due curve, che incastrate una nell'altra formarono l'anello dello stadio. Tutt'intorno sorsero bar prefabbricati, Vip centers, uffici stampa, toilettes e vendite di gadgets tra cui il pupazzo Fiondolino, mascotte ufficiale dei giochi.

Nel giro di quindici minuti un intero complesso sportivo occupava la cima della montagna. La radura era diventata il terreno di gioco al centro dello stadio, e lì dentro, come tonni nella rete della mattanza, erano intrappolati i bambini.

Si udì la sigla, nota per legge a tutti, delle Tivù Mussolardi, salirono al cielo mille colombe depurate con clisteri e mentre gli elicotteri vomitavano dagli scivoli gli ultimi invitati, si accesero le luci. I soldati iniziarono a falciare l'erba alta per stanare i bambini. Da un momento all'altro ci si aspettava di vederli saltar fuori come fagiani. Ma il campo fu tosato e setacciato avanti e indietro, e non accadde nulla. Gli invitati presero a rumoreggiare.

"Non è possibile," disse Buonommo "erano lì fino a pochi minuti fa, e la montagna è completamente circondata. Cosa dice il Remagio?"

"Nulla," disse il sergente Ferrone "linee piatte. Li abbiamo persi di nuovo. Non parlano, non hanno fame, non hanno paura. Altre domande?"

"Tutto ciò è strano e spiacevole," disse Buonommo assumendo la posizione ormai leggendaria con cui aveva preso le grandi decisioni della guerra del Deserto: la famosa "posa del Criceto", supino con venti gomme americane in bocca.

Due ore dopo, ancora masticava. Calò il buio sulla montagna e gli uccelli notturni volarono irrequieti sopra quelle grosse novità. Un intero stadio pieno di gente elegante e infreddolita guardava non già l'annunciata partita di pallastrada, ma un Mundial Show che Mussolardi, spennando sul posto tre blocchetti di assegni, aveva messo insieme reclutando i numerosi presentatori, attori, politici e celebrità presenti sul posto.

Ma la serata non decollava, nonostante l'impegno di Fimicoli che continuava a promettere sorprese sorprese e ancora sorprese. Il neodirettore si era stoicamente prestato a fare da spalla al comico Caramella che l'aveva sputazzato, aveva osato intervistare l'irascibilissimo tuttologo Belvedere che l'aveva schiaffeggiato per aver sbagliato il titolo di un suo libro, aveva ballato il niamniam con la show-girl Sabrina, si era fatto segare in due dal mago Mercuris e aveva cantato O surdato innamorato in duetto col ministro della Difesa.

Tutto invano: il pubblico fischiava e molti erano già scesi a valle col servizio di jeep Dromedar.

Nella sua elicamera più lussuosa, Mussolardi giaceva su un divano del Seicento con la pressione a duecento. Un medico solerte lo sedava via endovena, Dorina e Valda gli carezzavano il trapianto.

"Sono rovinato," disse l'Egoarca "da due ore le mie televisioni trasmettono a reti unificate uno show già visto almeno dieci volte quest'anno. Chissà quanto mi è scesa l'audience!"

"Abbia fiducia nel Signore," disse Don Biffero, che stava esaminando con attenzione le foto dello scontro ai Giardini d'Inverno. La Beccalosso si era scolata due bottiglie di champagne e giaceva sdraiata sul biliardo.

"A che pensi, Bifferino?" disse rotolando verso di lui sul panno.

"Alla profezia: c'è quel verso sui diavoli e i celesti che mi sta risuonando nel cervello..."

Il rumoroso ingresso di Buonommo e Fimicoli su una minimoto Dromedar da salotto interruppe la conversazione.

"Allora?" disse Mussolardi con un fil di voce.

"Niente," disse Buonommo, scendendo dalla minimoto e squadernando una carta della montagna. "Abbiamo cercato sopra gli alberi, nei cespugli, sotto i funghi, nelle nostre infrastrutture, abbiamo perquisito il pubblico dello stadio. Nessuno dei soldati di guardia li ha visti passare... e il Remagio tace. Neanche dopo una bomba Enne ho visto una simile carenza di bambini. Altre domande?"

"Il diavolo può questo ed altro," disse Don Biffero.

"Stia zitto, disfattista," ruggì il generale "la partita è ancora aperta: abbiamo due ore di tempo, perché sappiamo per certo che devono giocare la finale entro mezzanotte. È un punto d'onore per loro terminare nel tempo stabilito. Perciò non le resta che una carta, Mussolardi."

"E quale?"

"La sua cartomante," disse Buonommo.

"No, no, Madame X no," disse Mussolardi con un repentino acuto di pressione "non vuole essere disturbata, è lei che chiama quando vuole parlarmi."

"Signor scribacchino," sospirò il generale "spieghi al suo capo cosa sta succedendo là fuori."

"La gente è inviperita," disse Fimicoli "dicono che i Corpi Speciali ci stanno facendo una ben misera figura... e poi dicono anche che è tutto un bluff, che lei non è mai stato sulle tracce del campionato di pallastrada, è solo un miserabile trucco per aumentare l'audience... gli sponsor mugugnano... la Adigan Sport ha ritirato la sponsorizzazione e i nostri soldati sono tutti a piedi nudi... centomila pupazzi Fiondolino sono invenduti e molti dei Vip invitati minacciano ritorsioni. In ventidue hanno anche restituito la Tesseraloggia e l'abbonamento della Jumilia. E ha anche telefonato un certo signor Quattro Stagioni dicendo che alla sua organizzazione non piacciono le brutte figure e che si farà vivo prestissimo."

"Ho capito tutto!" gridò Don Biffero balzando sul biliardo "guardate questa foto, guardate cosa c'è scritto sul giubbotto di questo ragazzo tedesco: Devils! e i miei ragazzi si chiamano Celestini! Siamo al postremo, l'apocalisse è dietro la porta!"

"Fate tacere quel pazzo," ordinò Buonommo.

Il medico iniettò nel polpaccio del prete duecento cc di Sanpax, dose per un intero convento. Don Biffero si accasciò senza un gemito. Mussolardi lanciò un mezzocàz soffocato. Si era accesa la luce rossa sulla porta blindata: Madame X lo convocava. L'Egoarca si fece una specie di segno della croce: fronte – toccata di palle – spalla destra – spalla sinistra, poi entrò.

Restò via un minuto e mezzo, in un silenzio rotto solo dalla voce irata e roca di Madame X, una voce da far accapponare la pelle. Mussolardi uscì come in trance. Teneva in mano una vetustissima mappa in pergamena che srotolò rapidamente.

"Questa," disse "è una mappa di un secolo fa. Apparteneva alla famiglia Riffler Bumerlo, proprietaria di questa montagna fino agli anni cinquanta. Come vedete il monte è interamente percorso da una galleria segreta che inizia in questo punto, segnato come 'Incavo della quercia grande'. In questa galleria ci sono provviste e armi.

Il conte Hermann Falco Maria, padre del conte leggendario, la fece costruire prosciugando il lago, per nascondersi e fuggire in caso di pericolo. Fu anche usata dai patrioti nazisti quando il palazzo Bumerlo divenne il loro centro di comando."

"La quercia grande!" disse Buonommo "l'abbiamo abbattuta e loro erano già scappati. Gli abbiamo chiuso noi la porta alle spalle! Sono fuggiti sottoterra, devono avere trovato le vecchie provviste e questo ha placato la loro fame, si sono sentiti sicuri e non hanno più avuto paura. E poi sono usciti dal raggio d'azione del Remagio."

"Scusi," disse la Beccalosso "ma come fa la sua Madame X ad avere questa mappa?"

Mussolardi iniziò a sudare. "Beh, è indovina, e si sa che le profezie (sventagliata isterica) *nam Sibilla quidem* (altra sventagliata) *ci sono due carabinieri che camminano sulla spiaggia... uno a zero Schiaffino i tuoi occhi di cerbiatta.*"

"Butti via quel ventaglio," disse Buonommo "lo ha grippato. Ci dica piuttosto dove porta questa maledetta galleria..."

Mussolardi indicò il tracciato sulla pergamena.

"Lo può vedere anche lei. Sbuca esattamente nel salone da pranzo del palazzo Bumerlo, giù in città..."

A notte alta, il vecchio e Occhio-di-gatto stavano davanti al camino acceso.

"Tanti anni fa," raccontò il vecchio "c'era un pittore che tutti dicevano bravo e pazzo, Enoch Pelicorti detto il Catena. Un'Autorità del paese lo convocò per commissionargli un grande affresco con un paesaggio popolato dagli angeli e dai diavoli per cui il Catena era famoso."

"Voglio che lei vi ritragga la gente importante e conosciuta del mio paese: le dirò io quali dipingere, e in che ruolo. Chi si riconoscerà tra le schiere angeliche," spiegò l'Autorità "ne sarà soddisfatto e onorato, chi si vedrà ritratto in sembianze diaboliche riderà della canzonatura, oppure ingoierà il boccone, o addirittura se ne vanterà."

"Non lavorerò per lei," rispose il Catena. "In questo paese si fa un gran parlare di angeli e di diavoli, ma io non ne conosco. Le creature alate che dipingo disprezzano ugualmente l'indifferenza di Dio e la malvagità di Satana, e sono tanto liberi e lontani dai loro supposti padroni celesti e infernali, quanto sono vicini e somiglianti agli uomini. Nel suo paesaggio non vedo né angeli, né diavoli. Solo dei servi."

PARTE DECIMA

*Dove si gioca la finalissima, le profezie si avverano
e il destino porta via chi se lo merita e chi non se lo merita*

55

Dormivano gli orfanelli nei loro letti senza carezze. Dormivano gli Zopiloti nelle loro celle senza moquette. Nel refettorio una Madonnona strabica, che aveva preso il posto del Cristo col Colbacco, vegliava protendendo la sua grande ombra sui tavoli di plastica verdolina, sulle misere sedie, sull'odore di cavolo diavolo che nunc et semper ristagnava.

Ma se attraverso la porta della cantina qualcuno di voi avesse osato scendere i gradini ripidi e bui e immergersi nell'odore di grotta e zolfo del labirinto, se avesse poi senza paura percorso il Corridoio delle Centomila Bottiglie e le celle di penitenza con i loro antichi segreti, se avesse superato l'ossario degli Zopiloti e i teschi ghignanti e bui, poiché nessuno accendeva più le candele, e da lì fosse arrivato alla cucina e l'avesse attraversata tra le oscure sagome dei paioli e le ombre dentate dei forchettoni, calpestando vetri e cocci, e avesse infine aperto la porta del Salone da Pranzo del palazzo Bumerlo, avrebbe visto una scena indimenticabile. Gli affreschi, gli angeli diabolici del soffitto, il vecchio orologio Hogelrom risplendevano illuminati dalla luce dorata delle candele. E tutt'intorno al Lac Noir, visi di bambini stanchi, ma ardenti di emozione. Sopra il tavolo, le squadre dei Celestini e dei Devils, schierate una di fianco all'altra. Quattro candelabri segnavano le porte, e i loro riflessi solcavano la superficie d'ebano di venature infuocate.

E avrebbe sentito così parlare il Grande Bastardo:

"La nostra missione è quasi compiuta. Grazie all'amica Celeste, che conosceva questo passaggio segreto costruito da un suo avo, siamo per ora in salvo. Presto i nostri nemici arriveranno, ma forse il tempo basterà perché, anche questa volta, il rito della pallastrada si svolga nei giorni stabiliti. Quando sarà stato giocato l'ultimo minuto di questo incontro, allora e solo allora potremo andarcene. Ma ho un'ultima cosa da dirvi: da molti anni su questa città e su questo paese incombe un'oscura profezia. La potete leggere anche in questa stanza, scritta sul libro che Santa Celestina tiene tra le mani nel quadro del Conte Cacciatore. Sappiate che questa profezia riguarda noi tutti, e che potrebbe essere molto pericoloso restare qui. Spesso il destino non distingue tra colpevoli e innocenti. Perciò, se qualcuno di voi ha paura, è libero di andarsene".

Nessuno si mosse. Allora il Grande Bastardo disse:

"Terremo accese due sole candele per candelabro, e resteremo in silenzio qui, sul lago nato da un bosco. Dichiaro aperta la finale intra Celestes et Diaboloi".

Il pallone rimbalzò una prima volta sonoramente sul tavolo, i piedi correvano agili frusciando sul legno, e nello spazio ristretto i corpi si avvicinavano e si separavano come in una danza. La palla volava magicamente da una parte all'altra, i Celestini e i Devils si superavano in prodezze, correndo in difficile equilibrio sui bordi del Lac Noir senza mai far cadere la palla, il biancore di Celeste fluttuava nell'oscurità, i respiri dei giocatori e degli spettatori formavano una nuvola di vapore sottile, che alla luce delle candele cambiava continuamente riflesso e colore.

Mai si era vista una simile partita!

La vecchia ala del palazzo Bumerlo fu circondata da un vero e proprio esercito. Mentre le strade d'accesso venivano sbarrate e la gente allontanata, gli elicotteri discesero. Un carro armato sfondò il cancello del giardino e prese posizione davanti al portale d'ingresso. I riflettori sciabolavano muri e finestre, le telecamere filmavano, Fimicoli commentava in diretta:

"Sotto la sigla 'Campionato Mondiale di Pallastrada' si nasconde qualcosa di oscuro da qualche ora coperto dal segreto di stato. Dentro al palazzo sono asserragliati individui molto pericolosi. Non posso aggiungere altro, se non che stiamo per assistere a una delle più audaci e spettacolari azioni di guerra compiute in tempo di pace nel nostro paese. La guiderà il generale Buonommo, che vedete in piedi sulla sua Dromedar K 4000: un uomo e una jeep che sono ormai un mito".

"Basta con gli sponsor," disse Buonommo "attacchiamo subito."

"Va bene," disse Mussolardi "e poi cosa succederà?"

"Lei ha mobilitato tutta la stampa e l'attenzione del paese su questi bambini. Cosa vuole che vedano? Una partitina di calcio?"

"No," disse Mussolardi "ho già deluso abbastanza i miei spettatori. Ci vuole qualcosa di forte."

"È proprio quello che avrà," disse il generale.

"Gas lacrimogeni?" disse il sergente Ferrone "solita dose?"

"Naturalmente. E anche i due nuovi gas nervini H43 e H81."

"Non c'è pericolo che si disperdano?"

"Non c'è un alito di vento, cretino... e voglio anche la bomba HST Houdini a sparizione totale."

"Signor generale, mi permetta di dire che visto l'effetto che ha avuto l'ultima volta, mi sembra eccessivo..."

"La bomba HST non è mai stata usata," disse Buonommo puntando la pistola in faccia al sergente.

"Signorsì. Confondevo con bomba analoga," rispose il sergente, e corse a riferire gli ordini.

Dietro di loro, dal finestrino del policottero, si affacciò un uomo con un sorriso trionfale.

"Guardate, là, nell'elicottero," urlò Don Biffero "l'ho visto! Siamo tornati nel palazzo, da dove tutto è cominciato, come lui voleva..."

Le iniezioni non erano bastate a sedarlo, tanto che lo avevano legato, e la Beccalosso che lo assisteva amorosamente gli tirò un ceffone amoroso.

"Calmati, caro..."

"Nessuno capisce," gemette Don Biffero "è la fine! Non siamo noi gli innocenti, non siamo noi le anime..."

Si scatenò l'inferno. Dai bazooka dei soldati partirono proiettili chimici che sfondarono le finestre del palazzo. Nel contempo un lancio concentrato di bombe al fosforo stringeva l'edificio in un cerchio di fuoco, bloccando ogni via di scampo. Il carro armato puntò il cannone contro il portale, ma il terreno cedette sotto i cingoli e le cinquanta tonnellate di metallo sprofondarono nelle cantine, esattamente nell'ossario degli Zopiloti. Ci fu un'esplosione e centinaia di teschi, femori, tibie e costolette schizzarono in cielo ricadendo sui soldati atterriti. Dopo un momento di panico, Buonommo urlò un ordine rauco e una ventina di Speciali con tute di amianto si lanciò contro il portale, cercando di sfondarlo con il lanciafiamme. Ma quello si arroventò come la porta dell'inferno e resistette. Per il calore, le finestre del palazzo esplosero, lanciando in aria un micidiale stormo di schegge colorate, poi iniziarono a piovere comodini, canterani, maggiolini e cassapanche, risuonò un boato nelle cucine e volarono fuori pentoloni, casseruole, ramine, frecce di forchettoni e micidiali formelle da biscotto puntute che roteando ferirono i soldati. Uno spiedo sibilò nell'aria, con una mummia di pollo ancora infilzata, e si conficcò nel petto di Buonommo.

"Niente paura," disse il generale. "Ho il giubbotto antiproiettile!" e senza neanche estrarre il dardo, diede ordine di concentrare il fuoco contro un muro che già stava cedendo. Sotto i colpi dei bazooka il muro crollò e si intravvide nella polvere e nel fumo il grande affresco del salone. Il primo soldato che entrò si trovò di fronte l'orologio Hogelrom, da cui uscì strillando il fagiano a cucù: il cacciatore sparò, il soldato rispose al fuoco e dall'orologio schizzarono fuori le frattaglie delle molle, una delle quali gli trapassò la gola.

"Questo palazzo è maledetto, si sta difendendo da solo," urlò Mussolardi con i capelli che gli decollavano dalla testa e gli occhi sbarrati.

Di nuovo si udirono esplosioni e i carristi del tank uscirono dalla voragine urlando, inseguiti da scheletri volanti che sembravano vivi. Fu distribuito altro gas nervino e nella nebbia chimica fu possibile vedere che, sopra al tavolo del salone da pranzo, c'erano delle figure che danzavano, incuranti di quell'inferno. Poi si udì un triplice fischio e una voce tonante gridò:

"Dichiaro ufficialmente chiuso il Mondiale di Pallastrada con il risultato che solo noi sappiamo!"

In quel momento, scavalcando le macerie, gli Speciali invasero il salone ma il Lac Noir si sollevò e si erse come un muro. Un colpo di bazooka lo spaccò in due, e le metà crollarono di schianto, seppellendo un gran numero di soldati.

Anche alcuni bambini giacevano a terra, altri bruciarono cercando scampo dai gas, o soffocarono, o furono uccisi dai Guerrieri d'Amianto. Ma la maggior parte riuscì a fuggire, attraverso una scala a chiocciola nascosta dietro l'orologio.

"Scappano sul tetto!" gridò un soldato.

"Stupidi," ghignò Buonommo "lì sono in trappola, come ne usciranno?"

"Il drago!" urlò Don Biffero "il drago unicorno è arrivato!"

Era vero: nel cielo infuocato era apparso un drago volante che splendeva come fosse incandescente e aveva un lungo corno con in cima una vasca da bagno. Dalla vasca Alessio Finezza calò una scaletta di corda e gridò:

"Tutti a bordo, ragazzi!"

La Millennium Torpedo era arrivata così veloce e silenziosa che nessuno era riuscito a intercettarla, vero prodigio di arte motoristica. Un elicottero provò a avvicinarsi ma fu respinto da una cornata della gru.

"Ci stanno scappando di nuovo! Fuoco a volontà su quella macchina volante," urlò Buonommo.

"Un bambino!" gridò Mussolardi. "Il mio regno per un bambino!"

Ma una nuova serie di esplosioni scosse il sottosuolo e le centomila bottiglie uscirono tutte insieme dalle viscere della terra, mitragliarono di tappi e inondarono di vino gli invasori, mentre di colpo si alzava il vento diffondendo i gas tossici, e per l'ubriacatura etilica e la sbronza chimica metà dei soldati cadde al suolo.

"Maledetti, maledetti," urlò Buonommo.

"Riprendete, riprendete," gridò Mussolardi ignorando che tutte le telecamere erano già arrostite da un pezzo.

"Orrore, orrore," gemette la Beccalosso.

"Siamo in diretta, siamo in diretta," strillò Fimicoli con un mozzicone di microfono in mano.

"*Dies irae dies illa*" cantava Don Biffero con bella voce da basso.

Nessuno intanto si accorse che il portello del policottero si era aperto e qualcuno ne era uscito furtivamente.

Una nuvola immensa oscurava ora il cielo, nutrita da tutta una serie di nuvolette causate dalle bombe chimiche che scoppiavano per simpatia dentro i bazooka dei soldati e nelle jeep. Dal palazzo proveniva una sinfonia ininterrotta di esplosioni che spedivano in aria gli ultimi quadri, i lampadari interi o sgranati, i servizi di porcellane a plotoni di mille e anche il pallone della partita, miracolosamente intatto. Per ultimo volò il famoso ritratto del Cardinale Infante Feroce Maria, solcò il buio con la cornice in fiamme, veleggiò come un deltaplano e poi bruciò in aria, cadendo ai piedi di Mussolardi in una pioggerella di briciole infuocate. Un vento anomalo e furioso spazzò via la nuvola e scaraventò tutti a terra. Sul tetto fu nuovamente visibile la Torpedo stipata di bambini, con la Siribilla legata a un'ala; solo due piccoli erano ancora sul tetto: Memorino e Celeste. Ma per qualche ragione, non salivano la scaletta.

Celeste faceva cenni di diniego a Memorino, come a spiegare che non sarebbe partita con lui. E Memorino a sua volta scuoteva la testa: non partirò senza di te. Dall'alto della Torpedo gli altri bambini gridavano con le mani protese, chiamandoli.

I pochi soldati superstiti guardavano la scena come paralizzati, attraverso maschere antigas ormai fuse alle facce. La Dromedar, con due gomme esplose, giaceva inclinata, come un vascello in procinto di affondare.

"Vigliacchi, vigliacchi," gridò Buonommo ai suoi "perché non sparate?"

E puntò la pistola verso la scaletta di corda, ma Don Biffero gli azzannò la mano urlando:

"Non lo faccia! Non uccida le ultime anime!"

Si udì una risata di scherno, e una figura si fece largo nel fumo: era il conte Feroce Maria orribilmente vecchio, una marionetta di scheletro dentro una vecchia divisa militare. Tra le mani adunche teneva una doppietta Ribum con decine di tacche sul calcio. Sparò due colpi in rapida successione. Celeste e Memorino, tra le grida dei loro compagni, caddero ai suoi piedi.

Qualche soldato si rianimò e riprese a sparare ma l'aviogru ripartì come un missile, seminando gli altri elicotteri, di cui era due volte più veloce. Alessio Finezza aveva ben costruito il suo sogno, e sparì nella notte.

Il vento portava ora le fiamme e il fumo verso il centro della città, e la scena si rischiarò.

Memorino giaceva al suolo. Celeste invece si alzò, spolverandosi con calma la canottiera. Era caduta dal tetto senza farsi un graffio, e sembrava risparmiata dall'infallibile mira del conte. Subito si chinò sull'amico.

"Gli altri ce l'hanno fatta?" le chiese Memorino con voce fioca.

"Sì, quasi tutti," disse Celeste.

"Io ce l'ho fatta?"

"Direi proprio di no."

Mussolardi, Fimicoli, Don Biffero, la Beccalosso e i soldati fecero cerchio intorno ai due. Al suolo si allargava una macchia di sangue.

Fu la Beccalosso, piangente, a muoversi per prima. Cinse la testa di Memorino e disse:

"Solo adesso capisco il mio errore. Guardandoti ora, ricordo la sensazione che provai quando ti vidi la prima volta all'orfanotrofio. Sì, tu sei mio figlio! Ti abbandonai sui gradini degli Zopiloti. Ero giovane, e tu saresti stato d'ostacolo alla mia carriera. Dopo avrei potuto riprenderti con me, ma cosa avrebbero detto gli avversari del nostro partito?"

"Mi sa che non ho poi perso molto, mamma..."

"Avremmo potuto vivere insieme, ti avrei insegnato tante cose... non vuoi sapere chi era tuo padre?"

"Uno stilista, immagino."

"No. Era un uomo pazzo e affascinante, era il mio professore di scienze al liceo, si chiamava Eraclitus Mac Orlan Norvell e io fui sua durante una ripetizione sulla sessualità degli imenotteri..."

"Sono contento," disse Memorino "era un bel tipo. Beh, mamma, addio e auguri per le elezioni. Celeste, dove sei? Ho trovato la soluzione dell'indovinello."

"Non parlare, Memorino..."

"*Senza sangue e senza ossi che cos'è che salta i fossi?* È la nebbia, vero? Sei tu, vero?"

"Memorino, non parlare, ti stancherai."

Ma già il bambino era in preda al delirio, e la Signora gli era apparsa severa e sorridente in fondo alla strada.

"Addio Celeste," disse Memorino "io ti ho sempre amato, come tu sai, poiché oltre che graziosa e misteriosa sei anche indovina e grande portieressa di pallastrada. Addio sospiri d'amore, addio sogni e utopie dell'infanzia, addio bivacchi nel fuoco, balena bianca, galeoni ventosi, praterie del west, società multirazziale, civile convivenza..."

"Poverino," disse la Beccalosso.

"Peggio son conciati e più parlano," sbuffò Fimicoli.

"Addio terre che non visitai e bikini che non colsi addio podio olimpico addio Celestini addio amico Occhio-di-gatto addio amico Stanlio addio Rosa Luxemburg addio Dodo d'Hamburg addio monti addio declivi addio al mio cuore sconfinato addio corse addio barricate..."

"Su, diamogli il colpo di grazia," disse Buonommo.

"No no," disse Mussolardi "può piacere."

"Addio compagni generosi, addio Million Kiss, addio speranza, addio giustizia, addio libri sotto al cuscino e stelle pazienti cui confidai i miei pensieri, addio bisonti, addio operai, addio anni più belli poiché altri non ne ebbi, addio isola dei pirati, addio Sinferru, addio Olonese, addio Triagus Graticola, addio paese mio, addio pesci del mare, ormai la Signora mi carezza con la sua mano fredda ma non ho paura, libero vissi e libero..."

"Sparo?" disse Buonommo.

"Un istante ancora," disse Memorino "vorrei concludere dicendo che anche se per natura io sono portato a un approccio razionale ai fatti, la profezia che ha guidato questa triste ma emozionante avventura era vera, in quanto..."

"Continuo io, Memorino," disse un piccolo personaggio che si era aggiunto al gruppo, uscendo dalle fiamme del palazzo senza paura né danno. Era simile a una statuetta precolombiana di stregone Moche, con una maschera di animale sul volto, la maschera di un volpino con un occhio azzurro e uno nero. Quello che aveva guidato i bambini sulla montagna.

"Mi presento. Parlo per conto del Grande Bastardo, o forse sono uno delle sue duemila incarnazioni. E sono qui a spiegarvi la profezia e il suo esito: conte Feroce Maria, o Madame X, o Quattro Stagioni come si fa chiamare adesso, venga qui."

Lo scheletro in divisa si avvicinò e guardò il volpino con odio: "Ancora tu," disse.

"Sì, sempre sulla tua strada. Sulla tua e su quella di tuo padre. Ma forse siete la stessa persona. La stessa persona che, nell'ombra, muove da sempre la metà di una storia crudele. Gli assassini si assomigliano un po' tutti."

Il conte puntò il fucile.

"Non puoi colpirmi," disse il Grande Bastardo "ci hai già provato tante volte, inutilmente. Ora devo raccontare la verità."

"La tua verità," disse il conte.

"La mia e la tua. Non ti sei mai pentito, non sei mai sparito. Non siete mai spariti. Non avete perso nessuna guerra. Il vostro spirito è rimasto chiuso in una fiala, che poco alla volta si è riaperta e ora nuovamente avvelena questo paese. Uccidevate una volta e lo fate ancora: ma ora non avete più neanche il coraggio di mostrarvi... ora guidate questo esercito di ladri, di grassatori e di servi... che un giorno potrebbero diventare come voi..."

"Non sarà facile," rise il conte.

"Hanno stoffa. Ma non servirà. Ora la profezia si avvera. Ci sono state tante occasioni per non arrivare a questo: il nostro era un paese fortunato, ricco. Perciò è stato doppiamente vergognoso non fermare questo orrore. Stanotte celestes e diaboloi hanno combattuto, il drago unicorno è arrivato, la notte antica sarà presto svelata..."

"Sparate," disse il conte.

Spararono mille, duemila colpi. Ma la figura misteriosa era svanita.

"Ora tocca a me raccontare la vera storia di Santa Celeste," disse la bambina. "Tante e tante notti fa io, Celeste Mariolda, invitai alcuni bambini amici nel salone da pranzo del palazzo, per dividere i resti della cena. Lo facevo spesso. Pativano la fame, perché il conte mio padre si prendeva tutto, non per sortilegio o fame stregonesca, ma per avidità e prepotenza. Lui sentì i rumori, venne coi servi. Mangiavamo al buio, per non essere scoperti. Ci ammazzarono a fucilate. E nell'oscurità, uccisero anche me."

"Non può essere vero," disse Don Biffero.

"Taci prete," disse il conte "non serve più mentire, ormai."

"Mio padre o nonno, o bisnonno, ha ragione. Avete inventato una bella storia edificante. Il fatto che il conte Bumerlo avesse sparato alla sua prole era duro da spiegare ai suoi religiosissimi amici e sostenitori. Mio padre sparì, ma non per pentimento, bensì per far dimenticare la storia. Pagò tutti, servi e cittadini, perché sparissero anche loro. E continuò a uccidere di nascosto, come prima. Ora, di questi tempi, probabilmente questa storia gli sarebbe perdonata. Ma è tardi..."

"Chi è così pazzo da credere a questa bambina?" disse Buonommo "come fa a parlare se è morta?"

"Generale," disse un soldato accorrendo trafelato "non riusciamo a fermare l'incendio. Sta estendendosi a tutta la città, insieme a nuvole di gas chimico. Il vento soffia inspiegabilmente in direzioni diverse. E come ultima cosa, forse la più grave..."

"Cos'altro c'è?"

"Lei ha dimenticato di indossare il giubbotto antiproiettile. Ce l'ho qui; lo vuole?"

"Grazie, non serve più," disse Buonommo con una smorfia "altre domande?"

Estrasse lo spiedo dal petto, si trascinò sulla jeep e morì in piedi, sull'attenti.

"Non può finire così, adesso che ho fatto carriera," disse Fimicoli "bambina maledetta, dicci chi sei e come terminerà la profezia."

"I versi sono semplici: finché resterà un'anima in città. I bambini che avete ucciso e quelli che sono fuggiti con la Millennium, erano le ultime anime a disposizione."

"Non è vero," disse Mussolardi "ci siete ancora voi due... due anime bianche e innocenti."

"Una sola," disse Memorino, con un filo di voce.

"Saluta la Signora!" gli gridò con voce rotta Celeste.

Memorino fece un cenno con la mano e chiuse gli occhi.

"Prendete la bambina!" gridò Mussolardi. "Chiudetela in una campana di vetro, la tratteremo bene, la conserveremo, faremo migliaia di trasmissioni commoventi sul suo caso, la copriremo d'oro, la faremo accoppiare con un altro innocente, magari importato, avremo un allevamento di anime, ne faremo copie virtuali e ologrammi, le coltiveremo come fiori, le insemineremo, le cloneremo..."

"Stupido," disse il conte. "Non hai capito nulla!" E si sedette a guardare la città che ormai bruciava interamente.

"Ma tu chi sei?" disse Don Biffero, cadendo in ginocchio davanti a Celeste.

"Anche un bambino lo capirebbe," lei rispose "posso predire il futuro, passare attraverso i muri, volare tra i pali di una porta, camminare senza essere vista, avviare un motore fantasma, sfuggire ai colpi di fucile e cadere da un tetto senza farmi nulla. Sì, avrei potuto salvarvi se fossi viva, ma mi avete già ammazzato una volta e lo rifareste ancora, prima o poi. Ai fini della profezia i fantasmi non valgono, e io sono per l'appunto un *fantasma*. L'ultima anima era quella di Memorino."

"L'ultimo verso, cosa vuole dire l'ultimo verso?" disse Don Biffero.

"*Versus meus vita tua simul peritura*. Le mie parole e la tua vita periranno insieme. Il palazzo è bruciato, il quadro è bruciato, dunque le parole della profezia sono bruciate, e tutti voi le seguirete nel fuoco."

"Ma la profezia è scritta... è scritta anche..."

"Sì," disse Celeste "è misteriosamente scritta in almeno centocinquanta dei vostri conventi, in diverse città del paese e in tutti i milleduecento quadri del Catena, in varie chiese case e musei, e sul retro di alcuni quadri del Dietrino e della Bietolina e del Tovaglia, e centinaia di volte sui muri delle gallerie sotterranee del Bascone, e così via... tutto il paese è pieno delle parole della profezia."

"Allora tutto il paese brucerà?"

"Non è affar mio... io sono un fantasma, e come tale ignifugo e incombustibile," disse Celeste, e scomparve lanciando il suo celebre getto di vapore paradisiaco. Quando il vapore si dissolse, ci si accorse con stupore che non c'era più il corpo di Memorino. Solo una macchia di sangue e due bossoli di cartuccia numero otto.

La terra vibrò, un'esplosione più forte delle altre polverizzò il palazzo, e la nube di polvere e macerie ingoiò tutto. Le fiamme e i gas divorarono Banessa e da lì si diffusero in tutto il Paese. Chi si aspettava urla, rabbia, spavento, apocalisse, fu deluso. Come succede talvolta agli uomini, il paese morì con rassegnazione. Alcuni, tra le fiamme, guardavano un televisore ormai muto e grigio. Altri, che si ritenevano innocenti, e forse lo erano, trovarono grande l'ingiustizia, ma era troppo tardi. Altri ancora pensarono alle vicende che avevano preceduto quel giorno fatale e dissero: come abbiamo potuto permettere tutto questo? E imploravano di avere un giorno per rimediare, un altro giorno soltanto!

Ma la mattina dopo di quel paese non era rimasta alcuna traccia, e gli altri paesi avevano altro a cui pensare. Sui confini crebbe altissima l'erba e nessuno vi entrò più.

Così tutto fu bene ciò che finì e basta.

Occhio-di-gatto si svegliò di colpo nella notte e non ricordò in quale letto, in quale casa, in quale parte del mondo. Per un attimo pensò di trovarsi nella camerata dell'orfanotrofio, ma non sentì vicino il respiro dei compagni. Allora pensò di essere nella stretta cella del riformatorio: ma agitò le mani nel buio e non c'erano muri intorno. Finché vide la finestra, la luce della luna e la neve che cadeva, e ricordò di essere nella casa grande.

Uscì infreddolito. I grandi erano andati a dormire, ma i bambini erano svegli e stavano riempiendo di torce lo spiazzo dove fino a poco prima avevano giocato.

"Cosa state facendo?" chiese Occhio-di-gatto.

"Stiamo facendo un segnale," disse il bambino "un segno che si vede da molto lontano."

"E dall'alto," disse la bambina. "Si chiama il posto dell'angelo."

"Chi vi ha detto di farlo?"

"Il vecchio."

Occhio-di-gatto sentì una canzone stonata venire da qualche parte, oltre il sipario di neve. Seguì quella serenata di cornacchie e trovò il vecchio e la vecchia che ballavano saltellando uno di fronte all'altra, proprio come due uccelli.

"Cosa state facendo?" chiese Occhio-di-gatto.

"Festeggiamo," disse il vecchio battendo le ali.

"E cosa c'è da festeggiare?"

In quel momento i bambini cominciarono a gridare. Occhio-di-gatto corse nella neve alta, inciampò, cadde. Quando rialzò la testa vide il drago di fuoco che scendeva, guidato dalla luce delle torce.

INDICE

Pag. 9 *Prologo*

11 Parte Prima
In cui si racconta la leggenda del conte Feroce Maria e di sua figlia che divenne santa, e in cui conosciamo i nostri piccoli eroi

43 Parte Seconda
In cui inizia la fuga dei nostri e conosciamo i sotterranei del palazzo Bumerlo, una bionda misteriosa e altri personaggi per nulla simpatici

75 Parte Terza
In cui, partiti alla ricerca dei Magici Gemelli, conosciamo lo stranissimo destino di Deodato e la meravigliosa macchina volante Torpedo

97 Parte Quarta
In cui entriamo nella tana dell'orco Barbablù, dove ritorna la leggenda di Santa Celeste, e scopriamo un piccolo segreto di Don Biffero

121 Parte Quinta
Dove ci appare Rigolone Marina, perla della Riviera Adrenalinica, e dopo una lezione di Scienze naturali e varie avventure mondane, siamo invitati al rave party di Big Delroy Speedmaster

285

145 Parte Sesta
Dove in un party rovente la Compagnia dei Celestini perde un giocatore ma ne trova due, nasce un grande amore e conosciamo l'uomo più ricco e fetente di Gladonia

181 Parte Settima
Dove un grande pericolo incombe sul campionato, viene smascherato un infame tradimento e la Compagnia dei Celestini deve cambiar formazione

211 Parte Ottava
Dove nonostante tutto inizia il Campionato Mondiale con le prodezze di Ragnhilda, una partita zen, un match tra stregoni, e si preparano a scendere in campo i Celestini

237 Parte Nona
Dove i Celestini giocano una gran partita, ma Buonommo e il Remagio giocano duro, qualcuno ci lascia le penne e sulla cima della montagna succede qualcosa di strano

269 Parte Decima
Dove si gioca la finalissima, le profezie si avverano e il destino porta via chi se lo merita e chi non se lo merita

Stampa Grafica Sipiel
Milano, maggio 1994